RACHEL GIBSON

Gut geküsst ist halb gewonnen

GOLDMANN
Lesen erleben

Buch

Bisher waren die Männer, die Lucy Rothschild über eine Dating-Plattform kennen gelernt hat, ein absolutes Fiasko. Aber jetzt sitzt ihr Quinn gegenüber, und er ist nicht nur sexy, sondern scheint sympathisch und ehrlich zu sein. Dumm nur, dass Lucy gar nicht auf der Suche nach dem Mann fürs Leben ist, sondern einfach nur eine Vorlage für das nächste Mordopfer in ihrem Roman braucht. Denn Lucy ist eine erfolgreiche Schriftstellerin, deren nächster Krimi von einer weiblichen Serienmörderin handelt, die ihre Opfer online findet. Damit kommt sie der Realität leider bedrohlich nah. In ihrer Heimatstadt Boise geht eine Mörderin um, die es auf ihre männlichen Internetbekanntschaften abgesehen hat, und die Polizei schickt ihre Ermittler undercover auf Online-Dates, um die Frau zu finden. Einer von ihnen ist Quinn, der Lucy während der ersten Verabredung zur Hauptverdächtigen erklärt. Trotzdem kann er es nicht verhindern, dass er sich von der klugen, blonden Schönheit unwiderstehlich angezogen fühlt. Und auch Lucy wünscht sich Quinn lieber lebendig in ihren Armen als tot in ihrem neuen Buch …

Weitere Informationen zu Rachel Gibson sowie zu lieferbaren Titeln der Autorin finden Sie am Ende des Buches.

Rachel Gibson

Gut geküsst ist halb gewonnen

Roman

Übersetzt von
Antje Althans

GOLDMANN

Die Originalausgabe erschien 2006 unter dem Titel
»Sex, Lies and Online Dating«
bei Avon Books, an imprint of HarperCollins Publishers, New York.

Dieses Buch ist auch als E-Book erhältlich

3. Auflage
Neuveröffentlichung Juni 2014

Umschlaggestaltung: UNO Werbeagentur, München
Umschlagmotiv: Getty Images/Lilly Bloom; FinePic®, München
MR · Herstellung: sc
Druck und Bindung: GGP Media GmbH, Pößneck
Printed in Germany
ISBN: 978-3-442-48071-5
www.goldmann-verlag.de

Besuchen Sie den Goldmann Verlag im Netz

Dieses Buch ist mit viel Liebe
Cathy Wilson gewidmet,
Freundin, Schriftstellerin und schräge Type.
Unser Literaturkritik/Martini-Abend ist nicht mehr derselbe ohne dein Lachen.
Du wirst immer in meinem Herzen sein.

Prolog

Von: Lucy@mysterious.com
An: clare@finis.com; adele@biteme.com; maddie@crimepays.com
Betreff: singles.com-Date

Hallo alle zusammen,
heute Abend ist mein letztes Internet-Kaffee-Date. Er heißt Hardluvnman. Ich bete, dass er noch seine eigenen Zähne hat.

Wünscht mir Glück,
Lucy

Von: clare@finis.com
An: Lucy@mysterious.com; adele@biteme.com; maddie@crimepays.com

Lucy,
viel Glück bei deinen Recherchen. Hoffentlich hat er noch seine eigenen Zähne *und* Haare und hält beides mit der Bürste in Schuss.

Clare

Von: adele@biteme.com
An: Lucy@mysterious.com; clare@finis.com; maddie@crimepays.com

Freu mich schon drauf, alles über Lucys Hardluvnman zu hören.

Adele

P.S. Was für ein Typ nennt sich denn Hardluvnman? Will er damit irgendwas kompensieren?

Von: maddie@crimepays.com
An: adele@biteme.com; Lucy@mysterious.com; clare@finis.com

Lucy,
mach das, um Himmels willen, nicht. Auf diesen Online-Dating-Sites lauern massenhaft Serienmörder. Da haben sie leichtes Spiel. Bevor du dich's versiehst, trägt irgendein Kerl deinen Kopf als Kopfputz.

Alles Liebe,
Maddie

1. Kapitel

MYSTERYGIRL: SUCHT MANN FÜR GEHEIMNIS …

Lucy Rothschild fuhr mit ihrem BMW in die Parklücke, die am nächsten zum Starbucks-Eingang lag, und stellte den Hebel der automatischen Gangschaltung auf Parken. Regen hämmerte auf die Motorhaube und prallte vom Asphalt ab, als sie den Motor abstellte. Ihr Blick schweifte über das Einkaufszentrum und suchte das grünweiße Starbucks-Schild neben dem grellgoldenen Schein des Blockbuster-Videoladens. Aus dem Coffee Shop strömte Licht auf den nassen Bürgersteig, während die Regentropfen, die an Lucys Windschutzscheibe hinabglitten, kräftige Farben und tintenschwarze Schatten verschmierten wie auf einem abstrakten Gemälde.

Bevor du dich's versiehst, trägt irgendein Kerl deinen Kopf als Kopfputz. Lucy stellte den Motor ab und stopfte die Autoschlüssel in die Tasche ihres marineblauen Ralph-Lauren-Blazers. Sie hasste es, wenn Maddie sowas sagte. Wenn sie alle anderen mit ihrer Paranoia ansteckte. Maddie interviewte beruflich Psychopathen, aber das hieß noch lange nicht, dass alle Männer Kinderschänder, Vergewaltiger oder Serienmörder waren. Lucy schrieb ebenfalls über Mord, aber sie verfasste Romane und war in der Lage, ihre Schreiberei vom wahren Leben zu trennen. Maddie dagegen schien damit Probleme zu haben.

Lucy schnappte sich den Regenschirm vom Beifahrersitz und öffnete die Wagentür. Schließlich hatte sie nicht vor, ein zweites Treffen mit Hardluvnman zu arrangieren oder gar mit ihm aus Starbucks wegzugehen. Sie hatte nicht einmal vor, dieses Kaffee-Date ernster zu nehmen als die anderen, die sie in den vergangenen Monaten gehabt hatte.

Sie tippte mit dem Daumen auf den Knopf ihres Regenschirms, und der rote Baldachin entfaltete sich, als sie aus dem Auto stieg. Wie die anderen »Dates« auch war das heute Abend rein geschäftlich. In der Jackentasche trug sie ihren kleinen Notizblock und einen Stift bei sich, gleich neben der Minispraydose mit Tränengas. Notizblock und Stift hatte sie dabei, falls sie sich pikante Details über Hardluvnman notieren musste, wenn er weg war. Das Tränengas war für den Fall, dass er ihren Kopf als Kopfputz tragen wollte.

Verfluchte Maddie.

Lucy blieb kurz stehen, um die Wagentür hinter sich zu schließen. Dann lief sie über den Parkplatz und wich dabei den Pfützen aus. Es sei denn, Hardluvnman war anders, würde sie Stift und Papier nicht einmal brauchen. Es sei denn, er war anders als die anderen, würde er sie beim Warten in der Kaffeeschlange von Kopf bis Fuß mustern, als wäre sie ein Airedale Terrier in der Zuchtschau des Westminster-Hundeclubs. Bestand sie die Prüfung, würde er ihr den dreifachen Grande Skinny Latte spendieren (bitte keine Sahne), sie fragen, was sie beruflich machte (obwohl sie sich in ihrem Profil ganz unaufrichtig als Krankenschwester ausgegeben hatte), um dann über sich selbst (was für ein toller Kerl er war) und seine frühere Ehefrau/Freundin (und was für eine blöde Zicke sie doch war) zu reden. Wenn Lucy die

Prüfung nicht bestand, musste sie ihren Kaffee selbst zahlen. Was ihr erst einmal passiert war.

Bigdaddy182 war ein richtig ordinäres Arschloch mit Silberzahn und Nackenhaarzopf gewesen. Er hatte einen Blick auf sie geworfen und »Sie sind aber dünn« gesagt, als wäre das eine größere Scheußlichkeit als sein Bierbauch. Sie hatte ihren Kaffee selbst bezahlt und ihm dann eine Stunde lang bei seiner Selbstbeweihräucherung zugehört. Während er von seiner Fahrt zur Motorrad-Rallye in Sturgis und seiner Zicke von Exfrau faselte, hatte Lucy sich die unterschiedlichsten Methoden überlegt, ihn um die Ecke zu bringen. Schlimme, abscheuliche Methoden. Letztlich war sie aber zu dem Schluss gekommen, dass sie den Modus Operandi ihres weiblichen Serienmörders beibehalten musste, auch wenn erotische Strangulation ihr als Todesart für ihn zu angenehm erschienen war.

Nur zwei Schritte vor der Bordkante tappte Lucy doch noch in eine Pfütze. Um ein Haar hätte sie es trockenen Fußes geschafft. Kaltes Wasser schwappte über die Spitze ihrer schwarzen Stiefelette und bespritzte den Saum ihrer schwarzen Jeans.

»Schei-benkleister!«, murmelte sie und betrat den Bürgersteig. Sie öffnete die Tür zu Starbucks und trat ein. Sofort stieg ihr der Duft starken schwarzen Kaffees in die Nase, und das leise, stete Stimmengemurmel vermischte sich mit den Geräuschen von Kaffeemühle und Espressomaschine. In welche Stadt Lucy auch reiste, bei Starbucks waren Geruch und Interieur immer gleich. Ähnlich wie in den Buchläden »Barnes and Noble« oder »Borders«. Irgendwie hatte das etwas Tröstliches.

Lucy schloss ihren Regenschirm und ließ den Blick über die goldenen Wände und die Kunden schweifen, die auf harten Holzstühlen an braunen Tischen saßen. Kein Mann mit roter Baseballmütze. Hardluvnman war spät dran.

Lucy schob ihren Regenschirm in den Ständer an der Tür und ging zur Theke. Als er sie per E-Mail um eine Verabredung bat, hatte er geschrieben, sein richtiger Name sei Quinn. Trotzdem nannte Lucy ihn im Geiste lieber Hardluvnman. Sie wollte weder ihn noch sonst eine dieser Verabredungen als richtige Menschen sehen. So fiel es ihr leichter, sie ins Jenseits zu befördern.

Sie bestellte ihren Latte ohne Sahne und nahm an einem runden Ecktischchen Platz. Dann knöpfte sie ihren Blazer auf und rückte den Rollkragen ihres marineblauen Pullis zurecht.

Es warf ein trauriges Licht auf ihr Liebesleben, dass die einzigen Verabredungen, die sie in letzter Zeit gehabt hatte, nicht einmal echte Verabredungen gewesen waren, überlegte sie. Der einzige Grund, dass sie sich Männern wie Bigdaddy182 aussetzte, war, dass sie für ihren neuen Krimi *dead.com* recherchieren musste.

Lucy führte ihren Kaffee an die Lippen und trank vorsichtig einen Schluck. Sie brauchte nur noch ein letztes Opfer für ihr Buch. Selbst wenn Hardluvnman sich als anständiger Kerl entpuppte, der nicht zu sterben brauchte, war Lucy fertig mit Internet-Kaffeeverabredungen. Sie hatte genug von Männern, die sich aufführten, als sei es *ihre* Aufgabe, *ihnen* nachzulaufen. Als müsste sie *sie* davon überzeugen, sie um eine zweite Verabredung zu bitten. Wenn dieses letzte Date ein Riesenreinfall wurde, musste sie sich etwas anderes überlegen. Wie sich, zum Beispiel, der gesamten armseligen Charaktereigenschaften all ihrer lügenden, betrügenden Exfreunde zu bedienen und sie zusammenzumixen. Doch das hatte sie schon öfter getan, und sie befürchtete, ihre Leserinnen würden irgendwann spitzkriegen, dass die Opfer in all ihren Büchern immer denselben wiederaufbereiteten Verlierertypen ähnelten.

Nein, es war Zeit für neue Verlierertypen. Es gab diverse faszinierende Gründe, warum sie sich unter den vielen potenziellen Kandidaten ausgerechnet Hardluvnman für ein Treffen ausgesucht hatte. Erstens war sein Foto auf der Dating Site so unscharf, dass man nur schwer sagen konnte, wie er wirklich aussah. Das Bild vermittelte nur den allgemeinen Gesamteindruck einer düsteren, intensiven Ernsthaftigkeit, die sie irgendwie geheimnisvoll fand. Zweitens stand in seinem Profil, dass er Klempner war und sein eigenes Geschäft hatte. Was durchaus eine Lüge sein konnte, wahrscheinlich aber die Wahrheit war, denn wer würde schon anderen vorlügen, Klempner zu sein. Und drittens fiel Hardluvnman nicht in die Kategorie der noch nie verheiratet gewesenen oder geschiedenen Fünfunddreißig- bis Vierzigjährigen, sondern war Witwer. Was durchaus die Wahrheit sein konnte oder bloß ein schäbiger Trick, um Sympathiepunkte zu sammeln und Frauen ins Bett zu kriegen. Wenn Letzteres der Fall war, hatte Lucy ihr letztes Opfer gefunden. Voilà!

Die Ladentür schwang auf, und ein Mann mit schütter werdendem Haar trat ein. Lucy erkannte ihn sofort. Er hieß Mike, alias Klondikemike. Er war ihre erste Kaffee-Verabredung gewesen, und ihr erstes Mordopfer. Er steuerte auf eine Blondine zu, die am Regal mit Kaffeetassen stand, und sie gingen gemeinsam zur Theke. Mike musterte sie von Kopf bis Fuß und zahlte für zwei Kaffee und eine Tüte Kaffeebohnen mit Schoko-Überzug. Als die beiden sich den Weg zu einem Tisch ein paar Meter von Lucy entfernt bahnten, fing Mike Lucys Blick auf und sah schuldbewusst weg. Er hatte ihr nach ihrem Treffen keine E-Mails mehr geschrieben, aber sie hätte ihn beruhigen können. Sie hatte sowieso kein Interesse an einem Typen, der sie erbarmungslos zutextete und dabei Kaffeebohnen einwarf wie Amphetamine, und ihm gleich im ersten Kapitel mit einer Plastiktüte über dem Kopf den Garaus gemacht.

Sie wischte den roten Lippenstift vom Rand ihrer Tasse und sah sich an den anderen Tischen um. Sie war überrascht, dass die kürzlich in Boise geschehenen Morde nicht zu einer Flaute in der Dating-Szene geführt hatten. Überrascht, aber erleichtert, da es ihren eigenen Zwecken diente.

In den vergangenen Monaten waren drei Männer in ihren Wohnungen erstickt worden. Mit einem der Opfer, Lawrence Craig, alias Luvstick, hatte sie sich sogar im Moxie Java auf einen Kaffee getroffen, was sie immer noch ziemlich fertigmachte.

Die Polizei rückte nicht viele Informationen heraus, außer dass alle drei Todesfälle auf Erstickung zurückzuführen waren. Sie gab jedoch nicht an, um welche *Art* des Erstickens es sich handelte, nur dass der mutmaßliche Täter eine Frau war. In der Zeitung hatte auch nicht gestanden, wie oder wo die Mörderin ihre Opfer traf; Maddie hatte spekuliert, dass die Frau sie wahrscheinlich in Bars aufgabelte. Lucy tendierte dazu, ihr Recht zu geben. Dass Lucy über erotische

Asphyxiation schrieb, während in der Stadt Männer erstickt wurden, war ein Riesenzufall, doch es gab die unterschiedlichsten Möglichkeiten, einen Erstickungstod zu erleiden. So viele, wie das menschliche Hirn sich nur ausdenken konnte, und über die zahlreichen Möglichkeiten, wie das Leben die Kunst nachahmen konnte, wollte sie lieber gar nicht erst nachdenken. Und außerdem weigerte sie sich, das wahre Leben mit Fiktion zu verwechseln und so paranoid zu werden wie Maddie.

Der Anzahl der Paare im Starbucks nach zu urteilen, schienen Männer keine Angst zu haben, sich in Coffee Bars mit Frauen zu treffen. Wahrscheinlich weil sie sich, so wie Lucy ihre Dates, über Dating Sites kennen gelernt und bereits E-Mails ausgetauscht hatten. Und sich bei Starbucks zu treffen war sicher.

Bevor Lucy beschlossen hatte, sich zu Recherchezwecken übers Internet Männer zu suchen, war sie der Meinung gewesen, dass Online-Dating … nun ja, etwas für Verzweifelte und Stubenhocker war. Auch wenn Lucy verstand, warum Frauen übers Internet Bekanntschaften suchten, konnte sie das bei Männern überhaupt nicht nachvollziehen. Warum sollte ein passabel aussehender Kerl, der einen Job und seine eigenen gepflegten Zähne hatte und *nicht* bei seiner Mutter wohnte, übers Internet nach einer Verabredung suchen? War es nicht die ureigenste Aufgabe des Mannes, Frauen in Bars und Restaurants oder gar in der Obstabteilung von Albertson's aufzugabeln?

In den vier Wochen nach ihrer ersten Online-Verabredung hatte sie herausgefunden, dass die Männer online – wie Bigdaddy182 und Klondikemike – erwarteten, dass sie *ih-*

nen nachlief. Außerdem schienen sie in zwei Kategorien zu fallen: diejenigen, die um die Ecke gebracht werden mussten, und diejenigen, die so langweilig waren, dass sie sich am liebsten selbst umgebracht hätten.

Klar, bestimmt gab es irgendwo da draußen im Netz auch ein paar tolle Typen. Nette Männer, die einfach nur nette Frauen kennen lernen wollten, weil sie in ihrem Alltag nicht viele davon trafen, tolle Typen, die sich nicht gern in Bars oder Obstabteilungen herumtrieben. Sie hatte bloß keinen davon getroffen. Eigentlich hatte sie schon sehr lange überhaupt keine tollen Typen mehr getroffen, sei es nun im Netz oder sonstwo. Ihr letzter Freund war ein charmanter Alkoholiker gewesen, der mehr besoffen gewesen war als nüchtern. Als sie ihn das letzte Mal gegen Kaution aus dem Gefängnis holen musste, hatte sie endlich zugeben müssen, dass ihre Freundinnen Recht hatten. Sie war ein Problemjunkie mit Rotkreuzschwester-Komplex. Aber das war jetzt vorbei. Sie war es leid, ständig zu versuchen, irgendwelche Nieten zu retten, die sie nicht zu schätzen wussten.

Lucy schob den Ärmel ihres Blazers hoch und sah auf die Uhr. Zehn nach sieben. Zehn Minuten zu spät. Fünf Minuten würde sie Hardluvnman noch geben, dann wäre sie weg.

Sie hatte ihre Lektion über gestörte Männer gelernt. Sie wollte einen netten, normalen Typen, der nicht zu viel trank, nicht auf irgendwelche Extreme stand und keine Mami/Papi-Komplexe mit sich rumschleppte. Ein Mann, der weder zwanghaft log, noch serienweise fremdging. Der nicht emotional zurückgeblieben oder körperlich abstoßend war. Ihrer Meinung nach war es auch nicht zu viel verlangt, dass er über ausreichende sprachliche Fähigkeiten verfügen musste.

Ein reifer Mann, der wusste, dass das Grunzen einer Antwort noch keine Unterhaltung ausmachte.

Lucy trank gerade einen Schluck Kaffee, als die Tür zu Starbucks aufschwang. Sie blickte vom Boden ihrer Tasse zu dem Mann auf, der den Eingang ausfüllte, als wäre er von einem Kongress für Verrückte und Bösewichte hereingeweht worden. Der Schirm seiner roten Baseballmütze war tief in seine Stirn gezogen und warf einen Schatten über Augen und Nase. Seine gebräunten Wangen waren von der Kälte gerötet, und die Spitzen seines schwarzen Haares ringelten sich wie Angelhaken um den Mützenrand. Regen durchnässte die breiten Schultern seiner Bomberjacke aus schwarzem Leder. Der Reißverschluss war offen, und Lucys Blick glitt an einem breiten weißen T-Shirt-Streifen herab zum Hosenbund einer verblichenen Levi's. Während er dort stand und den Blick von Tisch zu Tisch schweifen ließ, schob er die Finger in die Vordertaschen seiner abgetragenen Jeans, sodass seine Daumen auf den zugeknöpften Hosenschlitz zeigten.

Mr. Hardluvnman war endlich da.

Wie auf dem Foto auf der Website konnte Lucy sein Gesicht nicht deutlich erkennen, doch als er den Blick auf sie richtete, wusste sie, dass er es war. Sie war wie elektrisiert. Langsam ließ sie ihre Tasse sinken, während er die Hände aus den Taschen nahm und auf sie zuschlenderte. Er lief lässig aus den Hüften heraus, groß und schlank, Entschlossenheit in jedem Schritt. Er bahnte sich den Weg durch Stühle und Cafébesucher, wandte den Blick jedoch nicht von ihr, bis er vor ihrem Tischchen stand.

Der Schatten seiner Schirmmütze lag genau über dem tiefen Bogen seiner Oberlippe. Er hob die Hand und schob mit einem Finger langsam den Schirm hoch. Nach und nach glitt der Schatten über seinen Nasensattel und die dichten schwarzen Augenbrauen. Seine Augen, die auf sie herabblickten, hatten die Farbe einer heißen kolumbianischen Kaffeemischung.

Lucy war Schriftstellerin. Sie arbeitete mit Worten. Sie füllte jedes ihrer Bücher mit hunderttausenden davon. Doch ihr schossen nur drei durch den Kopf: *Ach, du Scheiße!* Nicht gerade beredt, aber auf den Punkt genau.

»Sind Sie Lucy?«

»Ja.«

»Entschuldigen Sie die Verspätung«, sagte er. Seine Stimme war tief, testosteronrau. »Meine Hündin ist über den Mülleimer hergefallen, als ich gerade loswollte, deshalb musste ich erstmal ihren Dreck wegmachen.«

Was Lucys Meinung nach die Wahrheit sein konnte, es aber, wie sie sich ins Gedächtnis rief, wahrscheinlich nicht war. Nicht, dass es eine Rolle spielte. Nach heute Abend würde sie diesen Prachtkerl von Hardluvnman sowieso nie wiedersehen. Was eigentlich sehr schade war, da er der attraktivste Mann war, den sie je außerhalb eines Männermagazins gesehen hatte.

»Ich bin Quinn.« Er streckte ihr die Hand hin, und seine Jacke öffnete sich und gab den Blick auf stahlharte Brust- und Bauchmuskeln frei, die fest in seinem engen T-Shirt verpackt waren. Die Art von Brust- und Bauchmuskeln, die die Frage nur noch untermauerten: Warum musste ein Mann wie er online gehen, um eine Frau zu finden? Sie brauchte nicht lange für die Antwort. Unter diesem harten Körper stimmte etwas nicht mit ihm. Es musste einfach so sein.

Lucy nahm seine Hand, und seine warme Handfläche presste sich gegen ihre. Schwielig. Kräftig. Eine Hand, die tatsächlich einem Klempner gehören könnte. Sie entzog ihm die Hand wieder und schlang sie um ihre Tasse. »Wollen Sie sich keinen Kaffee holen?«

»Ich bin wunschlos glücklich.« Als er sich setzte, glitt sein dunkler Blick prüfend über ihr Gesicht, ihr Haar und ihre Wangen, dann zu ihrem Mund. Seine Stimme wurde etwas tiefer, als er fragte: »Und Sie?«

Ob sie wunschlos glücklich war? Sie blinzelte verwirrt und fragte: »In welcher Beziehung?«

Er lachte leise. »Möchten Sie noch einen Kaffee?«

»Ach so. Nein. Danke.« Sie legte ihre Hände flach auf den Tisch und ließ sie in ihren Schoß gleiten. »Ich hab schon zu viel Koffein intus.« Ganz offensichtlich. Normalerweise ließ sie sich von gut aussehenden Männern nicht so leicht aus der Fassung bringen. Normalerweise. »Das ist der Nachteil dieser späten Kaffeeverabredungen.«

»Wie viele solcher Rendezvous haben Sie schon hinter sich?«

Rendezvous? »Genug.« Sie legte den Kopf schief und konzentrierte sich darauf, irgendeinen Makel an ihm zu entdecken. Bloß weil sie ein bisschen durcheinander war, hieß das nicht, dass sie vergessen hatte, worum es bei diesem Treffen ging. »Und Sie?«

»Nicht viele. Ich bin lange nicht mehr mit Frauen ausgegangen, und diese ganze Internet-Chatroom-Dating-Sache ist neu für mich.«

Das war es also. Er tummelte sich in Chatrooms. Sie hatte Recht gehabt. Es war wirklich etwas faul an ihm. Etwas, das sich hinter diesen dunklen Augen, den langen schwarzen Wimpern und der sanften, maskulinen Stimme verbarg. »Ich hab in Ihrem Profil gelesen, dass Ihre Frau gestorben ist. Mein Beileid.«

»Danke schön.« Er setzte die Kappe ab und fuhr sich mit den Fingern durch die dichten schwarzen Haarsträhnen. Die Spitzen ringelten sich um seine Fingerknöchel. »Es ist jetzt sechs Monate her.«

Eine relativ kurze Zeit, um sich nach einem Ersatz umzusehen, dachte Lucy. Das konnte heißen, dass er einsam war. Oder ein gefühlloser Scheißkerl. »Woran ist sie gestorben?«

»Ein Autounfall. Es war unser zehnter Hochzeitstag, und sie wollte schnell im Supermarkt noch eine Flasche Champagner holen. Ich hab zu Hause mit zwei Dutzend Gänseblümchen auf sie gewartet, aber sie ist nicht zurückgekommen.«

Gänseblümchen? War er etwa ein knauseriger, gefühlloser Scheißkerl?

Er lachte unbehaglich und setzte seine Mütze wieder auf. »Gänseblümchen waren ihre Lieblingsblumen.«

Okay, jetzt fühlte sie sich ein bisschen schäbig. Es war schließlich *möglich*, dass er die Wahrheit sagte. Aber er konnte genauso gut ein Schwindler sein. Ein Schwindler mit einem Körper, der auch vernunftbegabten Frauen das Hirn umnebelte. »Sie müssen sie furchtbar vermissen.«

»Mehr als ich es je für möglich gehalten hätte. Sie hat mir alles bedeutet.« Er senkte den Blick auf den Tisch, sodass sie unter dem Mützenschirm die Emotion in seinen dunklen Augen nicht sehen konnte. »Manchmal schmerzt es so sehr …« Er schwieg mehrere Herzschläge lang, bevor er fortfuhr. »Manchmal kann ich kaum atmen.«

Oh mein Gott, dachte Lucy. Sie sollte das für Clare notieren. Clare schrieb Liebesromane, und das war wirklich herzzerreißend. Lucy musste zugeben, dass es sogar bei ihr wirkte – einer romantischen Zynikerin der härtesten Sorte.

»Sie hatte weiches rotes Haar, und wenn sie schlief, breitete es sich fächerförmig auf ihrem Kissen aus. Manchmal blieb ich wach, nur um ihr beim Träumen zuzusehen.«

Lucy zog irritiert die Augenbrauen zusammen, während in ihrem Kopf Aerosmith hämmerte. Das war entweder das Netteste, das sie je gehört hatte, oder er klaute Zitate aus Songtexten. Wenn Letzteres der Fall war, war er wirklich mies. »Wie hieß sie?«

»Millie. Wir kamen kurz vor dem Highschool-Abschluss zusammen.«

»Sie waren schon an der Highschool ein Pärchen?«

»Ja, aber wir haben uns einmal kurz getrennt, weil ich ein Trottel war.« Er zuckte mit seinen breiten Schultern, blickte aber nicht auf. »Ich war dreiundzwanzig und dachte, ich müsste auch mit anderen Frauen ausgehen. Doch nach einem Monat wurde mir klar, dass Millie alles hatte, was ich bei einer Frau suchte.« Er räusperte sich und sagte, als würde es ihm schwerfallen, die Worte herauszubringen: »Sie war die andere Hälfte meiner Seele.«

Wieder war das entweder echt romantisch oder wirklich mies. Lucy tendierte zu mies, weil an einem Typen, der den perfekten Körper hatte und trotzdem die Chatrooms nach einer Verabredung abklapperte, irgendetwas faul sein musste. Irgendeine versteckte Persönlichkeitsstörung. »Ist es nicht zu früh für Sie, sich nach einer neuen Frau umzusehen?«

»Nein.« Er blickte auf, und seine braunen Augen schauten in ihre. »Ich muss versuchen, mein Leben weiterzuleben. Ich suche keinen Ersatz für meine Frau, aber an manchen Abenden fällt mir zu Hause einfach die Decke auf den Kopf. Manchmal ist es einfach zu öde, nur mit einem Hund zur Gesellschaft zu Hause zu sitzen und *Cold Case Files* zu gucken.«

Er sah gern *Cold Case Files*? Diese Crime-Doku-Reihe war ihre Lieblingssendung, und wenn sie eine Folge mal nicht sehen konnte, zeichnete sie sie auf. »*Cold Case Files* auf CBS oder A&E?«

»A&E. Mir gefallen die echten Fälle.«

»Mir auch! Haben Sie die Folge gestern Abend gesehen?«

»Wo sie den Torso in dem Sportbeutel gefunden haben?« Er lehnte sich zurück, und die Jackennähte an seinen Schultern platzten fast, als er die Arme vor der Brust verschränkte. »Ja, hab ich.«

»Da haben sie ganz schön Schwein gehabt.«

Quinn rutschte auf seinem Stuhl ein Stückchen nach unten und brachte seinen Blick auf eine Höhe mit ihrem. »Science Fiction hat die Verbrecher endlich eingeholt.«

»Das stimmt. Da fragt man sich, wie heutzutage überhaupt noch jemand mit irgendwas davonkommt.« Lucy nippte an ihrem Kaffee und gab den Versuch auf, ihn auf irgendwelche Makel hin abzuklopfen. Da sie ihn sowieso nie wiedersehen würde, war es im Grunde auch egal. »Andererseits kommen jeden Tag Leute mit Verbrechen davon. Sie müssen nur schlau genug vorgehen.«

Seine dichten Augenbrauen senkten sich nachdenklich. »Glauben Sie, dass es das perfekte Verbrechen gibt?«

Tat sie das? In ihren Büchern wurden die Fälle immer spätestens auf der letzten Seite gelöst, die Täter vor Gericht gestellt. Doch war das auch im wahren Leben so? »Ich glaube, wenn man schlau ist und ein bisschen recherchiert, kann man durchaus das perfekte Verbrechen begehen. Und selbst, wenn es nicht ganz so perfekt ist, kann man immer noch damit durchkommen.«

Er sah sie mehrere Herzschläge lang an, dann fragte er: »Wie meinen Sie das?«

»Die meisten Verbrecher werden geschnappt, weil sie über ihre Tat reden müssen. Außer Serienmörder. Serienmörder kommen ungeschoren davon, weil sie normalerweise nicht über ihre Taten sprechen.«

»Woran liegt das Ihrer Meinung nach?«, fragte er.

»Wahrscheinlich, weil sie kein Gewissen haben. Die meisten Menschen mit einem Gewissen erzählen jemandem von ihrem Verbrechen. Das ist wie beim Niesen. Es muss raus, um den Druck abzubauen.«

»Und Sie glauben, Serienmörder brauchen den Druck nicht abzubauen?«

»Klar müssen sie das. Aber bei ihnen baut das Töten den Druck ab.« Über Verbrechen zu reden, war eine ihrer Lieblingsbeschäftigungen. Wenn sie sich mit ihren Freundinnen traf und sie sich übers Schreiben unterhielten, ging es mehr um Verfahrensfragen. Jede schrieb in einem anderen Genre, deshalb gingen sie normalerweise nicht allzu sehr ins Detail. Tja, außer Maddie. Die ging bis in die grausamsten Details, normalerweise beim Mittagessen, und dann mussten sie ihr den Mund verbieten. Es war irgendwie schön, mit jemandem über Mord zu sprechen, der nicht so aussah, als würde er über Lebertemperaturen aus dem Häuschen geraten.

»Haben Sie die Folge neulich Abend über diese Frau gesehen, die ihre fünf Ehemänner vergiftet hat?«, fragte Quinn.

»Bonnie Sweet? Ja, hab ich.« Bonnie war die Inspiration für Lucys viertes Buch *Tee von einem Bevollmächtigten* gewesen. Wie Lucys mordlüsterne Protagonistin hatte Bonnie aus Maiglöckchen einen giftigen Tee gebraut und ihn in edlem Wedgwood-Porzellan serviert. »Diese Frau hat einfach gern gegärtnert.« Dass Lucy bei einem Kaffee-Date über dieses Thema sprach, mochte leicht seltsam sein, doch es war tausendmal spannender, als einem Mann dabei zuzuhören, wie er über seine Ex lästerte, von seinem Motorrad schwärmte oder seinen Jagdausflug nach Alaska noch einmal durchlebte. Sie würde Quinn nie mehr wiedersehen, wenn sie Starbucks verließ, was spielte es also für eine Rolle, worüber sie sich unterhielten? »Man muss Bonnie Extrapunkte für ihren Stil geben.«

Quinn sah ihr in die Augen, als wollte er feststellen, ob sie eine Psychopathin war, oder nur zu viel allein vor der Glotze saß. In Wahrheit war sie eine harmlose Autorin mit massenhaft Recherchen im Kopf. Über alles von Spitzenunterwäsche bis Leichenblässe.

Er setzte sich wieder aufrecht hin, beugte sich vor und legte die Arme auf den Tisch. »Es braucht schon eine kaltherzige Frau, um jemanden langsam zu vergiften, den man angeblich liebt. Oder einmal geliebt hat.«

Was absolut die Wahrheit war. Serienmörderinnen waren kaltherzige Miststücke. Jede Einzelne von ihnen. Außerdem waren sie ordentlicher. Schlauer. Sauberer und, Lucys Meinung nach, viel interessanter als ihre männlichen Pendants. »Ja, aber genau das macht sie letztlich so faszinierend.«

»Faszinierend?« Er schüttelte fassungslos den Kopf und lachte ironisch. »Gott sei Dank gibt es nicht viele dieser ›faszinierenden‹ Frauen.«

»Vielleicht gibt es sie ja, und wir wissen es bloß nicht?« Lucy legte lächelnd den Kopf schief. »Vielleicht sind Mörderinnen einfach schlauer als Mörder und werden nicht geschnappt.«

»Vielleicht.« Er sah ihr intensiv in die Augen, und sie hatte langsam das Gefühl, dass er auf irgendetwas achtete. Worauf, hatte sie keine Ahnung. Quinn öffnete den Mund, um weiterzusprechen, doch ein Würgegeräusch lenkte ihn ab. Lucy schaute nach links zu Mike und seiner blonden Begleiterin. Mike hielt mit beiden Händen die Tischkante umklammert, und Gesicht und Nacken waren tiefrot angelaufen.

»Oh mein Gott!« Lucy sprang so schnell auf, dass ihr Stuhl nach hinten kippte. »Klondikemike ist am Ersticken. Unternimmt denn keiner was?«

»Sollten Sie nicht was unternehmen?«

Sie sah Quinn entgeistert an, der sich ebenfalls erhob. »Ich?«

»Sind Sie nicht Krankenschwester?«

Krankenschwester? »Was?« Oh Scheiße. Stimmte ja. Sie hatte in ihrem Profil gelogen. Da sich sonst niemand zu rühren schien, legte sie schnell die kurze Strecke zurück. Leider beherrschte sie das Heimlich-Manöver nicht, deshalb tat sie das Naheliegendste: Sie schlug Mike zwischen die Schulterblätter. Als nichts passierte, schlug sie fester zu.

Mikes Begleiterin kreischte hysterisch. Jemand schrie vom anderen Ende des Coffee Shops: »Ruft den Notarzt! Ein Mann ist am Ersticken.«

Die Geräuschkulisse im Starbucks schwoll von leisem stetem Gemurmel zu einer Woge aus Geschrei und über den Boden schrammenden Stühlen an.

»Großer Gott«, fluchte Quinn. Er packte Lucy an den Armen, hob sie hoch und räumte sie aus dem Weg. Dann hievte er Mike von hinten hoch, und nach einem abrupten Drücken flog eine Kaffeebohne durch die Luft und traf Mikes fassungslose Begleiterin genau zwischen den Augen. Mike holte tief und keuchend Luft. »Danke«, presste er hervor.

Quinn nickte. »Kein Problem.«

Die Kakophonie aus lauten Stimmen steigerte sich noch, als sich die Leute um Mike scharten, um sich zu überzeugen, dass es ihm gut ging. Quinn stand daneben, das Gewicht auf ein Bein verlagert und die Hände in die Hüften gestemmt. Seine Mundwinkel verzogen sich ironisch nach unten, während er das Spektakel beobachtete. Die Lücke zwischen dem Reißverschluss seiner Jacke über seiner harten Brust wurde breiter, und Lucy glaubte, ihn etwas murmeln gehört zu haben, das verdächtig klang wie »Krankenschwester, guter Witz«.

2. *Kapitel*

TARZAN: SUCHT JANE FÜR SPASS UND SPIEL …

Quinn McIntyre schob die Finger in die Vordertaschen seiner Levi's und stieß einen frustrierten Seufzer aus. Sein Atem hing wie Rauch in der Luft, und seine Augen verengten sich, während er beobachtete, wie sich die Rücklichter von Lucys silbernem BMW entfernten. Ihren verdammten Kaffeebecher hatte sie mitgenommen. Außer ihn ihr gewaltsam zu entwinden, hatte er keine Möglichkeit gesehen, sie davon abzuhalten.

Der Regen hatte inzwischen aufgehört, aber drei Viertel des Vollmonds waren von tintenschwarzen Wolken verdeckt. Quinn trat vom Gehsteig und lief über den Parkplatz zu einem schwarzen Ford Econoline Van. Lucy war genauso wenig Krankenschwester wie er Klempner, aber das hatte er schon gewusst, als er ihr die erste E-Mail schrieb. Er hatte die ganze Zeit über gewusst, dass ihr Internet-Profil gequirlte Scheiße war, und war genauestens darüber im Bilde gewesen, was sie beruflich machte. Als er sich heute Abend mit ihr traf, hatte er viel mehr über sie gewusst als ihre Augen- und Haarfarbe. Er hatte gewusst, dass sie 1,68 groß und 59 Kilo schwer war. Dass sie in der Klinik im Stadtzentrum geboren und im North End aufgewachsen war, wo sie immer noch lebte. Dass ihr Vater die Familie verlassen hatte, als sie elf war, was großen Groll gegen Männer hervorrufen konnte. Dass sie gebildet war und vor sechs Jahren ihren ersten Krimi verkauft hatte. Und dass sie in den letzten fünf Jahren drei Strafzettel wegen Geschwindigkeitsüberschreitung und zwei Vorladungen wegen Überfahrens von Stoppschildern bekommen hatte.

Was er nicht gewusst hatte, war, dass ihre Augen noch tiefblauer waren als auf ihrem Führerscheinbild und dem Publicity-Foto auf dem Schutzumschlag ihrer Bücher. In ihrem Haar glänzten goldene Strähnchen, und ihre Lippen waren viel voller. Als er heute Abend Starbucks betrat, wusste er, dass er einer umwerfenden Frau begegnen würde, doch auf die volle Wucht ihres weiblichen Charmes war er nicht gefasst. Aufgrund der Fotos hatte er nicht ahnen können, dass alles an ihr, von ihrer weichen Hand bis zum sanften Klang ihrer Stimme, im starken Kontrast zu einer Frau stand, die über Serienkiller schrieb und vielleicht selbst einer war.

Quinn lief durch Inseln künstlichen Lichts, ohne auf die Pfützen zu achten, die seine Stiefel bespritzten. Als er sich dem Van näherte, senkte sich die Fensterscheibe langsam.

»Habt ihr das alles?«, fragte er, während er hinter sich griff und sein T-Shirt aus seiner Jeans zog.

»Ja.« Detective Kurt Webers Mondgesicht erschien im Fenster. »Hast du den Kaffeebecher?«

»Sie hat ihn mitgenommen.«

»Scheiße.«

»Fand ich auch.«

»Was hatte dieser Lärm gegen Ende zu bedeuten?«

»So'n Typ ist fast an 'ner Kaffeebohne erstickt.« Er verstummte und zog an dem Mikrofon, das mit Klebestreifen an seiner Taille befestigt war. »Ich glaube, man kann mit ziemlicher Sicherheit sagen, dass sich Lucy Rothschild nicht nur fälschlich als Krankenschwester ausgibt; sie hat nicht den blassesten Schimmer von lebensrettenden Maßnahmen.«

»Aber diese Infos über Serienkiller waren interessant«, bemerkte Polizeitechnikerin Anita Landers von ihrem Platz hinten im Van neben den Empfangsgeräten.

Das hatte Quinn auch gefunden. Es sollte ihn nicht wundern, wenn Lucy morgen die Hauptverdächtige im »Breathless«-Fall wäre, wie sie die Frau nannten, die übers Netz Männer kennen lernte und sie in ihren Wohnungen erstickte. Ein ultradünnes Kabel verlief an seiner Seite hoch zu einem winzigen, flachen Mikrofon, das ihm auf den rechten Brustmuskel geklebt worden war. »Scheiße«, fluchte er, als er das Mikrofon von der jetzt nackten Stelle am Oberkörper riss.

»Wie war deine erste Reaktion auf sie?«, fragte Anita.

Quinn reichte ihr das Mikro durchs Fenster und sah an Kurt vorbei zu Anitas dunkler Silhouette hinten im Van. Als er Lucy in dem überfüllten Café hatte sitzen sehen, war seine erste Reaktion rein männlich und rein körperlich gewesen. Die Art Reaktion, die ein Mann zeigte, wenn eine schöne Frau seine Aufmerksamkeit erregte. Die Art, die ihn daran erinnerte, wie lange er schon keinen Sex mehr hatte. »Als ich mich zu ihr gesetzt habe, hatte ich das Gefühl, sie nimmt mich auseinander und sucht nach irgendwelchen Makeln.«

»Vielleicht hat sie dich als ihr nächstes Opfer auserkoren«, schlug Anita vor.

Daran hatte er auch schon gedacht. »Ja, vielleicht.« Als Hardluvnman hatte er in den vergangenen zwei Wochen sieben Online-, fünf Chatroom- und drei Kontaktanzeigen-Dates gehabt. Kurt, alias Hounddog, hatte etwa genauso viele gehabt, während Quinn im Econoline gesessen und jedes Wort mitgehört hatte. Die vielen anderen Fälle der beiden Detectives waren auf andere Beamte umverteilt worden, damit sie den Großteil ihrer Arbeitszeit diesem Fall widmen konnten.

Lucy war Quinns zweites Kaffee-Date an jenem Abend gewesen, und er war erschöpft von dem Versuch, sich ständig daran zu erinnern, welche Stichworte er welcher Frau geben musste. »Wir sehen uns morgen«, sagte er, als er den Reißverschluss seiner Jacke zuzog. Bis dahin wäre das Lucy-Rothschild-Band ausgewertet, genau wie all die anderen. Es hatte keinen Sinn, hier dumm rumzustehen, sich den Arsch abzufrieren und die Sache totzuquatschen.

Er begab sich zu dem silbernen Jeep, der wenige Parkplätze vom Van entfernt parkte, und öffnete die Tür.

»Hey, McIntyre«, rief Kurt ihm zu, als er den Econoline startete.

Quinn schaute über das Jeepdach zu ihm. »Ja?«

»Sieht diese Lucy in natura genauso heiß aus wie auf den Fotos?«

»Sogar noch besser.« Was die Möglichkeit nicht ausschloss, dass sie eine Mörderin sein konnte, aber ein paar interessante Fragen aufwarf. Zum Beispiel warum eine Frau, die aussah wie Lucy und so gut verdiente wie sie, im Internet nach Männern suchte.

»Das sollte dir die Arbeit erleichtern.«

Sich von blauen Augen und weichen roten Lippen ablenken zu lassen, machte seine Arbeit keineswegs leichter.

Nein, es wäre einfacher, wenn Breathless sich als seine erste Verabredung des Abends entpuppte, Maureen. Doch schon bei dem Gedanken erschauderte er. »Bis morgen«, rief Quinn, als er in den Jeep stieg und die Tür zuschlug.

Maureen Dempsey, alias Bignsassy, war eine der dämlichsten Frauen, die er je getroffen hatte. Sie hatte pausenlos über ihre Sammelalben und ihre Puppensammlung gequasselt, als hätte ihn das einen Scheißdreck interessiert. Sie nannte ihn ständig »Quint« und hatte ihm zur Krönung erzählt, sie hätte »irgendwo« gelesen, dass in der Sawtooth Wilderness Area in der Nähe von Sun Valley Außerirdische gelandet wären und sich als Menschen ausgaben. In dem festen Glauben, dass sie ihn verarschte, hatte er einen Witz gerissen und sich ein Lachen abgerungen. Doch sie meinte es vollkommen ernst, und er hatte gespürt, wie sein IQ um zehn Punkte fiel, nur weil er ihr gegenübersaß. Doch der größte Witz daran war, dass Maureen als Staatsbeamtin in der Industriekommission von Idaho arbeitete.

Er startete den Jeep und fuhr vom Parkplatz. Aus der Lüftung blies ein kalter Luftschwall auf seine Brust. Die Heizung war noch nicht warm gelaufen, deshalb stellte er die Lüftung ab. Seine Finger spielten am Radio herum, dann schaltete er auch das aus. Schon nach zwei Minuten mit Maureen hatte Quinn sie im Geist weitgehend von der Verdächtigenliste gestrichen. Der Grund war nicht, dass sie einen festen Job hatte. Viele Dummköpfe arbeiteten für die Regierung, aber eine Frau, die in der Lage war, drei Männer umzubringen, ohne irgendwelche Spuren zu hinterlassen, würde nicht im Traum glauben, dass im nördlichen Idaho Außerirdische lebten. Quinn neigte dazu, dem Bericht des

FBI-Profilers zuzustimmen, dass Breathless höchst organisiert und überdurchschnittlich intelligent war. Quinn glaubte nur nicht, dass Maureens Dummheit aufgesetzt war. So gut konnte niemand schauspielern.

Dem Verbrecherprofil zufolge war Breathless zwischen zweiunddreißig und achtundvierzig. Aufgrund der fehlenden forensischen Beweise glaubte der Profiler, dass sie Kenntnisse in Kriminaltechnik und polizeilichen Verfahren hatte. Sie interessierte sich für Verbrechensaufklärung und hielt sich für schlauer als die Polizei. Sie würde sich nicht mit konventionellen Methoden schnappen lassen und konnte wahrscheinlich einen Lügendetektortest bestehen und einem Verhör standhalten, ohne zusammenzubrechen.

Nach der Lektüre des Gutachtens waren sich alle in der Abteilung einig, dass die beste Methode, ein Raubtier wie Breathless zu fangen, darin bestand, es zu ködern. Mit Männern. Auch wenn Quinn den Plan für sinnvoll hielt, gefiel er ihm nicht. Er hatte das üble Gefühl, dass er es schon sehr weit treiben musste, bis sie genug Beweise für eine Festnahme hatten. Er hatte keine Angst, ein weiteres Opfer zu werden. Nein, er fand bloß die Vorstellung, seinen Schwanz vor einer Psychopathin baumeln zu lassen, nicht gerade prickelnd.

Quinn bog in Fairview ab und fuhr auf den Zubringer. Straßenlaternen erhellten den Highway-Abschnitt, der in die Innenstadt führte wie ein weißes Band. Er probierte noch einmal die Heizung, und aus der Lüftung blies jetzt warme Luft, während er in Richtung Broadway und nach Hause fuhr.

Alle Frauen, die die Detectives in den vergangenen zwei

Wochen manipuliert hatten, wiesen mehrere Gemeinsamkeiten auf, durch die sie auf der Verdächtigenliste gelandet waren. Sie alle trafen Verabredungen übers Internet und waren von allen drei Opfern etwa drei Tage vor ihrem Tod kontaktiert worden. Sie alle waren Kundinnen bei derselben Reinigungskette und lebten allein.

Auch alle drei männlichen Opfer hatten mehrere Gemeinsamkeiten, die sie auf die Liste der Täterin gebracht hatten. Alle waren auf Frauenjagd gewesen, als hätten sie eine göttliche Mission zu erfüllen. Alle besaßen eine lange Liste von Frauen, die sie unter einen Hut bringen mussten, indem sie bis zu fünf oder sechs Verabredungen pro Woche hatten – normalerweise mit verschiedenen Kandidatinnen, die sie über Dating Services im Netz, in Chatrooms und über Kontaktanzeigen kennen gelernt hatten. Der Anzahl der Bücher nach zu urteilen, die sie bei »Barnes and Noble«, »Borders« und »Hastings Books and Music« per Kreditkarte erstanden, hatten sie Bücher geradezu verschlungen. Das erste Opfer war geschieden gewesen, das zweite verwitwet und das dritte verheiratet, hatte sich jedoch als Witwer ausgegeben. Alle drei waren mit Handschellen ans Bett gefesselt gestorben.

Das erste Opfer, Charles Wilson, alias Chuckles, war in seiner Wohnung in der Nähe von Overland gefunden worden, die Hände in elastischen Handschellen und eine Kleiderschutzhülle aus einer Westco-Reinigung über dem Kopf. Der Fall war als Totschlag eingestuft worden; ob es sich um Mord handelte, war noch unklar. So wie sich die Leiche beim Auffinden präsentierte, schien das Opfer mit einer ziemlich abartigen Sexualpartnerin erotische Aspyxiationsspielchen getrieben zu haben, was tödliche Folgen gehabt hatte. Die Täterin war vom Tatort geflohen und hatte nur wenig Beweise zurückgelassen, und Quinn sollte herausfinden, ob die abartige Sexualpraktik versehentlich schiefgegangen war, oder ob es sich um vorsätzlichen Mord handelte.

Sie hatten Mr. Wilsons Familie und Freunde befragt, die ausnahmslos behaupteten, er hätte seit über einem Jahr keine feste Freundin mehr gehabt. Seine Exfrau hatte wieder geheiratet und lebte in einem anderen Staat. Quinn hatte seine Kreditkartenquittungen und Telefonaufzeichnungen durchforstet. Er hatte so ziemlich alle Personen ausgeschlossen, die Charles telefonisch oder per E-Mail kontaktiert hatte, als das zweite Opfer entdeckt wurde. Zwei Leichen waren kein Zufall mehr. Der Tod der Männer war nicht zufällig gewesen, und als dann die dritte Leiche auftauchte, wussten sie mit Sicherheit, dass sie es mit einem Serienmörder zu tun hatten.

Charles Wilson war vor anderthalb Monaten ermordet worden, und wenn die Detectives sich nicht beeilten, gäbe es ein viertes Opfer.

Bald.

Das wollte niemand. Und niemand hätte es lieber gesehen als Quinn, wenn den Beamten zur Aufklärung von Gewaltverbrechen der Durchbruch gelungen wäre. Er hatte keinerlei Skrupel, Frauen zu belügen, und Mörder dingfest zu machen, gehörte zu seinem Job. Er hatte jetzt schon seit Jahren nicht mehr als verdeckter Ermittler gearbeitet, und manchmal hatte es ihm richtig gefehlt. Nein, was ihm total gegen den Strich ging, war, die schmalzigen Sprüche herzusagen, die Kurt für ihn geschrieben hatte.

Quinn fuhr mit dem Jeep in seine Auffahrt und schaltete die Scheinwerfer aus, als er in die Garage rollte. Er parkte neben seinem weißen Zivilwagen und stellte den Motor ab. Wie immer hatte Millie ihn kommen hören und erwartete ihn schon an der Hintertür. Ein weibliches Wesen, das zur Abwechslung mal treu war, wenn auch manchmal vielleicht etwas *zu* anhänglich. Er knipste das Licht an, als er in die Küche kam. Ihre großen braunen Hundeaugen blickten in grenzenloser Liebe zu ihm auf, und das Licht schimmerte auf ihrem seidig roten Fell.

»Hey, Kleine.« Sie leckte ihm die Hand, und er ließ sich auf ein Knie nieder. »Du bist ein braver Hund.« Er kraulte sie hinter den langen Ohren, worauf sie die Zunge ekstatisch seitlich aus dem Maul hängen ließ. Ihr Schwanz klopfte auf den Hartholzboden, während Quinn das blinkende Licht seines Anrufbeantworters und das Chaos aus Federn, die im Zimmer verstreut waren, zur Kenntnis nahm.

Seine Mundwinkel verzogen sich nach unten, als er wieder aufstand. Unter dem Tisch lagen die zerfetzten Überreste seines Kissens. Er war lange nicht mehr dazu gekommen, mit Millie rauszugehen, damit sie nach Herzenslust herumtoben und apportieren konnte. Sie langweilte sich, aber wenigstens hatte sie sich diesmal nicht am Mülleimer zu schaffen gemacht. Aber da war sowieso nichts mehr drin.

Das war das Problem, wenn man einen zwei Jahre alten Irischen Setter zu lange allein ließ. Sie stellten gern allerlei Unfug an, doch wenigstens hatte sie diesmal nur sein Kissen ruiniert.

Er hängte seine Jacke über einen Küchenstuhl und durchquerte die Küche. Das letzte weibliche Wesen, das er allein gelassen hatte, war seine Verlobte Amanda gewesen, und die hatte sein Leben ruiniert. Während er weg gewesen war, um sich seine Brötchen zu verdienen, indem er die Welt vor Bösewichten rettete, hatte sie mit Shawn gevögelt, seinem besten Kumpel seit der Highschool.

Quinn zog den leeren Mülleimer unter dem Spülbecken hervor und trug ihn durch den Raum. Er glaubte nicht, dass er je den Nachmittag vergessen würde, als er sie nackt in seinem Bett überrascht hatte. Er würde nie ihre Mienen oder die Vorwürfe vergessen, die aus dem Mund der Frau sprudelten, die er geliebt hatte.

»Ich bin immer allein«, hatte Amanda gejammert und die Bettdecke hochgezogen, um ihre nackten Brüste zu bedecken. »Du arbeitest ständig, und ich bin hier immer allein.«

Er hatte ironisch auf Shawn gedeutet, der aus dem Bett gesprungen war und hastig in seine Hose stieg. »Ganz offensichtlich bist du nicht immer allein.« Der Griff von Quinns 9-mm-Heckler&Koch hatte gegen seine Taille gedrückt, während die Wut mit jedem Herzschlag in seiner Brust gehämmert und sein Magen sich zusammengezogen hatte, bis er fürchtete, sich gleich übergeben zu müssen.

»Wir wollten das nicht«, hatte Shawn gemurmelt und sich sein Hemd geschnappt.

»Du wolltest deinen Schwanz also nicht in meine Verlobte stecken?« In jenem Moment brachte Quinn das allergrößte Verständnis für Verbrechen aus Leidenschaft auf; er spürte den blinden Nebel und die verzehrende Wut, die einen Mann dazu bringen konnte, die Kontrolle zu verlieren und auf Rache zu sinnen, am eigenen Leib.

»Was hast du denn erwartet?« Zwei süße Tränchen waren

aus Amandas Augen gekullert, sogar als sie die Verantwortung voll und ganz auf ihn schob. »Es ist deine Schuld. Du bist kalt und gefühllos.«

Er hatte gelacht, ein heiserer Mix aus Wut und Ungläubigkeit. »Schert euch aus meinem Haus«, hatte er hervorgestoßen. Seine harte, ausdruckslose Stimme hatte den Raum erfüllt, während Hass und Wut durch seinen Körper rasten. Jahrelange Erfahrung und Selbstbeherrschung hatten ihn die Hände zu Fäusten ballen lassen, bevor er etwas Dummes hätte tun können. »Alle beide.« Etwas an seinem Blick oder am Klang seiner Stimme musste sie gewarnt haben, wie kurz er davor war, gewalttätig zu werden, denn sie hatten rasch ihre Klamotten geschnappt und die Beine in die Hände genommen.

Quinn glaubte zwar nicht, dass er in jener Nacht von seiner Pistole Gebrauch gemacht hätte, aber er konnte nicht garantieren, dass er Shawn nicht schon aus Prinzip halb totgeschlagen hätte, wenn sie geblieben wären. Doch er bezweifelte es, denn tief in seinem Herzen wusste er, dass an Amandas Vorwurf etwas dran gewesen war.

Er rückte einen Küchenstuhl beiseite und griff nach den fast leeren Überresten dessen, was einst sein Kissenbezug gewesen war. Millie machte sich nicht einmal die Mühe, angesichts der Verwüstung schuldbewusst den Kopf hängen zu lassen. Stattdessen latschte sie sogar noch durch das Chaos und verteilte noch mehr Federn hinter sich. Wäre es draußen nicht so nass gewesen, hätte er sie in ihre Hundehütte gesperrt, während er saubermachte. »Raus«, befahl er und deutete auf den Durchgang zum Wohnzimmer. Mit großen braunen Augen blickte sie über die Schulter, als sie langsam hinaustrottete. War es nicht typisch Frau, dass sie versuchte, ihm Schuldgefühle wegen etwas zu machen, das *sie* angestellt hatte?

Quinn warf den Kissenbezug in den Müll, und Federn stoben auf und blieben an seinem Hemd kleben. Es war jetzt ein gutes Jahr her, seit er Amanda und Shawn gemeinsam ertappt hatte. Er hatte gehört, dass die beiden geheiratet und inzwischen ein Kind, eine Hypothek und einen Komfort-Geländewagen hatten. Den amerikanischen Traum lebten, während er immer noch ein sorgloses Junggesellendasein führte. Er und Millie. Und das war total in Ordnung für Quinn. Es gab Zeiten, in denen er geglaubt hatte, alles haben zu können. Eine Frau, Kinder und einen Minivan, aber manche Scheiße stand einfach nicht in den Karten. Nicht für Quinn.

Er zupfte die Federn von seinem Hemd und ließ sie in den Mülleimer schweben. Viele Polizisten, die er kannte, waren schon zum zweiten oder dritten Mal verheiratet; da blieb er doch lieber allein, als Teil einer traurigen Statistik zu werden. Er hatte seine Arbeit und seinen Hund, seine Mutter, zwei Geschwister und sieben Nichten. Das war genug Familie für jeden. Und wenn er das Bedürfnis nach weiblicher Gesellschaft verspürte, wusste er, wo er sie finden konnte. Für viele Frauen war seine Dienstmarke ein Aphrodisiakum. Er wollte Sex. Sie wollten Sex mit einem Cop. So bekamen beide, was sie wollten. In den meisten Fällen war das genug.

Quinn richtete sich auf und ging zum Besenschrank. Er zog Besen und Kehrschaufel heraus und drückte auf seinem Anrufbeantworter die Play-Taste. Während er mit dem Besen Federn jagte, hörte er eine Nachricht des Kundenservice von Sears, die ihn davon in Kenntnis setzte, dass die Garantie seines Kühlschranks bald ablaufen würde. Der zweite Anruf war von seiner Mutter.

»Erin hatte heute ihre Ultraschalluntersuchung«, informierte ihn ihre Stimme. Ihr langer Seufzer erfüllte die Küche, bevor sie fortfuhr: »Sie kriegt noch ein Mädchen.«

Quinn lachte leise. Erin war mit Quinns Bruder Donny verheiratet. Die beiden hatten schon drei Mädchen. Das jüngste würde die Gesamtsumme der Frauen in Donnys Haus auf fünf erhöhen. Fünf zu eins. Arme Sau. Er war auf verlorenem Posten.

Noch ein langer Seufzer, dann: »Natürlich freuen wir uns. Aber wer wird den Namen McIntyre fortführen, wenn Donny ständig Mädchen zeugt?«

Quinn war der älteste McIntyre, gefolgt von seiner Schwester Mary und schließlich Donny. Mary und Donny hatten mit vereinten Kräften für sieben Enkelinnen gesorgt. Quinn sah nicht ein, warum er noch mehr kleine Schreihälse in die Welt setzen sollte.

»Ich hab in der Sonntagsmesse Beatrice Garner getroffen«, informierte ihn seine Mutter, während er Federn auf das Kehrblech kehrte. Er wusste genau, worauf sie hinauswollte. »Ihre Tochter Vicky arbeitet bei Dillard's. In der Kinderabteilung. Sie ist ledig und besucht die St. Mary's Kirche in der State Street.«

»Vergiss es«, knurrte Quinn, während er Daunen und Federn von Schritt und Oberschenkeln seiner Jeans klaubte. An dem Tag, als er vom Rauschgiftdezernat in die Abteilung zur Aufklärung von Gewaltverbrechen versetzt worden war, hatte seine Mutter kurz innegehalten und Gott gedankt, dass Quinn aufgehört hatte, Junkies zu jagen und sich von durchgeknallten Dealern anschießen zu lassen, und es prompt zu ihrer Mission erklärt, dafür zu sorgen, dass er »häuslich« wurde. Sie war überzeugt, dass Quinn mit der Liebe einer guten Frau und regelmäßigen Beichtgängen glücklich würde. Wenn er sie darauf hinwies, dass die »Liebe einer guten Frau« ihn total vermurkst hatte, konterte seine Mutter, dass Amanda keine »gute Frau« gewesen war. Eine ihrer zahlreichen Sünden hatte darin bestanden, dass sie Presbyterianerin war. Er hatte den Versuch aufgegeben, seine Mutter davon zu überzeugen, dass ihm sein Leben so gefiel, wie es war, und dass er genauso glücklich war wie alle anderen Erdbewohner.

Sie ließ sich noch ein Weilchen länger über Pater soundso und Diakon soundso aus, bevor ihr die Puste ausging und das Gerät sich ausschaltete. Er schob den Mülleimer wieder unter das Spülbecken und lehnte den Besen an die Küchentheke. Er warf das Kehrblech auf den Herd und schnappte sich eine Flasche Bier aus dem Kühlschrank. Wenn sie sich um ihr eigenes Liebesleben kümmerte, würde sie sich vielleicht nicht so viele Gedanken um seins machen. Er wusste nicht so recht, was er davon halten sollte, dass seine Mutter sich so kurz nach dem Tod seines Vaters mit Männern traf. Auch wenn es, wenn er es recht überlegte, schon drei Jahre her war, dass sein Vater tot umgefallen war, während er die Sharon-Rosen seiner Mutter beschnitten hatte.

Er nahm seinen Laptop und seine Akten vom Tisch, auf dem er sie vorher abgelegt hatte, und knipste auf dem Weg aus der Küche die Lichter aus. Millie stand auf und folgte Quinn dicht auf den Fersen ins Wohnzimmer. Mit der freien

Hand schnappte er sich die Fernbedienung und schaltete die Zehn-Uhr-Nachrichten an. Er setzte sich auf sein Ledersofa und platzierte Laptop und Akten auf dem gläsernen Couchtisch vor sich. Millie setzte sich neben sein Knie auf den Boden, und er streckte die Hand aus und kraulte sie hinter ihrem langen roten Ohr.

In dem dunklen, behaglichen Raum glitt Licht vom Fernseher über die beigefarbenen Teppiche und strömte über den Couchtisch bis zu seiner Stiefelspitze. Er sah sich die Wettervorhersage an, die mehr Regen prophezeite. Bisher hatte die Presse zum Fall Breathless nicht über viele Details berichtet. Die Öffentlichkeit wusste nur, dass drei Männer in ihren Betten erstickt worden waren. Die Erstickungsmethode war nicht bekannt gegeben worden, genauso wenig wie die Information, dass sie nach Auffassung der Polizei ihre Opfer übers Internet fand. Die Presse kooperierte. Bis jetzt. Wenn eine der Zeitungen einen Knüller witterte, konnte sich das ganz schnell ändern.

Das Licht flimmerte, als die Nachrichtensendung von einem Werbespot für Versicherungen unterbrochen wurde. Quinn hob das Bier an die Lippen und sah einem Gecko dabei zu, wie er über den Bildschirm tanzte. Mit seinen siebenunddreißig Jahren war er nun schon seit sechzehn Jahren Polizist. Die ersten sechs Jahre war er Streife gefahren, bis er zum Detective befördert wurde und die nächsten sechs Jahre beim Drogendezernat arbeitete. Er war voll Eifer und Naivität an die Arbeit gegangen und hatte geglaubt, die Welt vor Drogen und der damit zusammenhängenden Kriminalität retten zu können. Er war mit einem starken moralischen Kompass erzogen worden. Mit einer klaren Definition von

Richtig und Falsch. Gut und Böse. Schwarz und Weiß. Doch nachdem er sich ein Jahr in Spelunken herumgetrieben und sich mit Pack angefreundet hatte, hatte sich diese Definition verändert. Die Grenze zwischen Gut und Böse war verschwommen, und Schwarz und Weiß waren zu einem konstanten Grau geworden. Je länger er als verdeckter Ermittler gearbeitet hatte, desto mehr hatte auch *er* sich verändert. Je mehr er sich verändert hatte, desto mehr war das nicht Akzeptable zum Alltäglichen geworden, bis er sich eines Tages im Spiegel betrachtet hatte und den Mann nicht mehr wiedererkannte, zu dem er geworden war. Er hatte einen Kerl mit langem Haar und Bart gesehen. Einen Mann mit harten und gefühllosen Augen. Der Anblick hatte ihm gefallen.

Rauschgiftfahnder mussten blitzschnell denken und das Blaue vom Himmel lügen können und Eier aus Stahl haben. Sie waren clever, arrogant und überzeugt von ihrer Unbesiegbarkeit, und Quinn war einer der besten gewesen. Sechs Jahre lang hatte er in einer Welt aus Drogen und Gewalt gelebt, und der Geschmack von Dreck und Schmutz auf seiner Zunge hatte ihm einen Kick gegeben. Genauso wie mächtige Drogendealer zur Strecke zu bringen. Härter zu sein als die härtesten Typen, hatte ihm einen Adrenalinstoß versetzt, der tagelang anhielt. Es hatte nichts Vergleichbares gegeben. Sein Leben und seine Arbeit waren so miteinander verwoben, dass er nicht gewusst hatte, wo das eine aufhörte und das andere anfing. Die Veränderung an ihm hatte seine Familie erschreckt und beunruhigt, sodass er sich bei Familienfeiern kaum noch blicken ließ, bis er ihnen eines Tages ganz fernblieb. Er hatte für seinen Job gelebt, ihm jeden

Atemzug gewidmet und ihn geliebt. Die Arbeit war sein Leben, und er hatte jede Minute genossen.

Bis das Kartenhaus zusammenbrach.

Quinn trank noch einen Schluck und setzte die Flasche auf seinem Oberschenkel ab. Ihr Name war Merry, als hätte sie glücklich und fröhlich sein sollen, doch in Merrys Leben hatte es nie etwas gegeben, das zur Freude Anlass gab. Sie war eine neunzehnjährige, drogenabhängige Hure, die anschaffen gehen musste, um sich mit Stoff zu versorgen. Die Droge ihrer Wahl war Black-Tar-Heroin, aber sie hatte einen Streit mit ihrem Freund/Dealer gehabt, nachdem er sie einmal zu viel brutal vergewaltigt und zusammengeschlagen hatte. Als Quinn Merry zum ersten Mal sah, waren ihre Augen mit Blutergüssen übersät und zugeschwollen. Beim zweiten Mal hatte sie sich verpflichtet, Quinns vertrauliche Informantin zu werden, ihn mit ihrem Dealer bekannt gemacht und ihn mit Informationen versorgt.

In den nächsten acht Monaten hatte Quinn getan, was er am besten konnte. Er hatte die Scheiße dick aufgetragen und sich langsam mit Pack angefreundet. Dann hatte er mitten in der Nacht einen Telefonanruf erhalten, der ihn aus der Bahn geworfen hatte: Merrys Leiche war in einem Einkaufswagen hinter Winco's gefunden worden. Als er dort im schwachen Nieselregen stand und auf ihren zierlichen Körper und den abgesplitterten schwarzen Nagellack herabschaute, hatte blinde Wut sein Denken getrübt und ein Loch in sein Hirn gebrannt. Acht Monate Arbeit für die Katz.

Scheiße.

Er hatte gesehen, wie ein Regentropfen an Merrys Stirn und Nase hinabglitt. Der Tropfen fiel auf ihr Kinn, und in jenem Moment hatte irgendetwas die Resettaste seines moralischen Kompasses gedrückt, der so schrecklich vom Kurs abgekommen war. Eine Frau war tot, im Grunde noch ein Mädchen, und sein erster Gedanke hatte der Arbeit gegolten. Als er diesmal in den Spiegel sah, gefiel ihm der harte, gefühllose Scheißkerl, der zu ihm zurückblickte, überhaupt nicht. Ihm gefiel nicht, was aus ihm geworden war.

Merry war Quinns Informantin gewesen, und er hatte sie enttäuscht. Als Polizist und als Mensch. Auf dem Papier hatte er alles richtig gemacht. Er hatte sich strikt an die Vorschriften gehalten, aber er hätte mehr tun müssen.

In ihrem kurzen Leben war er der letzte Mann gewesen, der sie enttäuscht hatte. Ihre Großmutter war die einzige Verwandte, die Anspruch auf die Leiche erhob, doch auch wenn er Merry zu Lebzeiten enttäuscht hatte, im Tod hatte er etwas für sie tun können. Er hatte die Beerdigung bezahlt, den besten Sarg gekauft und als einer der wenigen Trauergäste an der Beerdigung teilgenommen. Jedes Jahr an ihrem Todestag legte er pinkfarbene Rosen auf ihren Grabstein. Dabei wusste er nicht einmal, ob sie Pink gemocht hatte.

Merry war vor vier Jahren gestorben, doch die Schuldgefühle trug er immer noch mit sich herum. Das würde er wohl sein ganzes Leben. Eine ständige Mahnung, menschlich zu sein, und in einem Job, in dem er das Schlimmste im Menschen sah, bewahrte es ihn davor, erneut in die mentale Falle zu tappen, die Welt ausschließlich in »die und wir« aufzuteilen.

Nachdem er sich in den Anzug geworfen hatte und in die Abteilung zur Aufklärung von Gewaltverbrechen versetzt worden war, hatte er sich darauf konzentriert, Stück für

Stück wieder er selbst zu werden. Seine verzerrte Sichtweise auf Richtig und Falsch neu auszurichten. Auf Gut und Böse. Schwarz und Weiß. Er hatte geglaubt, das sei ihm gelungen. Er hatte langsam geglaubt, sich neben der Arbeit ein Leben aufbauen zu können. Eine Frau und ein Kind zu haben und einen von diesen Kindertragerucksäcken. Doch Amanda hatte ihm klargemacht, dass manche Dinge einfach nicht sein sollten. Nicht für Quinn. Er hatte sich damit abgefunden und war es zufrieden.

Er führte das Bier an die Lippen und zappte mit der Fernbedienung hin und her. Licht blitzte auf wie ein Röhrenblitz, als er einen großen Schluck nahm. Quinn arbeitete für sein Leben gern in der Abteilung für Gewaltverbrechen. Es gab ihm einen Kick, wahllos Spuren zu sichern, unvereinbaren Indizien nachzugehen und scheinbar zusammenhangslose Beweise zu sammeln. Er setzte sie leidenschaftlich gern zusammen, bis sie ein komplettes Bild ergaben und den Ermittlungen eine Richtung wiesen. Er liebte es, gewalttätige Kriminelle dingfest zu machen. Aber es war nicht sein ganzes Leben. Er war jetzt in der Lage, sich eine gewisse Perspektive und Distanz zu bewahren. Die Arbeit nicht mit nach Hause zu nehmen – außer diesmal. Breathless musste aufgehalten werden, bevor sie wieder tötete.

Quinn hatte von Natur aus das Talent, einen Schritt zurückzutreten und das Gesamtbild zu betrachten, doch diesmal gab es einfach nichts zu sehen. Es gab nur wenige Spuren, tatsächlich unvereinbare Indizien, und die zusammenhangslosen Beweise stellten sich als genau das heraus. Zusammenhangslos.

Dieser Fall raubte ihm den Schlaf. Die Frage nach dem

Wer und Warum schwirrte ihm durch den Kopf, ohne dass dabei irgendetwas herauskam. Wer Breathless auch war, schlau war sie. Und wenn es etwas gab, das Quinn mehr hasste als alles andere, dann von Verbrechern aufs Kreuz gelegt zu werden. Ob nun von einer Frau oder sonstwie.

Was seine Gedanken auf Lucy Rothschild lenkte. Er war ein Cop. Ausgebildet, um an der Körpersprache eines Menschen zu erkennen, ob er log – insbesondere an den Augen. Doch während ihres Treffens hatte er sich mehrfach dabei ertappt, wie er ihr stattdessen auf den Mund geschaut hatte. Wie er die Rundungen ihres Körpers aus Gründen betrachtet hatte, die rein gar nichts mit Lügen zu tun hatten, dafür umso mehr mit der Art, wie sich ihre Brüste unter dem engen Pulli wölbten. Und in diesen unaufmerksamen Momenten hatte die dringendste Frage in seinem Kopf gelautet: Was brachte eine Frau wie Lucy dazu, sich übers Internet mit Männern zu verabreden? Er verstand durchaus, warum Männer im Netz nach Frauen suchten. Frauen um eine Verabredung zu bitten, fanden manche Männer furchtbar einschüchternd. Frauen dagegen mussten nur herumstehen und gut aussehen. Gelegentlich mal lächeln, um zu signalisieren, dass sie interessiert waren. Wie schwierig konnte das denn sein? Insbesondere für schöne Frauen wie Lucy.

Irgendwas stimmte nicht mit ihr. Es musste so sein. Irgendetwas, das sich hinter den großen blauen Augen verbarg. Etwas, das vielleicht auf Mord hindeutete.

Der einzige Beweis, der Lucy mit dem Breathless-Fall in Verbindung brachte, war ihr Name auf der Kundenliste der Westco-Reinigung, eine E-Mail von Charles Wilson, alias Chuckles, und ein allgemein bekanntes Kaffee-Date mit dem dritten Opfer, Lawrence Craig, alias Luvstick. Das war nicht viel, aber andererseits hatte die Polizei in dieser Phase der Ermittlungen auch nicht viele Anhaltspunkte.

Die Detectives waren dabei, systematisch alle Verdächtigen auszuschließen, und inzwischen waren viel weniger übrig als am Anfang. Trotzdem stellte sich bei jeder Verdächtigen erneut die Frage: Was für eine Frau würde sich mit einem Mann verabreden, der sich Luvstick nannte? Die Polizei ging davon aus, dass es dieselbe Art Frau war, die sich mit jemandem traf, der sich Hardluvnman oder Hounddog nannte.

3. Kapitel

CURIOUS: SUCHT DICHTER MIT DURCHHALTEVERMÖGEN …

Am nächsten Morgen beobachtete Quinn im Spiegel über seiner Frisierkommode, wie er den Knoten seines rotblaugestreiften Schlipses hochschob. Er reckte sein frisch rasiertes Kinn und rückte den Knoten hin und her, bis er perfekt in den geschlossenen Kragen seines blauen Oberhemds passte. Er knöpfte die Kragenspitzen fest und griff nach seiner Dienstmarke auf der Frisierkommode. Er hakte sie an seinen Gürtel und schob seine Pistole ins Halfter an der rechten Hüfte. Reservemunition und Handy klemmte er an die linke Seite und steckte sich ein Paar Handschellen ins Kreuz. Am Fußende des Bettes lag eine marineblaue Jacke, in deren Ärmel er seine Arme fädelte, während er durch den Flur in die Küche ging. Er fütterte Millie, überprüfte, ob die Hundeklappe unverschlossen war, und trank seinen Kaffee aus. Auf dem Weg zur Tür hinaus schnappte er sich Laptop und Akten. Er sprang in seinen nicht als Polizeifahrzeug erkennbaren Crown Victoria und fuhr ins Büro. Während der Fahrt durch die Stadt checkte er seine Voicemail und machte sich auf einem Papierblock auf dem Beifahrersitz Notizen. Danach rief er wegen eines anhängigen Gerichtsverfahrens im Büro des Bezirksstaatsanwalts an, und als er endlich auf seinen Parkplatz fuhr, hatte er bereits eine ganze Anzahl Dinge von seiner Liste mit zu erledigender Scheiße gestrichen.

Er begab sich in den Einsatzbesprechungsraum, der speziell für den Breathless-Fall eingerichtet worden war, und stellte fest, dass Lucy Rothschild an der Tafel vorn zur Nummer eins aufgerückt war, direkt über Maureen Dempsey. Er war als Erster da und platzierte Laptop und Akten neben den drei Mordakten auf dem Tisch vor ihm.

»Karla Thompson haben wir endgültig ausgeschlossen«, verkündete Sergeant Vernon Mitchell, als er hereinkam. »Gerade kam die Bestätigung, dass sie zum Zeitpunkt des zweiten Mordes nicht in der Stadt war.« Auf der Nasenspitze des Sergeant thronte eine Brille, und sein weißer Bürstenschnitt war so kurz geschnitten, dass sein Kopf fast kahl wirkte.

Quinn setzte sich und schlug eine der Mordakten auf. »Mir fällt ein Stein vom Herzen«, murmelte er. Karla Thompson, alias Sweatpea, die Frau, die gerochen hatte wie eine Marlborough-Zigarette und geklungen hatte wie der Marlborough-Mann, hatte ihm in der Kaffeeschlange an den Arsch gegrapscht.

Kurt Weber setzte sich neben Quinn und fing an zu lachen. »Ich dachte schon, ich muss den Laden stürmen und dich vor ihr retten«, witzelte er und meinte damit Quinns Kaffee-Date mit Karla wenige Abende zuvor.

»Ja, das war echt kein Spaß mehr«, grummelte Quinn. Es gab Frauen, die einen gern an den Arsch fassen durften. Und dann gab es Karla.

»Das kommt davon, weil du so ein hübscher Kerl bist.«

»Das kommt davon, weil ich dir erlaubt hab, diese blöden, schmalzigen E-Mails zu schreiben. Du hast ihr den Eindruck vermittelt, dass ich sie auf der Stelle nackt sehen will.« Unter normalen Umständen hätte Quinn nichts dagegen, eine Frau aus ihren Klamotten zu manövrieren. Frauen nackt zu sehen, stand sogar ganz oben auf seiner Liste, wenn auch nicht bei einigen der Weiber, die er in letzter Zeit getroffen hatte. Die Vorstellung, Lucy nackt zu sehen, hatte durchaus ihren Reiz, aber nicht, wenn jedes Wort aufgezeichnet wurde. Und ja, nicht wenn sie eventuell psychotisch war.

»Quinn, du wirst den Großteil deiner Aufmerksamkeit auf Lucy Rothschild und Maureen Dempsey richten, bis wir sie entweder ausschließen oder anklagen können.« Sergeant Mitchell zeigte auf die zwei Fotos vor Quinn.

Quinn betrachtete die vergrößerten Abzüge der Führerscheinfotos und runzelte die Stirn. Maureen Dempsey, womöglich das dämlichste Weibsstück, das er je getroffen hatte, und Lucy Rothschild, die Frau, die über Serienmörder schrieb. Er verstand, warum Lucy auf der Liste gelandet war. Sie war clever, und wenn irgendjemand wusste, wie man jemanden umbrachte und damit durchkam, dann jemand, der beruflich darüber schrieb. »Ich glaube, wir können Maureen ausschließen. Die ist dumm wie Bohnenstroh.«

»Könnte nur Theater sein«, gab Kurt zu bedenken.

Quinn lachte und schüttelte den Kopf. »Du hast doch gehört, was sie über Außerirdische gesagt hat. Niemand kann so gut schauspielern.«

»Sie ist mit allen drei Opfern ausgegangen, deshalb können wir sie noch nicht ausschließen.« Sergeant Mitchell schlug in der obersten Mordakte diverse Fotos aller drei Opfer auf. Sie lagen ausnahmslos mit ausgestreckten Armen und Beinen auf ihren Betten, als wären sie so drapiert worden, ihre Schniepel schlaff und jämmerlich, die Münder offen und die Kleiderschutzhüllen tief in die Kehlen geatmet. »Vielleicht hat Kurt Recht. Sie könnte nur Theater spielen, aber nachdem ich mir das Rothschild-Band angehört habe, halte ich diese Lady für weitaus vielversprechender. Sie klingt, als würde sie gern angeben. Als wüsste sie, wie man drei Männer töten und damit durchkommen kann.«

Quinn blätterte ein paar Seiten weiter zu Aufnahmen von Türen, Nachttischchen und Telefonen, die von rußfarbenem Fingerabdruckpulver verschmiert waren.

»Vielleicht fand sie es langweilig, nur über Mord zu schreiben«, fügte Kurt hinzu, als Quinn weiterblätterte. Schwarzer Puder überzog drei verschiedene Waschbecken, Toiletten und Duschkabinen.

»Möglich, dass sie ausleben will, was sie schreibt«, räumte Quinn ein.

Die Techniker hatten auch Fingerabdrücke von den Kleiderschutzhüllen genommen, doch die stimmten alle mit den Abdrücken von Westco-Angestellten überein. Er überblätterte diverse Tatortfotos. Drei tote Männer und keinerlei solide forensische Beweise, die eine bestimmte Person mit allen dreien verband.

»Ich wüsste gern, woran sie gerade arbeitet.« Quinn blickte zum Sergeant auf. »Vielleicht sollten wir sie einfach einkassieren und fragen. Wir müssen sie bloß bei ein paar Lügen ertappen.«

»Noch nicht. Wir können nicht riskieren, dass sie sich hinter einem Anwalt verschanzt.« Sergeant Mitchell kratzte sich im Nacken. »Kurt«, sagte er und zeigte auf den anderen

Detective. »Überleg dir noch ein paar romantische E-Mails von Hardluvnman und schick sie an die zwei Frauen.«

Quinn erschauderte. Kurt las Liebesromane und sah sich Weiberfilme an, deshalb glaubten er und der Sergeant, dass Kurt wusste, was für schmalzigen Scheiß Frauen hören wollten. Er war schon über zwanzig Jahre verheiratet, demnach war es vielleicht auch so. »Aber keinen Bockmist mehr darüber, wie heiß sie auf ihren Fotos aussehen«, warnte er. »Oder diesen ›Suche nach einer Seelenverwandten‹-Scheiß.«

Der Sergeant lachte. »Verabrede dich diesmal auf ein paar Cocktails. Mach die Frauen ein bisschen locker. Wenn sie antworten, sag mir Bescheid.« Er wandte sich zum Gehen und sagte über die Schulter: »Ach, und wir müssen die Angestellten bei Westco nochmal befragen.«

»Das wollten Kurt und ich heute Nachmittag machen«, rief Quinn dem Sergeant nach.

Eine Stunde später hatte Kurt die »romantische« E-Mail verfasst. »Ich hab sie gerade fertig«, verkündete er stolz und reichte Quinn einen Ausdruck. »Sergeant Mitchell findet sie gut. Wahrscheinlich bisher mein bestes Werk.«

Quinn warf einen Blick auf Kurts Dichtkunst und spürte förmlich, wie sein Hirn schrumpfte. »Allmächtiger!«

In ihrer Schreibkluft, einem Flanellschlafanzug mit Pudelmuster, schnappte sich Lucy einen Becher Kaffee und begab sich ins Arbeitszimmer. Ihre Pantoffeln schlurften auf dem gefliesten Boden, als sie aus der Küche ging und die geschwungene Treppe hinauftapste. Sie setzte sich an ihren L-förmigen Schreibtisch, kickte die Pantoffeln weg und stützte die Füße auf der Seite ab, die mit Recherchebüchern übersät war. Die späte Morgensonne ließ Licht über ihre roten Fußnägel, einen Zeitschriftenstapel und zwei Eishockey-Tickets für die Idaho Steelheads strömen, die sie von der Schriftstellervereinigung bekommen hatte. Sie gähnte, bis ihre Augen tränten. Nach dem starken Kaffee, den sie am Abend zuvor getrunken hatte, war sie nach Hause gekommen und hatte bis um drei Uhr morgens gearbeitet. Sie hatte eine Romanfigur ins Jenseits befördert, die sie erfinden und aus den Eigenschaften ihrer Verflossenen zusammensetzen musste. Quinn hatte als Vorlage nicht getaugt. Nicht, nachdem er Klondikemike das Leben gerettet hatte.

Sie führte den Becher an die Lippen und beugte sich über die Armlehne des Schreibtischstuhls, um ihren Computer anzuschalten. Es spielte zwar keine Rolle, aber Quinn hatte sie bei einer Lüge ertappt. Sie war ganz offensichtlich keine Krankenschwester. Daher war sie überzeugt, nie wieder etwas von ihm zu hören. Was okay war. Klar, er hatte super ausgesehen, auf diese dunkle und intensive Art, bei der sich einem die Brust zusammenschnürte und es am ganzen Körper prickelte, aber es war keine richtige Verabredung gewesen. Sie würde niemals ernsthaft mit einem Mann ausgehen, der ihr nicht aktiv den Hof machte, und was noch wichtiger war, sie hatte keine Zeit, überhaupt mit jemandem auszugehen. Sie war erst auf Seite zweihundert von *dead.com* und musste in den nächsten anderthalb Monaten weitere zweihundert schreiben. Normalerweise reichte eine knappe Deadline allein schon aus, um sie zur Alkoholikerin zu machen. Da brauchte sie nicht noch die Ablenkung durch einen Mann, um den Druck zu erhöhen.

Während Lucys E-Mailprogramm ihre Post herunterlud,

steckte sie Maroon 5 in ihren CD-Player. Sie nahm die kleine Brille mit dem goldenen Gestell aus dem Etui auf ihrem Schreibtisch und setzte sie auf, damit sie sehen konnte, ohne mit der Nase an den Bildschirm zu stoßen. Der Nachteil des Älterwerdens bestand darin, dass sie die Kurzsichtigkeit ihrer Mutter geerbt hatte.

Schnuckel, ihr neun Kilo schwerer, orangefarbener getigerter Kater, den sie ebenfalls geerbt hatte, sprang auf den Schreibtisch und verstreute Zettel und Zeitschriften.

Schnuckel hatte vor fünf Jahren vor Lucys Tür gestanden, ein abgemagerter Streuner, den sie gesund gepflegt und für den sie Tierarztrechnungen von über tausend Dollar geblecht hatte, um ihn vor dem sicheren Tod zu retten. Schnuckel dankte es ihr, indem er launisch und passiv-aggressiv wurde und eine heftige Essstörung entwickelte. Doch abends, wenn sie ins Bett ging, rollte er sich neben ihr zusammen und schnurrte seine eigene Version von reiner Liebe und Zuneigung. Ein ständiges Rasseln, das Lucy sehr beruhigend fand.

Schnuckel rieb sein Gesicht an ihren Füßen, setzte sich und schlang den Schwanz um seine Vorderpfoten. Er starrte sie an, als könnte er sie durch Hypnose dazu bringen, noch mehr Trockenfutter in seine Schüssel zu füllen, aber er war auf Diät, und Lucy blieb hart. Stattdessen sah sie sich auf Nordstrom.com einen Samtmantel von Betsey Johnson und auf der Kate-Spade-Website die neueste Handtaschenkollektion an. Sie wusste nicht, was heißer war, Betseys Mantel, Kates neuester Ledershopper oder Adam Levine.

Während sie und Adam übers Verliebtsein sangen und dass sie im strömenden Regen stünden, öffnete sie ihren Posteingang. Prompt tauchten sechsundfünfzig Spam-Mails auf, drei

Mails von ihren Freundinnen und der Witz des Tages von ihrer Mutter. Während sie die Spams löschte, erschienen noch zwei E-Mails in ihrem Leserpost-Ordner. Sie spielte mit dem Gedanken, sie zu öffnen, tat es aber nicht. Neunundneunzig von hundert E-Mails, die sie von Lesern bekam, waren ganz reizend, doch sie wusste nie, wann sie eine jener aufwieglerischen Nachrichten bekam, die ihr den Tag versauen konnten. Die eine, die ihre Recherchen, ihre Kommasetzung und ihre Intelligenz in Frage stellte. Lesermails zu öffnen, war genauso riskant, wie ihr Postfach zu leeren. Manchmal waren tolle Sachen dabei, doch ab und zu waren es Briefe von Verrückten, die Geld wollten oder sie warnten, dass sie schnurstracks in die Hölle fahren würde. Was einer der Gründe war, dass Lucy nur etwa einmal im Monat zu ihrem Postfach ging.

Gerade als sie ihr E-Mail-Programm verlassen wollte, tauchte etwas auf dem Account auf, den sie für Post von Internet-Flirts eingerichtet hatte. Lucy setzte sich aufrecht hin und stellte die Füße wieder auf den Boden. Schnuckel hopste auf ihren Schoß wie eine neun Kilo schwere Bowlingkugel, und sie langte um ihn herum, um die E-Mail zu öffnen.

Von: hardluvnman@hotmail.com
An: n2u@mail.net

Lucy,
ich habe es genossen, mich gestern Abend mit Ihnen zu unterhalten und dabei in Ihre funkelnden blauen Augen zu sehen. Sie sind ganz anders als die Frauen, die ich in letzter Zeit getroffen habe. Clever und faszinierend. Ich hatte schon immer eine Schwäche für Klugheit gepaart mit Schönheit. Gehen Sie

mit mir essen und lassen Sie mich herausfinden, ob ich den Funken in Ihren Augen zu einer Flamme entfachen kann.

Quinn

Lucy las die E-Mail dreimal und wusste nicht, ob sie würgen oder … oder sich freuen sollte. Was total lächerlich war. Das gestern Abend war keine richtige Verabredung gewesen, doch selbst *wenn* es eine gewesen wäre, hatte sie in einer Katastrophe geendet. Weshalb wollte er sich also ein zweites Mal mit ihr treffen?

Was stimmte nicht mit ihm?

Schnuckel versetzte Lucys Kinn einen Kopfstoß, und sie schubste ihn von ihrem Schoß. Der Kater kam mit einem dumpfen Plumps auf dem Boden auf und miaute verärgert. Lucy würde Quinn natürlich einen Korb geben, doch vorher schickte sie die E-Mail noch an ihre Freundinnen weiter, um ihre Reaktionen zu testen.

Clare war typischerweise der Meinung, dass Quinn wenigstens Punkte dafür verdiente, dass er sich um Romantik bemüht hatte. »Immerhin wusste er deine Augenfarbe.«

Adele schrieb: »Was für ein Typ schreibt denn über Funken und Flammen? Ist der etwa notgeil?«

Maddie tat ihre Meinung durch einen kurzen Satz kund: »Lass dich nicht mit Freaks ein.«

Lucy lachte und checkte ihren Terminkalender. Nächsten Samstag musste sie vor der Krimileserinnen- und Krimiautorinnen-Gruppe einen Vortrag halten, ansonsten hatte sie nichts vor. Sie stand zwar ständig in Kontakt mit ihren Freundinnen, war aber seit einem Monat nicht mehr mit ihnen ausgegangen. »Warum treffen wir uns nicht am Montag auf ein paar Chimichangas und Margaritas?«, schlug sie den Mädels vor und drückte auf Senden. Als Nächstes rief sie Quinns E-Mail auf und klickte auf Antworten.

Sie hatte keine Zeit für einen Mann. Schon gar nicht einen Hardluvnman, der ihr in die Augen sehen und ihren Funken zu einer Flamme entfachen wollte.

Einzelne Votivkerzen flackerten in roten Glasgefäßen auf den Tischen im Red Feather, einem Restaurant mit Bar. Der Geräuschpegel schwankte zwischen dem lautstarken, unangenehmen Gelächter derer, die schon ein paar Gläser zu viel hatten, und dem steten Gemurmel derer, die noch nüchtern waren.

Quinn hatte sich mit dem Rücken zur Wand an einem Tisch niedergelassen. Von dort aus hatte er Eingang und Küche im Blick. Zwar rechnete er heute Abend nicht mit Komplikationen, aber seine Umgebung abzuchecken und sich den vorteilhaftesten Sitzplatz zu sichern, war ihm in Fleisch und Blut übergegangen, genau wie die Art, wie er seine Schnürsenkel zuband, sich die Zähne putzte oder Menschen unter die Lupe nahm. Schon nach wenigen Minuten in der Bar wusste er genau, wo das Pack saß. Es war egal, dass einige von ihnen edle Anzüge trugen und teuren Wein tranken. Er hatte genug von ihnen festgenommen, um zu wissen, dass Kriminelle alle sozialen und wirtschaftlichen Barrieren überwanden.

Quinn schob die Ärmel seines dicken olivgrünen Pullis bis zum Ellenbogen und griff nach der Getränkekarte, die an die Kerze gelehnt war. Das flache Mikro war wieder mit Klebeband in seinem Kreuz befestigt, knapp über dem Bund seiner schwarzen Hose. Auf der anderen Straßenseite hockte

Anita im Van, deren Empfangsgeräte alle Hintergrundgeräusche herausfilterten, während Kurt in der Küche darauf wartete, sich ein Glas mit brauchbaren Fingerabdrücken zu schnappen. Morgen Abend würden sie dieselbe Prozedur mit Maureen Dempsey wiederholen.

Die Tür zur Red-Feather-Bar öffnete sich, und Quinn schenkte der Getränkekarte keinerlei Beachtung mehr. Lucy Rothschild trat ein und sah sogar noch besser aus als in seiner Erinnerung. Kurt hatte sich zwei E-Mails aus den Fingern saugen müssen, um sie zu einem Treffen mit Quinn zu überreden, doch hier war sie: mit roten, hochhackigen Schuhen und warm eingemummelt in einen knielangen schwarzen Trenchcoat mit Gürtel, sodass Quinn unwillkürlich die Frage durch den Kopf schoss, ob sie darunter nackt war.

Sie schaute ihn an, und er erhob sich und trat hinter dem Ecktisch hervor. Das gedämpfte Barlicht leuchtete auf dem goldenen Haar, das sich auf ihren Schultern lockte. Als sie auf ihn zuging, verrenkten sich die Leute die Hälse nach ihr. Sie sah aus wie das Playmate des Monats. Mit jedem anmutigen Schritt wippte ihr Haar ein wenig.

Jammerschade, dass sie vielleicht psychotisch war.

Er nahm die weiche Hand, die sie ihm entgegenhielt. Ihre Finger waren kalt, und er sah hinab in ihr Gesicht und suchte nach Hinweisen, dass sie verrückt war. So verrückt, dass sie Männern eine Tüte über den Kopf stülpte, während sie sie ritt wie ein Rennpferd. Doch in ihren tiefblauen Augen sah er nur einen Anflug von Humor.

»Sie sind pünktlich«, sagte sie, und derselbe Humor verzog ihre roten Lippen zu einem Lächeln. »Ist Ihr Hund heute mal nicht über den Mülleimer hergefallen?«

»Nein. Ich hab ihn zur Sicherheit in die Garage geschafft.«

Sie ließ seine Hand los und legte eine kleine rote Handtasche auf den Tisch. »Ich war ein wenig überrascht über Ihre E-Mail.« Sie griff nach ihrem Gürtel, und Quinn trat hinter sie.

»Über die erste? Oder die zweite, in der ich betteln musste?« Seine Fingerspitzen streiften die glatte Haut ihres Nackens, als er ihre Haare beiseite schob und ihren Mantel am Kragen fasste. Sie roch wie der Garten seiner Mutter im Frühjahr, und ihr Haar lag in seiner Hand wie Sonnenstrahlen. Wie … Er hielt inne. Allmächtiger, er klang schon wie diese albernen E-Mails von Kurt. Und das passierte ausgerechnet ihm! Wenn er nicht aufpasste, hörte er demnächst Jewel und schrieb beschissene Gedichte.

Sie warf ihm über die Schulter einen Blick zu, und ihre Wange streifte die Rückseite seiner Finger. »Sie haben nicht gebettelt. Sie waren nur hartnäckig.«

»Egal, wie Sie es nennen, es hat funktioniert.« Er ließ ihr Haar los und hielt den Kragen fest, während sie den Mantel abschüttelte. Er war im Red Feather, um den Breathless-Fall zu lösen, nicht um sich davon ablenken zu lassen, wie ihr Haar duftete oder sich ihre weiche Wange anfühlte. Heute Abend wollte er zuhören und beobachten und Informationen aus ihr herauslocken. Wenn das hieß, dass er sie verführen musste, tat er nur seinen Job. Vielleicht würde der Verlauf der Ermittlungen es irgendwann nötig machen, seine Hand über ihren Hinterkopf gleiten zu lassen und ihre Lippen an seine zu heben. Doch selbst dann würde er nicht vergessen, dass sie die Nummer eins auf der Verdächtigenliste einer Mordserie war. Das hier war nichts Privates. Es war seine Arbeit.

»Ich habe Sie beim ersten Mal abblitzen lassen, weil ich im Moment eigentlich nicht mit Männern ausgehe.«

Er reichte ihr den Mantel, und sie hängte ihn über eine Stuhllehne. »Wieso denn?« Sie trug einen flauschigen roten Pulli aus Angorawolle oder etwas ähnlich Weichem. Er schmiegte sich an ihre Oberarme, trotzte der Schwerkraft und ließ Hals und Schultern frei.

»Ich muss im Moment viel arbeiten«, erklärte sie, während sein Blick weiter nach unten glitt, über ihren Rücken und die Rundung ihres Hinterns, der von einem schwarzen Rock bedeckt war, der ihr bis kurz über die Kniekehlen reichte.

Er hielt ihr den Stuhl, während sie sich setzte. »Im Krankenhaus?«

Sie zögerte für den Bruchteil einer Sekunde, dann sagte sie: »Ja.«

»Auf welcher Station arbeiten Sie denn?« Er setzte sich ihr gegenüber an den kleinen Tisch.

Schweigen, während sie nach der Getränkekarte griff, dann: »Auf der Entbindungsstation. Hmm … mal sehen. Was nehme ich denn? Martini oder Mojito?«

Sie war keine besonders gute Lügnerin. Er hatte mit Sicherheit schon bessere erlebt, aber nicht alle Soziopathen waren gute Lügner. Trotzdem schafften es sogar einige der schlechten noch, einen Lügendetektortest zu bestehen. Doch ihre größte Gemeinsamkeit war eine totale Gewissenlosigkeit.

Eine Kellnerin, die aussah, als wäre sie nicht einmal alt genug, um Drinks zu servieren, kam an den Tisch. Lucy bestellte einen Mojito, Quinn eine Flasche Beck's. Während sie warteten, lehnte er sich auf seinem Stuhl zurück und legte den Kopf schief. Zeit loszulegen. »Erzählen Sie mir von sich.«

Sie beugte sich vor und legte die Unterarme auf den Tisch. »Ich bin so unspektakulär, dass ich Sie nur ungern zu Tode langweile.«

»Ach, ich bezweifle, dass Sie das schaffen.« Die Kerze auf dem Tisch flackerte und streute winzige Lichtscherben über ihr Schlüsselbein und ihre nackten Schultern. »Erzählen Sie mir von Ihrer Familie.«

»Da gibt es nicht viel zu erzählen. Meine Eltern ließen sich scheiden, als ich in der sechsten Klasse war. Sie haben sich viel gestritten, deshalb war es kein allzu großer Schock, als mein Dad ging.« Sie zuckte mit den Schultern, und der rechte Ärmel ihres Pullis rutschte über ihren glatten Arm bis zum Ellbogen. »Danach musste meine Mutter viel arbeiten, und ich hab auf meinen kleinen Bruder aufgepasst.«

»Wie alt ist Ihr Bruder?«

»Vierundzwanzig. Ich bin zehn Jahre älter als Matt.« Sie hob die Hand und schob den Pulli wieder hoch auf ihre Schulter. »Und Sie? Haben Sie Geschwister?«

»Ich habe einen jüngeren Bruder und eine jüngere Schwester«, antwortete er wahrheitsgemäß. Er erzählte ihr von seinen sieben Nichten und wie laut es in den Ferien war, wenn die kreischenden Mädchen durchs Haus tobten. »Mein Vater ist vor drei Jahren gestorben, und seitdem liegt mir meine Mutter permanent in den Ohren, dass sie einen Enkel will.«

»Dann hatten Sie es in den vergangenen Jahren nicht leicht.«

Quinns Blick folgte fasziniert ihrem Pulli, der wieder ihren Arm hinabrutschte. »Wieso?«

»Zuerst Ihr Dad und dann Ihre Frau.«

Ach ja, seine Frau. »Ja«, antwortete er und richtete den Blick wieder auf sie. »Ich habe Millie sehr geliebt. Sie hat mir alles bedeutet, aber ich muss ohne sie weiterleben. Ich muss versuchen, mein Leben wieder in den Griff zu bekommen. Sie würde das auch wollen.« Er fragte sich, ob die Lügen über Millie in ihren Ohren genauso lahm klangen wie in seinen. Und, ob Lucy diesen Pulli angezogen hatte, um ihn abzulenken.

»Sie würde wollen, dass Sie mit so vielen Internet-Bekanntschaften ausgehen wie nur irgend möglich?«

Quinn wies Lucy nicht darauf hin, dass auch sie sich mit Internet-Bekanntschaften traf. Sie möglicherweise sogar umbrachte. Stattdessen erklärte er: »Millie würde wollen, dass ich tue, was mich glücklich macht.«

Lucy schob den Pulli wieder hoch. »Ich kann mir vorstellen, dass viele Frauen sich wünschen würden, dass ihre Ehemänner sich ein bisschen länger als nur sechs Monate vor Kummer verzehren.«

»Millie ist eben anders als viele Frauen.« Wenn Lucy weiter so mit ihrer Kleidung kämpfte, würde es eine sehr lange Nacht werden. Es war, wie bei einem langsamen Striptease zuzusehen.

»Meinen Sie nicht *war* anders?«

»Was?« Er hob den Blick wieder zu ihr, während sich in seinem Bauch heißes, unerwünschtes Verlangen breitmachte. Die Frau, die über die flackernde Kerze zu ihm zurückschaute, mochte unschuldig sein. Vielleicht Krimiautorin sein und nichts weiter. Ein Opfer der Umstände. Oder sie war verantwortlich für die Ermordung dreier Männer.

»Sie sagten, ›Millie ist anders‹, als wäre sie noch am Leben«, sagte Lucy.

Scheiße. Er hatte sich von ihrem Pulli ablenken lassen. Sie war clever, und er musste noch cleverer sein. Was bedeutete, dass er mehr Aufmerksamkeit auf seine Arbeit richten musste und weniger auf die weiche Haut ihres Halses und ihrer Schultern. »Ich meinte natürlich *war.*«

Zwischen ihren Augenbrauen erschien eine winzige Falte. »Vielleicht ist es zu früh für Sie, sich zu verabreden.«

»Nein.« Er schüttelte energisch den Kopf und schenkte ihr sein schönstes vertrauenswürdiges Lächeln. Dasselbe, das er schon oft eingesetzt hatte, um die Zweifel von Mordverdächtigen und Drogendealern zu zerstreuen. »Von meinem Vater spreche ich auch manchmal noch im Präsens«, log er so mühelos, wie er lächelte. »Aber das bedeutet nicht, dass ich nicht weiß, dass er tot ist. Genau wie ich weiß, dass Millie tot ist und nie wiederkommt. Ich werde den Verlust immer spüren, aber das bedeutet nicht, dass ich mich nicht weiterentwickeln kann oder den Schmerz jeden Tag spüre. Für den Rest meines Lebens.«

Ihre Stirn glättete sich wieder, und in dem Moment wusste er, dass sie beschloss, ihm zu glauben. Ja, sie war clever und scharfsinnig. Wäre sie keine Mordverdächtige, wäre sie genau der Typ, auf den er normalerweise abfuhr. Aber sie war verdächtig, und eher würde die Hölle zufrieren, als dass eine Verdächtige Detective Quinn McIntyre aufs Kreuz legte. Egal, wie clever und hinreißend sie war. Egal, wie heiß sie war oder wie heiß sie ihn machte.

4. Kapitel

SKEPTIKER: SUCHT DAME IN ROT …

Die Getränkekellnerin kam mit den Drinks, und Lucy lehnte sich auf ihrem Stuhl zurück. Unter Quinns charmantem Lächeln, dem sie nicht ganz traute, wurden die Alarmglocken in ihrem Kopf schwächer. Er hatte im Präsens von seiner Frau gesprochen. Vielleicht war es wirklich bloß ein unschuldiger Versprecher, wie er ihr versichert hatte. Aber vielleicht war die ganze Witwernummer auch ein Schwindel. Ja, das konnte sein.

»Was für Hobbys haben Sie?«, fragte er.

»Ich hab eigentlich keine Hobbys«, antwortete sie und griff nach ihrem Mojito. Vielleicht sollte sie ihm einfach glauben. Nur weil sie ihm ein paar kleine Lügen auftischte, machte ihn das noch nicht ebenfalls zum Lügner. Vielleicht sagte er ja die Wahrheit und wollte wirklich nur sein Leben weiterleben.

»Kein einziges?«, hakte er nach, als wollte er sie wirklich kennen lernen und würde nicht nur aus Höflichkeit fragen. »Es muss doch etwas geben, das Sie zum Spaß machen.«

Vielleicht suchte sie nach Problemen, wo gar keine waren. Projizierte ihre Schuldgefühle auf ihn. Sie beschloss, ihm vorerst zu glauben. »Ich bin nicht besonders vielseitig.« Sie trank einen Schluck, und der Geschmack ließ Erinnerungen an vergangene Mojitos in ihr aufsteigen. Der süße Drink mit Rum und Minze erinnerte Lucy stets daran, wie sie irgendwo in Mexiko in einer *cabaña* saß. Oder mit ihren Freundinnen auf den Bahamas am Strand. »Ich kann nicht zeichnen, nähen oder leimen«, fügte sie hinzu. Sie trank noch einen Schluck und erzählte ihm, wie sie einmal einen Weihnachtskranz zu basteln versuchte und sich dabei die Finger mit Heißkleber verbrannte. Sie erzählte von ihrer Erfahrung im Felsenklettern und wie sie sich einmal von ihrem damaligen Freund zum Kajakfahren hatte nötigen lassen. Beides war katastrophal verlaufen. »Haben Sie denn Hobbys?«, fragte sie den Mann, der sie über den Tisch hinweg ansah.

»Eigentlich nicht. Wenn ich ein bisschen Freizeit habe, werkele ich im Haus herum. Hänge Schränke auf und lackiere die Böden neu.« Er hob seine Flasche Beck's an die Lippen und trank einen Schluck. Dann ließ er das Bier sinken und sagte: »Ich gehe mit meinem Hund zur Vogeljagd. Das ist so ziemlich alles.«

Sie konnte sich ihn bei beidem vorstellen. Mit einem Werkzeuggürtel, der tief auf seinen Hüften hing, oder im Tarnanzug, Schrotflinte in der Armbeuge, den treuen Hund auf den Fersen. Sehr stattlich. Sehr männlich. Sie fragte sich, ob er Boxershorts in Tarnfarben oder enge, weiße Herrenslips trug. Vielleicht ging er auch unten ohne.

»Was haben Sie den Winter über gemacht? Waren Sie Skifahren? Oder im Urlaub in Mexiko?«, fragte er und unterbrach ihre lüsternen Gedankenflüge.

»Im November haben meine Freundinnen und ich auf Paradise Island Urlaub gemacht. Wir haben zu viel getrunken. Zu viel gezockt. Und zu viel Spaß gehabt.« Es war wirklich nicht ihre Schuld, dass ihre Gedanken ins Sündige abgedriftet waren. Von der Sekunde an, als sie durch die Tür gekommen war, hatte sie die Anziehungskraft seines Blickes auf sich gespürt, wie dunkle, intensive Tractor Beams. Sie konnte sich nicht erinnern, je Objekt der alleinigen Aufmerksamkeit eines Mannes gewesen zu sein. Nicht auf diese Weise. Nicht unter Ausschluss alles anderen, sogar der jungen Kellnerin in der engen Bluse, die ihn kokett angelächelt hatte, als sie die Drinks servierte. »Dieses Jahr war ich nirgendwo.«

»Nicht mal über Nacht in Pocatello?«, fragte er. Das war ein Städtchen wenige hundert Meilen östlich von Boise.

»Nein. Ich hab nur gearbeitet.« Im gedämpften Licht sahen seine Augen schwarz aus. Eine dichte Haarlocke fiel ihm in die Stirn, und kleine Kommalocken berührten seine Ohrmuscheln. Er hatte sich seit dem Morgen nicht mehr rasiert, und schwarze Barthaare verdunkelten sein kantiges Kinn.

»Kein Freund, der Sie zu einem Wochenendtrip entführt?«

»Nein. Kein Freund mehr seit etwa einem Jahr.«

»Sie machen Witze«, sagte er, als könnte er das nur schwer glauben.

Lucy rührte ihren Mojito mit dem Minzezweig, der darin steckte. »Nein. Ich bin Beziehungen aus dem Weg gegangen.« Ihre Fingerspitzen wischten über das Kondenswasser am Glas, und der nervtötende Ärmel ihres schulterfreien Pullis rutschte wieder. Wenn sie gewusst hätte, dass das Teil ihr solche Probleme bereiten würde, hätte sie etwas anderes angezogen. »Ich hab in meinem Leben schon mit echten

Idioten zu tun gehabt. Deshalb habe ich beschlossen, eine Auszeit zu nehmen, bevor ich zu bitter werde.«

»Sie sind verbittert wegen der Männer?«

»Vielleicht ist übersättigt der bessere Ausdruck.« Sie schob den Ärmel wieder hoch.

»Wie lange hat Ihre Auszeit denn gedauert?«

Sie wollte auf keinen Fall zugeben, wie lange sie schon keine richtige Verabredung mehr gehabt hatte. »Eine ganze Weile«, antwortete sie. Sie hielt auch das Treffen heute Abend für keine richtige Verabredung. Sie war eher aus Neugier hier. Sie hatte nur in ein Treffen mit Quinn eingewilligt, weil er ihr diese zwei albernen Mails geschrieben hatte. Er tat ihr irgendwie leid und … tja, sie wollte sehen, ob er wirklich so gut aussah wie in ihrer Erinnerung. Tat er nicht. Er sah sogar noch besser aus. »Mir ist ein gutes Buch lieber als ein schlechtes Date.« Jetzt, wo die rote Baseball-Cap die obere Gesichtshälfte nicht mehr abschirmte, konnte sie die feinen Linien in den Winkeln seiner dunkelbraunen Augen sehen, die darauf hindeuteten, dass er oft und gerne lachte.

»Wie viele schlechte Internet-Dates hatten Sie denn schon?«

Das waren genauso wenig richtige Dates gewesen. Gott, es wurde langsam schwierig, diese Lügengeschichte weiter durchzuhalten. »Und Sie?«

Er beugte sich vor und legte die Unterarme auf den Tisch. Er griff nach der Kerze und schob sie von einer Hand in die andere. Dabei kratzte sein silbernes Uhrarmband über die glatte Fläche. »Die meisten Frauen, mit denen ich mich getroffen habe, waren nett, bloß nichts für mich. Sie sind die

Einzige, die ich um eine zweite Verabredung gebeten habe. Die einzige Frau, an die ich nach dem Treffen denken musste. Die einzige Frau, die ich besser kennen lernen will.« Er blickte von der Kerze auf und sah sie an, als wäre außer ihr kein weibliches Wesen im Raum. Dann sagte er: »Jetzt sind Sie an der Reihe.«

Etwas in seiner Stimme löste auf ihrer Haut ein warmes, verführerisches Prickeln aus. Dabei kannte sie den Mann nicht mal. Glaubte die Hälfte von dem nicht, was er ihr erzählte. Warum also verursachte er bei ihr dieses Kribbeln? »An der Reihe womit?«

»Erzählen Sie mir von Ihren Internet-Dates.«

Ach ja. »Von all den Männern, die ich übers Netz kennen gelernt habe, wollten siebzig Prozent nur schnellen Sex und waren echte Loser. Zwanzig Prozent waren einsam und wünschten sich verzweifelt eine Freundin, egal was für eine. Und über die letzten zehn Prozent berät die Jury noch.«

»Und wozu gehöre ich?«

Sie nahm ihr Glas in die Hand und trank einen Schluck, bevor sie antwortete: »Bei Ihnen berät die Jury noch.«

Er legte die Hände flach auf den Tisch und lehnte sich auf seinem Stuhl zurück. Er sah sie mehrere Herzschläge lang an, dann wechselte er das Thema. »Was denken Sie über die drei Männer, die vor kurzem ermordet wurden?«

Lucy stellte ihr Getränk wieder ab. Wow! Was für ein Talent, die Stimmung zu vermiesen. Sie hatte sich nur mit einem der armen Kerle getroffen. Lawrence, alias Luvstick, hatte zu den siebzig Prozent gehört, die auf der Suche nach einer schnellen Nummer waren, und sie hatte ihn in Kapitel drei ins Jenseits befördert. Wenige Wochen später hatte sie in der Zeitung gelesen, dass er *wirklich* umgebracht worden war. Der Gedanke daran war unheimlich. Ein Riesenzufall, über den sie lieber nicht nachdachte. Sie sah in Quinns dunkle Augen und fragte sich, ob er um seine eigene Sicherheit fürchtete. Sie würde es jedenfalls tun, wenn sie ein Mann wäre. »Haben Sie Angst, Sie könnten der Nächste sein?«

Er lachte leise, als wäre er äußerst amüsiert, und hob das Beck's an den Mund. »Nee. Ich kann auf mich aufpassen«, verkündete er, bevor er einen Schluck nahm.

Das hatte Luvstick wahrscheinlich auch geglaubt. »Haben Sie etwas darüber gehört, wie die Täterin ihre Opfer findet?«

Er schüttelte den Kopf und ließ die Flasche sinken. Ein Tropfen Bier hing an seiner Oberlippe, und er leckte ihn ab. »Sie etwa?«

»Nein. Die Polizei hat anscheinend nicht viele Beweise.«

Er stellte die Flasche auf den Tisch und richtete wieder seinen intensiven Tractor Beam auf sie. Als wäre das, was sie sagte, wichtig. »Wie kommen Sie darauf?«

Seine Aufmerksamkeit ihr gegenüber war irgendwie merkwürdig. Gleichzeitig aber auch schmeichelhaft. »Normalerweise sagen sie der Presse nicht viel, wenn sie nicht viele Beweise haben.« Sie hatte so viele Bücher gelesen und so viele Cops interviewt, dass sie praktisch vorhersagen konnte, wie die Polizei sich verhalten würde. Dieses Wissen gehörte zu ihrer Arbeit. Quinn dagegen war Klempner und würde sich nicht notwendigerweise mit Polizeitaktik auskennen. »Sie behalten gern gewisse Aspekte für sich. Aspekte, über die nur der Täter Bescheid weiß. Wenn sie nicht viel haben, lassen sie auch nicht viel raus.«

Seine hochgezogenen dunklen Augenbrauen senkten sich wieder. »Woher weiß eine Krankenschwester das alles?«

Ja, woher wusste eine Krankenschwester das alles? Sie lächelte. »*Cold Case Files*. Wissen Sie noch?«

»Ah.« Er hob den Kopf. »Stimmt ja. Haben Sie sich mit einem der Männer getroffen, die ermordet wurden?«

Lucy senkte den Blick auf ihre Hand, die neben ihrem Glas lag. Nach Luvsticks Tod hatte in der Zeitung gestanden, dass er eigentlich verheiratet gewesen war, sich jedoch in einem Apartment in der Nähe der State Street ein kleines Liebesnest eingerichtet hatte, wo auch seine Leiche gefunden worden war. Der Bericht war hässlich und schmutzig gewesen, und seine Familie hatte diese öffentliche Schlammschlacht nicht verdient. Lucy wollte nicht über Luvstick reden. »Nein. Ich hatte mit keinem von ihnen ein Date.« Was keine *richtige* Lüge war. Sich mit Männern in Cafés zu treffen, war für sie keine richtige Verabredung. Ihr Pulli rutschte wieder über ihren Arm, und sie beschloss, ihn einfach so zu lassen. Es war ja nicht so, als würde man irgendwas sehen, und sie hatte es satt, ihn ständig wieder hochzuschieben. »Aber Sie sollten vorsichtig sein.«

Wieder beugte er sich vor, um mit der Kerze zu spielen. »Sind Sie besorgt um mich?«

Mit seinen breiten Schultern, den starken Armen und kräftigen Händen sah er aus, als könnte er sie über die Schulter werfen und kilometerweit mit ihr rennen. Er strahlte absolutes Vertrauen in sich selbst und seine Fähigkeiten aus, doch ein entschlossener Killer ließ sich durch Selbstvertrauen nicht aufhalten. »Möchten Sie denn, dass ich um Sie besorgt bin?«

»Kommt drauf an.«

»Worauf?«

Er schaute eine Weile in die flackernde Kerze. Dann blickte er auf, und seine Stimme wurde so verführerisch sanft und tief, dass bei ihr alles kribbelte. »Je nachdem, was das für mich bedeutet.«

Lucy hatte mit ihren vierunddreißig Jahren genügend Erfahrung mit Männern, um genau zu wissen, wohin dieses Gespräch führte. Ein Teil von ihr wollte es auch. Der Teil, der sich gegen jede Vernunft von Quinn angezogen fühlte. Der Teil, der spürte, wie seine testosterongeladene Stimme über ihre Haut wanderte und sein Blick sie überall gleichzeitig berührte, auch wenn er ihr nur in die Augen sah. Doch sie hatte sich nicht mehr gestattet, diesem irrationalen Teil nachzugeben, seit sie auf schmerzhafte Weise gelernt hatte, dass Sex viel besser mit einem Mann war, den sie kannte. Klar, sie war schon mit so manchem Lügner und Verlierertypen ins Bett gegangen, doch wenigstens hatte sie die schon eine Weile gekannt. Es schien nur ein kleiner Unterschied zu sein, doch es war ein wichtiger. »Erzählen Sie mir von Ihrem Klempnergeschäft«, bat sie, um ein harmloses, sicheres – langweiliges – Thema anzuschneiden.

Er lachte leise und erzählte ihr, dass er in letzter Zeit hauptsächlich die Büroarbeit erledigte, statt Toiletten und Abflussrohre zu installieren. Kurze Zeit später kam das Gespräch irgendwie von Installationen auf Spürhundprüfungen. Sie erfuhr, dass er einen Irischen Setter besaß, dem er das Jagen beibrachte, und da sie sich nicht die Bohne für Spürhunde interessierte, war sie ziemlich überrascht, dass das Gespräch sie nicht langweilte. Vielleicht lag das an

Quinns offensichtlicher Begeisterung für das Thema, oder vielleicht daran, dass er so gut aussah, wenn er davon sprach. Wahrscheinlich beides.

Die Kellnerin kam genau in dem Moment an den Tisch, als Lucy ihren Mojito wegputzte. Wieder lächelte sie Quinn kokett an, doch der hatte kaum einen Blick für sie übrig. Er fragte Lucy, ob sie noch etwas trinken oder vielleicht mit ihm zu Abend essen wollte. Sie lehnte ab und griff nach ihrer Unterarmtasche aus Schlangenleder von Dolce & Gabana. Sie musste heute Abend mindestens noch zehn Seiten schreiben, wenn sie ihren Abgabetermin einhalten wollte. Sie zog einen Zehndollarschein hervor, doch Quinn bestand darauf, die Rechnung zu zahlen. Er half ihr in den Mantel, doch diesmal streiften seine Finger nicht ihren Nacken wie vorher.

Sie band den Gürtel um ihre Taille und hielt ihm die Hand hin. »Danke.«

Statt ihre Hand zu nehmen, ergriff er ihren Arm und sagte: »Ich bringe Sie zu Ihrem Wagen.«

»Das müssen Sie nicht tun.«

»Ich weiß. Ich möchte es aber.« Sie gingen zum Ausgang, und er ließ sie los und öffnete die Tür. »Wo haben Sie geparkt?«

»Etwa einen halben Block unterhalb von Bannock.« Kalte Nachtluft blies in Lucys Gesicht und Mantel. Fröstelnd hielt sie sich den Kragen zu. Licht, das aus den Restaurants und Bars auf beiden Seiten der Eighth Street fiel, erhellte Abschnitte des Bürgersteigs, als sie zu Lucys Wagen gingen. Gelegentlich drang Gelächter aus den Bars in die Nacht und übertönte das Klappern von Lucys Absätzen auf dem

Asphalt. Einmal streifte Quinns Arm ihren, doch abgesehen von diesem kurzen Zusammenstoß berührte er sie nicht wieder.

»Essen Sie am Montag mit mir zu Abend«, bat er, als sie um die Ecke bogen.

Montag. Das war in zwei Tagen. Irgendwo im Hinterkopf schwante ihr, dass sie schon etwas vorhatte, doch im Moment konnte sie sich nicht mehr erinnern. Doch selbst wenn, er ging derartig ran, dass Lucy nicht wusste, ob sie sich geschmeichelt oder bedrängt fühlen sollte. »Ach, ich weiß nicht.« Vielleicht hatte er, da er so lange nicht mehr auf Partnersuche gewesen war, die Dating-Regeln vergessen. Regel Nummer eins lautete eindeutig, dass man so lange Gleichgültigkeit vortäuschte, bis man sich der Gefühle des anderen sicher war. »Ich gehe im Moment eigentlich nicht aus.«

»Und was war das heute Abend?«

»Eine Ausnahme.« Sie fand ihn sehr anziehend. Das ließ sich nicht leugnen. Genau wie sich nicht leugnen ließ, dass der Kerl eine Art hirnumnebelnden Sexappeal ausstrahlte. Von dem Kaliber, das eine Frau dazu bringen konnte, sich splitternackt auszuziehen, bevor sie sich an den Spruch »Sag einfach nein« erinnerte. Sie traten aus dem hellen Licht an der Ecke, und Lucy blieb an ihrem Wagen stehen.

»Machen Sie noch eine Ausnahme.«

Aus einer geschlossenen Druckerei fiel schwaches Licht auf den Bürgersteig, Quinns Hosensaum und Lucys Schuhspitzen. Sie schüttelte den Kopf und öffnete ihre Handtasche. »Ich kenne Sie nicht gut genug, um noch eine Ausnahme für Sie zu machen.«

»Das Problem kann ich sofort lösen.« Er nahm ihr die Handtasche ab, ließ sie zuschnappen und warf sie auf den Wagen.

Lucy blickte hoch in das Gesicht mit den dunklen Bartstoppeln. »Was tun Sie da?«

Er strich mit den Händen ihre Arme hinauf und über ihre Schultern. Seine Finger pflügten durch ihr Haar, und er hielt sanft ihren Hinterkopf fest. »Etwas, das ich schon den ganzen Abend tun wollte«, sagte er fast flüsternd, während sich sein Mund zu ihrem senkte. Sie legte die Hände auf seine Brust, um ihn wegzuschieben. Dann sagte er: »Schon seit du die Bar betreten hast, wollte ich dich küssen«, und sie gab ihren Widerstand auf. Er bog ihren Kopf sanft nach hinten, und ihre Lippen öffneten sich. »Und hier fange ich an. Mit deinem Mund.«

Lucys Hände öffneten und schlossen sich hilflos auf seinem Pullover über den harten Muskeln seiner Brust. Seine Lippen pressten sich auf ihre, eine warme, unwiderstehliche Inbesitznahme. Ihre Hände glitten zu seinen Schultern, und sie hielt sich an ihm fest, als seine glatte Zunge in ihren Mund eindrang und spielerisch versuchte, ihr eine Reaktion zu entlocken. Er schmeckte ein bisschen nach dem Bier, das er getrunken hatte, doch hauptsächlich wie ein Mann, der nur noch an Sex dachte. Sie hätte beunruhigt sein sollen, und das war sie auch. Doch vor allem, weil ihr der Geschmack in ihrem Mund gefiel. Wie eine scharfe Köstlichkeit durchströmte er ihren Körper und wärmte ihren Bauch. Ihre Zehen kringelten sich in ihren Donald-J.-Pliner-Pumps, und ihre Finger gruben sich in das Gewebe seines Pullis. Seine Hände gaben ihren Hinterkopf nicht frei. Sein Mund blieb auf ihrem, und trotzdem spürte sie den Kuss am ganzen Körper. Sein feuchter Mund aß ihren, verschlang jeden vernünftigen Gedanken und erregte jeden Zentimeter ihres Körpers. Sie kannte Quinn zwar kaum, aber das war ihr ziemlich egal, als er sie mit Küssen fütterte, die ihr das Gefühl gaben zu vergehen, hier mitten auf dem Bürgersteig im Stadtzentrum von Boise bei lebendigem Leib zu verbrennen. Sie stöhnte und presste sich an ihn.

Er hob das Gesicht und sprach direkt über ihrem feuchten Mund. »Geh nochmal mit mir aus.«

Es war keine Frage, und sie nickte. »Okay.«

»Am Montag.«

»Okay.«

Er ließ die Arme sinken und trat einen Schritt zurück. Benommen starrte sie in die bunten Schatten auf seinem Gesicht und berührte die zarte Haut unter ihrer Unterlippe, wo sein Kinn entlanggeschürft war. Sie fragte sich, ob die Stelle gerötet war.

»Hab ich dir wehgetan?«

Die kleine Stelle fühlte sich wund an. »Es geht schon.«

Er legte die Finger unter ihr Kinn und drehte ihr Gesicht zur Straßenlaterne. Sein Daumen glitt über die wunde Stelle, und er beugte sich vor, um sie ganz zart unter die Unterlippe zu küssen. »Tut mir leid.« Sie spürte sein Flüstern auf ihrer Haut. Die Wärme seines Atems streifte ihr Kinn und glitt an ihrer Kehle herab. »Ich konnte mich nicht mehr bremsen.«

Sie schloss die Augen und wartete darauf, dass er seinen Mund wieder auf ihren presste.

»Lucy.«

»Ja.«

»Entweder du fährst jetzt sofort, und zwar allein. Oder du kommst mit mir.« Er trat zurück, und der kalte Wind fuhr zwischen sie, schaffte es jedoch nicht, ihre erhitzten Wangen abzukühlen. »Wofür entscheidest du dich?«

Lucy öffnete die Augen und räusperte sich. »Ich fahre jetzt.« Sie glaubte nicht an Liebe auf den ersten Blick. »Allein.« Das überließ sie Romantikern und Liebesromanautorinnen wie Clare. Aber Lust ... Lust war was anderes. Lust auf den ersten Blick war etwas, woran Lucy glaubte. Sie hatte sie direkt vor der Nase. Sie erhitzte ihr Blut, konzentrierte sich in ihrem Unterleib und weckte den Wunsch in ihr, Quinn zu folgen, egal, wohin er sie bringen wollte. Stattdessen wandte sie sich ab und griff nach ihrer Handtasche.

Ein einziger Kuss hatte ihr jeden vernünftigen Gedanken geraubt. Sie würde Quinn wiedersehen. Sie hatte nicht ja sagen wollen, weil es so viele Gründe gab, nein zu sagen. Sie kannte ihn eigentlich nicht und glaubte ihm meist nur die Hälfte. Er hatte etwas an sich, das einen Tick zu intensiv war. Etwas, das ihr sagte, dass er zu viel Gas gab. Irgendetwas stimmte nicht. Etwas, das sie einfach nicht sehen konnte, doch aus irgendeinem unerklärlichen Grund spielte das alles keine Rolle.

»Gute Nacht, Quinn«, sagte sie und ging zur anderen Seite ihres Wagens. Sie sah über das Dach ihres BMW zu seiner Silhouette im sanften Licht der Druckerei. Er war groß, dunkel und absolut hinreißend. Mit einem einzigen Kuss hatte er ein Treffen »aus Neugier« zu einem richtigen Date gemacht.

»Ich melde mich wegen Montag bei dir.«

Mit dem Wagen als Barriere zwischen ihnen wurde ihr Kopf wieder ein bisschen klarer, und sie erinnerte sich daran, was sie am Montagabend vorhatte. Sie hatte als Dankeschön für eine Rede bei der Schriftstellervereinigung zwei Tickets für ein Eishockeyspiel geschenkt bekommen. Sie hatte Adele dazu einladen wollen, da sie diesen Sport genauso liebte wie Lucy. »Ich hab ganz vergessen, dass ich für Montagabend Steelhead-Tickets habe«, sagte sie. Es war der perfekte Vorwand, um aus der Nummer rauszukommen. Stattdessen fragte sie: »Hast du Lust mitzukommen?«

»Vorher noch Abendessen?«

»Klar.« Sie hatte das perfekte Hintertürchen gehabt und es nicht genutzt. Sie würde ihn wiedersehen, und gnade ihr Gott, wenn er je mehr berührte als ihren Hinterkopf.

5. Kapitel

GESCHICHTENERZÄHLER: SUCHT GLATTZÜNGIGE REDNERIN …

Am Montagmorgen betrat Quinn den Einsatzbesprechungsraum und quatschte mit ein paar Typen aus dem Labor. Während sie alte Fälle durchkauten, fiel sein Blick auf die Tafel. Lucys Name stand in kräftigem Rot immer noch ganz oben, mit zwei Verbindungslinien zum zweiten und dritten Mordopfer.

Er schnappte sich eine Tasse Kaffee und nahm Platz. Er schlug sein Notizbuch auf und blätterte zu den Aufzeichnungen, die er sich über Lucy gemacht hatte. Alles, was er vorzuweisen hatte, waren Indizienbeweise, aber wenn er sie zusammensetzte, ergab sich daraus ein ziemlich belastendes Bild. Er ließ seinen goldblau gestreiften Schlips durch die Hand gleiten und fragte sich, wie lange es wohl dauern würde, bis ihn jemand auf den Kuss ansprach, den er Lucy am Freitagabend gegeben hatte.

»Mit Maureen hast du jedenfalls nicht so rumgeknutscht wie mit Lucy«, frotzelte Kurt breit grinsend, als er den Raum betrat und sich neben Quinn setzte.

»Neidisch?«, fragte Quinn lächelnd, während er die Manschette seines Oberhemds zurückschob, um auf die Uhr zu sehen. Eine Minute nach acht. Kurt hatte eine ganze Minute gewartet. Wenn überhaupt, dann war Quinn überrascht, dass Kurt ihn nicht schon am Samstagabend damit aufgezogen hatte, als sie sich vor seiner Verabredung mit Maureen trafen.

»Nicht neidisch. Beeindruckt, wie effektiv du arbeitest.«

»Ich musste Lucy davon überzeugen, dass sie mich wiedersehen wollte. Maureen brauchte keine Überzeugungsarbeit.« Er blätterte eine Seite weiter. Wäre sein Date mit Lucy eine echte Verabredung gewesen, wäre er mit mehr Finesse vorgegangen. Er hätte sich Zeit gelassen und sie um ihre Telefonnummer gebeten. Hätte er Zeit gehabt, hätte er sie durch Charme dazu gebracht, ihm zu geben, was er wollte, statt sie einfach zu packen und mit einem Kuss zu unterwerfen. Wenn er die Wahl hatte, ließ Quinn es lieber langsam angehen, obwohl er zugeben musste, dass es auch nicht schlecht gewesen war, sie einfach zu packen und loszulegen. Überhaupt nicht. Vielleicht war es sogar ein wenig zu gut gewesen.

»So wie Lucy gestöhnt hat, war das ganz schön überzeugend.«

»Es ist ein schmutziges Geschäft, Weber.« Er hatte auch nicht damit gerechnet, dass es so leicht ginge. Eher damit, dass Lucy ihn wegstoßen und ihm eine scheuern würde.

»Aber irgendwer muss es ja erledigen. Stimmt's?«

»Stimmt.« Statt ihm eine zu scheuern, hatte sie etwas völlig Unerwartetes getan und sich an seine Brust geschmiegt. Ihre überraschende Reaktion hatte ihn fast umgehauen, und einen Augenblick lang, während er ihren Mund schmeckte und den heißen Sog des Verlangens spürte, hatte er vergessen, wer sie war und warum er eigentlich dort stand und sie mitten auf der Straße küsste. Für wenige Momente war sie nur eine schöne Frau und er nur ein Mann. Er hatte zugelassen, dass ihre leidenschaftliche Reaktion sich auf sein Hirn auswirkte und auf andere Körperteile weiter unten. Für wenige Momente hatte er vergessen, dass er nur seine Arbeit machte.

»Ich kann's dir nicht verdenken, dass du keine Lust hattest, mit Bignsassy Mandelhockey zu spielen«, frotzelte Kurt und lenkte Quinns Gedanken von dem Kuss mit Lucy ab. »Nachdem ich mir das neueste Band angehört habe, bin ich überzeugt, dass du Recht hast. Sie ist strohdoof. Mir ist schleierhaft, wie die Frau zu einem festen Job kam.«

»Maureen arbeitet für die Regierung«, erklärte Quinn. Zwischen der raschen Umarmung und dem Küsschen auf die Wange, mit dem er sich von Maureen verabschiedet hatte, und dem DNA-Austausch mit Lucy lag ein himmelweiter Unterschied. Er hatte schon immer an der Art, wie eine Frau küsste, voraussagen können, ob sie gut im Bett war. Und Lucys Kuss hatte ihn schier umgehauen.

Anita Landers betrat den Einsatzbesprechungsraum, gefolgt von Sergeant Mitchell. Gemeinsam gingen sie die neuesten Laborberichte durch. Quinn überraschte es nicht, dass weder Lucys noch Maureens Fingerabdrücke mit denen übereinstimmten, die an den drei Tatorten gefunden worden waren. Nichts von dort stimmte miteinander überein. Außer ein paar langer, blonder Haare, die an allen drei Opfern gefunden worden waren, die aber synthetisch waren. Also hatten sie immer noch nichts Stichhaltiges vorzuweisen.

Das Gespräch kam von den Fingerabdrücken auf die neuesten Bänder. »Informier mich über alles Neue, das du gestern Abend erfahren hast«, bat der Sergeant.

Quinn blätterte ein paar Seiten weiter zu den Notizen, die er sich beim Anhören des letzten Bandes gemacht hatte. »Lucy Rothschild behauptet immer noch, Krankenschwester zu sein. Sie räumt ein, in den letzten Monaten die Stadt nicht verlassen zu haben, und gibt an, nicht mehr mit Männern auszugehen, weil sie verbittert und ernüchtert sei. Sie hat gelogen, als es darum ging, ob sie einen der Ermordeten kannte, und scheint zu wissen, dass wir nicht viele Beweise haben.« Auch wenn er nicht wusste, warum, fühlte er sich gezwungen, hinzuzufügen: »Aber das sind alles nur Indizienbeweise.«

»Stimmt, aber wir wissen doch, dass sie sich mit Lawrence Craig getroffen hat! Warum sollte sie lügen, wenn sie nichts zu verbergen hat?«, fragte Mitchell.

Quinn zuckte mit den Achseln. Sie war zwar eine notorische Lügnerin, doch das bewies noch lange nicht, dass sie jemanden umgebracht hatte. »Wir könnten sie jederzeit einkassieren und befragen«, erinnerte er den Sergeant.

Mitchell dachte darüber nach. Dann schüttelte er den Kopf. »Noch nicht.«

Als Nächstes sprachen sie über Maureen Dempsey. Quinn fand, sie sollten Maureen weniger Aufmerksamkeit widmen, sie eventuell ganz von der Liste streichen.

»Sie glaubt diese Lügenmärchen aus der *Weekly News of the World*«, bemerkte Kurt. »Sie ist total verrückt.«

»Genug, um drei Männer umzubringen?«

»Verrückt genug vielleicht«, erwiderte Quinn. »Aber ich halte sie nicht für clever genug.« Maureen hatte sich sehr leicht lenken lassen. Sie hatte zugegeben, sich mit allen drei Opfern getroffen zu haben, und dass ihr die Nachricht von ihrem Tod leid getan hatte. Sie hatte Quinn erzählt, dass sie für ihre Familien betete und in ihrem Namen an diverse religiöse Organisationen spendete. Sie hatte behauptet, sie lebte im Zustand der Gnade und tanzte mit Jesus. Quinn war zwar auf katholischen Schulen erzogen worden, hatte aber keinen blassen Schimmer, was sie damit meinte.

Mitchell kratzte sich an seinem Bürstenschnitt. »Wann triffst du dich wieder mit ihr?«

»Morgen Nachmittag.«

»Wenn wir sie nicht vollkommen ausschließen können, bleibt sie auf der Liste.« Der Sergeant wiegte sich auf den Fersen seiner Wingtips-Schuhe und fragte: »Und was hast du, Kurt?«

Sie sprachen über die anderen Verdächtigen, mit denen Kurt fingierte Dates arrangiert hatte, und darüber, dass sie Verstärkung anfordern mussten, damit Quinn und Kurt sich auf die obersten vier oder fünf Verdächtigen auf der Liste konzentrieren konnten. Als sich das Meeting auflöste, fragte der Sergeant: »Was macht ihr zwei heute?«

»Wenn wir hier fertig sind, mach ich mit den Familien der Opfer weiter«, informierte Quinn ihn. »Später fahren wir nochmal zu ›Barnes and Noble‹. Wir müssen noch mit ein paar Angestellten sprechen, die letztes Mal, als wir da waren, frei hatten.« Er blätterte in seinen Notizen ein paar Seiten weiter. »Zwei von ihnen haben heute Nachmittag Dienst.«

Wenige Minuten später ging Quinn in sein Büro. Neben dem Breathless-Fall bearbeitete er noch zwei andere Verbrechen. Am Mittwoch musste er in dem Fall *Die Vereinigten Staaten gegen Raymond Deluca* aussagen, ein Fall von Brandstiftung mit einem Brandbeschleuniger, der zum Tod von Mr. Delucas Frau und ihren drei Kindern aus einer früheren Ehe führte. Der Toxikologiebericht zeigte, dass alle vier Opfer große Mengen von Phenobarbital zu sich genommen hatten, das Medikament, das Mrs. Deluca wegen ihrer Epilepsie einnahm. Raymond behauptete, seine Frau sei depressiv gewesen und hätte wahrscheinlich nur darauf gewartet, dass er die Stadt verließ, um sich und die Kinder umzubringen. Sein Alibi für die Nacht des Feuers bestand aus einer Quittung des Holiday Inn in Salt Lake, aber wie Quinn festgestellt hatte, existierte auch der Beleg einer Kundenkartentransaktion für zwanzig Liter Benzin, gekauft um 2.35 Uhr an der Shell-Tankstelle wenige Minuten vom Haus der Delucas entfernt. Eine halbe Stunde später hatte ein Nachbar Feuer gerochen und einen Notruf getätigt.

Die Anklage würde als Verbrechensmotiv eine Geliebte und eine Versicherungspolice präsentieren. Raymond Delucas Anwalt würde versuchen, das Motiv zu widerlegen, indem er daran arbeitete, Quinns Zeitablauf zu zerpflücken. Quinn musste sich noch einmal seine Notizen durchlesen, bevor er am Mittwoch den Gerichtssaal betrat.

Den Rest des Vormittags verbrachte Quinn damit, nach Indizien zu suchen und im Internet über Lucy zu recherchieren. Er besuchte noch einmal ihre Website, um zu sehen, ob sie in den letzten Tagen aktualisiert worden war. Fehlanzeige. Mittags sprangen er und Kurt in einen Zivilwagen und fuhren zu »Barnes and Noble«. Sie trafen sich mit den beiden Angestellten in einem Raum voller Bücherkartons.

Jan Bright war klein und hatte langes welliges Haar im 80er-Jahre-Stil. Sie trug eine Art Plaidkleid, das sie bis zum Hals zugeknöpft hatte. Cynthia Pools platinblondes Haar war ratzekurz geschnitten, und auf ihrer weißen Bluse war eine Mickey Mouse aufgestickt, die aus der Brusttasche kletterte. Beide Frauen waren spindeldürr und Mitte bis Ende vierzig.

Quinn zog ein Stück Papier aus seinem Notizbuch. Darauf waren die Fotos von Charles Wilson, Dave Anderson und Lawrence Craig. Er reichte den Zettel Jan Bright. »Erinnern Sie sich an einen dieser Männer?«

Sie schüttelte den Kopf und gab das Papier an Cynthia Pool weiter.

»Ja, die kommen mir bekannt vor. Besonders der da«, sagte Cynthia und deutete auf das zweite Mordopfer, Dave Anderson. »Ich glaube, er kam öfter freitagabends.« Sie blickte wieder hoch und rümpfte die Nase. »Das war auch so einer.«

»Auch so einer?«

»Einer der Singles, die auf der Jagd nach Frauen herkommen«, erklärte Cynthia. »Buchläden sind die neuen Singlebars. Freitags- und samtagabends kommen die Leute zum Aufreißen her.«

Quinn und Kurt sahen sich an. Sie kannten sich jetzt schon lange genug und hatten genügend Fälle gemeinsam bearbeitet, um zu wissen, was der andere dachte. Dass Männer und Frauen sich neuerdings in Buchläden trafen, war ihnen nicht nur neu, sondern auch eine wertvolle Information.

Kurt fragte: »Haben Sie je einen dieser Männer dabei beobachtet, wie sie mit Frauen Kontakt aufnahmen oder mit einer verschwanden?«

»Ich erinnere mich nicht. Du, Jan?«

»Nein. Ich achte wirklich nicht darauf, wer in den Gängen wen aufreißt.« Sie verschränkte die Arme vor der Brust und fixierte einen Punkt über Quinns linker Schulter. »Ich finde das anstößig.«

Cynthia zuckte mit den Achseln und gab ihm den Zettel zurück. »Das sind also die Mordopfer?«

»Ja.« Quinn steckte die Fotografien zurück in sein ledernes Notizbuch. Dann kramten er und Kurt ihre Visitenkarten hervor. »Wenn Ihnen noch etwas einfällt, rufen Sie uns bitte an.« Cynthia nahm die Karten bereitwillig entgegen, während sie sie Jan förmlich aufdrängen mussten.

Als die beiden Detectives auf dem Weg nach draußen am Café vorbeikamen, entdeckten sie ein Plakat mit Lucys Namen darauf. Das grünbeige Schild stand auf einer Staffelei an einem Tisch, der mit ihren Büchern vollgestapelt war. Es war die Ankündigung eines Treffens der Krimifrauen mit Krimiautorin Lucy Rothschild als Gastrednerin.

Kurt deutete auf das Plakat. »Das ist diesen Samstag.«

»Was geht wohl bei einem Krimifrauen-Treffen so ab?«

»Sollten wir vielleicht mal überprüfen.«

»Vielleicht.« Quinn nahm eines von Lucys Büchern in die Hand und blätterte darin. »Im Moment interessiert mich mehr, was Cynthia Pool und Jan Bright über das Aufreißen in Buchläden erzählt haben.«

»Du glaubst, Breathless reißt Männer in Buchläden auf?«

»Könnte sein.« Quinn legte das Buch wieder weg und betrachtete das Café zu seiner Rechten genauer. An einem der quadratischen Tischchen saß ein Paar, an einem anderen ein Mann mit einem Laptop. Quinn stellte sich den Laden brechend voll vor. Die perfekte Aufrisszone. »Wir müssen hier einen verdeckten Ermittler einschleusen. Nicht dich oder mich. Jemanden, den die Angestellten nicht kennen.« Er wandte seine Aufmerksamkeit wieder dem Stapel mit Lucys Büchern zu. »Jemanden, den die Verdächtigen, die wir getroffen oder befragt haben, nicht kennen«, fügte er hinzu, als die beiden Detectives kehrtmachten und auf den Ausgang zusteuerten.

Die Nachmittagssonne knallte Quinn direkt ins Gesicht, und er griff nach der Sonnenbrille in seiner Brusttasche. Er setzte sie auf, während sie über den Parkplatz zu dem zivilen Funkstreifenwagen gingen. Er war immer noch nicht überzeugt, dass Lucy Breathless war. Zugegeben, sie hatte einige Male gelogen und konnte mit zwei Opfern in Verbindung gebracht werden. Aber sie kam ihm einfach nicht … aggressiv oder abartig vor. Sie hatte bereitwillig auf seinen Kuss reagiert und war unter seinen Händen dahingeschmolzen. Nicht der Typ Frau, der nach ein paar Dates mit einem Mann nach Hause ging, ihn mit Handschellen ans Bett fesselte und ihm das Lebenslicht auslöschte. Nein, sie kam ihm vor wie eine Frau, die vollkommen andere Pläne mit einem Mann hätte, der ihr in Handschellen ausgeliefert war.

Aber vielleicht dachte er auch nur mit dem Schwanz.

»Machst du Witze?«, fragte Maddie, die ihren mexikanischen Reis an den Tellerrand schob.

»Nein, er hat mich einfach gepackt und geküsst.«

»Und wie war's?«, fragte Adele, während sie nach einem Krug Blue Margarita mitten auf dem Tisch griff.

Lucy biss sich auf die Unterlippe, musste aber trotzdem grinsen. »Umwerfend!« Aus den Augenwinkeln sah sie Clare lächeln. Von den dreien würde Clare sie als Einzige voll unterstützen. Clare glaubte wirklich an das, worüber sie beruflich schrieb. An Romantik und Seelenverwandte und »das Glück bis ans Lebensende«. Aber Clare war auch diejenige mit den meisten Illusionen, was Männer betraf.

»Wie lange kennst du diesen Quinn?«, wollte Maddie wissen. »Eine Woche?«

»Ein bisschen länger als eine Woche. Heute Abend ist unser drittes Date«, antwortete Lucy und bog sich die Wahrheit ein wenig zurecht. Wenn sie das erste Treffen im Starbucks mitzählte. Was sie eigentlich nicht tat. Und den Drink in der Bar hatte sie auch nicht für ein *richtiges* Date gehalten, bis er sie geküsst hatte. Der Kuss aber war *goldrichtig* gewesen.

Adele schenkte sich einen Blue Margarita ein und stellte den Krug wieder mitten auf den Tisch. »Und du hast dich gleich beim ersten Date von ihm küssen lassen? Das sieht dir gar nicht ähnlich.«

Küssen *lassen*? Als sein Mund den ihren berührt hatte, war kein Gedanke an »Lassen« gewesen. Nur an Küssen.

»Pass auf dich auf, Lucy«, warnte Maddie, als wäre sie ihre Mutter, obwohl sie nur ein Jahr älter war als Lucy.

»Er ist ein ganz normaler, netter Mann. Er ist Klempner und hat sein eigenes Geschäft.«

»Dann mal nichts wie ran.« Clare hielt inne, um einen Schluck Blue Margarita zu trinken, und fügte dann hinzu: »Ich weiß, dass ihr alle nicht dran glaubt, doch es gibt durchaus sowas wie Liebe auf den ersten Blick. Das passiert ständig.«

Lucy lächelte in sich hinein. Lust auf den ersten Kuss auf alle Fälle.

Adele runzelte die Stirn. »Ich weiß nicht, Lucy. Ich bin mal mit ’nem Klempner ausgegangen. Er war merkwürdig.«

»Wo hast du den kennen gelernt?«, fragte Lucy, um die Aufmerksamkeit von sich abzulenken.

»Beim Club für kreativen Anachronismus.« Adele zuckte mit den Achseln und fiel über ihren Fajita-Salat her.

Maddies Gabel hielt am Tellerrand inne. »Du verscheißerst uns.«

Adele schüttelte den Kopf. »Nein. Ich hab damals gerade meine mittelalterliche Zeitreise geschrieben und musste recherchieren. Sie treffen sich in diesem Park in der Nähe von Fort, ein paar Blocks von mir zuhause entfernt. Zum Schwertkampf und so. Deshalb hab ich beschlossen, ihnen dabei zuzusehen und Fragen zu stellen.«

»War dein Freund Sir Lancelot?«, fragte Maddie.

»Nein.« Lucy stupste mit dem Ellenbogen Clares Arm an. »Hieß er nicht Sir Lanze der Lotterliebe?«

Clare lächelte, und ihre blauen Augen leuchteten amüsiert. »Nein, Sir Stählerne Liebeslanze.«

»Sehr witzig.« In einem Versuch, nicht beleidigt zu wirken, zog Adele einen Mundwinkel hoch. »Er war Sir Peter der Prächtige.«

»Ich zitiere Maddie nur ungern«, sagte Lucy, während sie nach ihrem Margarita griff, »aber du verscheißerst uns. Oder?«

Adele schüttelte den Kopf. »Nein. Sein richtiger Name war Dexter Potter. Und er sah in Strumpfhosen *geil* aus. Riesiger Hosenbeutel, wenn ihr wisst, was ich meine.«

»Aha.«

»Na dann.«

Maddie stocherte in ihrem Hühnchen-Burrito herum und schob die Tortilla zum Reis an den Rand. »Von welcher Größe sprechen wir denn?« Maddie hob dozierend den Zeigefinger. »Denn da gibt es Unterschiede, Ladys. Länger als dreiundzwanzig Zentimeter ist …«

»Mensch, Maddie«, unterbrach sie Clare und sah sich verstohlen um. »Nicht hier.«

»Warum? Mich hört doch keiner.«

Lucy lachte und wechselte erneut das Thema. »Machst du immer noch die Atkins-Diät?«, fragte sie Maddie.

»Ja«, seufzte die. »Ganz schön beschissen. Ich hab's echt langsam satt, Steak mit Schweinekotelett als Beilage und ein Pfund Butter zum Nachtisch zu essen.«

»Das klingt nicht gesund.« Adele griff nach dem Pfeffer und hätte um ein Haar eine Brust in ihren Salat getunkt. »Wie sieht Mr. Hardluvnman denn aus?«, fragte sie Lucy.

Lucy schnitt ihre Hühnchen-Chimichanga an. »Er ist groß, dunkelhaarig und sieht blendend aus.« Und er konnte sie mit einem Kuss um den Verstand bringen. »Er jagt gern Vögel mit seinem Hund, und er ist ein *Cold Case Files*-Fan. Seine Familie lebt hier in der Stadt, und sein Vater ist vor ein paar Jahren gestorben.« Er konnte Sex in seine Stimme legen und ihr den Atem rauben. »Seine Frau ist letztes Jahr gestorben, und er ist einsam.«

»Oh-oh.« Adele stellte den Pfeffer ab und lehnte sich zurück.

»Was denn?«, fragte Lucy, obwohl sie die Antwort wusste.

»Du wirst ihn wieder retten wollen, genau wie all die anderen.«

»Nein, werd ich nicht.«

»Das sagst du immer«, erinnerte Clare sie. »Und du lässt dir immer das Herz brechen.« Kopfschüttelnd schnitt sie ihre Enchilada an. »Wenn du dich mit ihm einlässt, sorg dafür, dass er dich gut behandelt. Wie Lonny. Er ist die Liebe meines Lebens.«

Während Clare auf ihren Lunch herabsah, warfen sich die anderen drei bedeutungsvolle Blicke zu. Clares Freund, Lonny, war ein netter Kerl, und er behandelte sie wirklich gut. Er vergaß nie ihren Geburtstag oder Jahrestage und war weder eifersüchtig noch besitzergreifend. Er wäre der perfekte Freund, wenn er nicht schwul wäre. Alle wussten das. Alle, so schien es, außer Clare. Entweder war sie doch nicht so schlau, wie ihre vielen akademischen Grade nahelegten, oder sie wollte es einfach nicht wahrhaben. Lucy und die anderen glaubten eher Letzteres. Clare war eine tolle Frau und eine wunderbare Freundin, aber es war, als wäre sie von einem Kraftfeld umgeben, von dem alles Unangenehme abprallte. Insgeheim hatten sie alle Angst davor, was passieren würde, wenn sie herausfand, dass »die Liebe ihres Lebens« hinter ihrem Rücken in der Balcony Bar Männer liebte.

»Ihr irrt euch. Ich fühle mich nicht zu Quinn hingezogen, weil er mir leid tut. Oder weil er gerettet werden muss. Ich fühle mich zu ihm hingezogen, weil …« Sie dachte an seine ernsten braunen Augen und langen Wimpern. Sein kantiges, mit Bartstoppeln überzogenes Kinn und den sinnlich geschwungenen Mund. »Denn wenn er mich ansieht, sieht er mich richtig an. Wenn er mir Fragen über mein Leben stellt, habe ich das Gefühl, dass er es wirklich wissen will. Dass er nicht nur fragt, damit er die restliche Zeit über sich sprechen kann. Wenn ich mit ihm zusammen bin, gibt er mir das Gefühl, dass er mich wirklich mag.« Sie aß einen Bissen und sah in die verblüfften Gesichter ihrer Freundinnen. »Was ist?«

»Du klingst, als wärst du in ihn verknallt«, verkündete Maddie.

»Ja«, stimmte Adele zu.

Clare nickte. »Genauso klingt es.«

»Nein, klingt es nicht. Ich muss ein Buch schreiben. Ich kann keine Zeit mit einem Mann vergeuden.« Lucy griff nach ihrem Drink. »Und außerdem kenne ich ihn nicht gut genug, um mich in ihn zu verknallen. Die meiste Zeit über weiß ich nicht mal, ob seine Aufmerksamkeit mir schmeichelt oder mir Angst macht.«

Eine Falte erschien zwischen Maddies dunklen Augenbrauen. »Warum hast du Angst? Ist er verrückt? Was hat er gemacht?«

»Nichts. Vielleicht ist Angst ein zu starker Ausdruck.« Lucy hielt inne und legte den Kopf schief. »Verwirrt ist vielleicht besser.«

»Warum bist du verwirrt?«

»Weil er mich öfter sehen will. Er will mich anrufen, mit mir ausgehen und –«

»Er macht dir den Hof«, erklärte Clare.

»Wahrscheinlich.« Lucy schwieg kurz, um ihre Gedanken zu ordnen. »Ich habe bloß noch nie einen Mann getroffen, der mich gleich so oft sehen wollte. Ihr wisst ja, wie Männer sind, sie führen einen aus und rufen vielleicht nach einer

Woche oder auch zweien oder gar nicht wieder an. Quinn scheint nicht zu wissen, dass er mich eigentlich am Telefon warten lassen müsste, damit ich mir Gedanken mache, warum er mich nicht um eine zweite Verabredung bittet.«

»Warte.« Adele hielt ihre Gabel hoch. »Du willst nicht mit ihm ausgehen, weil er sich anscheinend wirklich für dich interessiert? Na, *das* ist verrückt.«

Lucy zuckte mit den Achseln. Vielleicht, aber er hatte irgendetwas, was sie nicht genau benennen konnte. Etwas, das ihr sagte, dass er zu gut war, um wahr zu sein, und die Erfahrung sagte ihr, wenn etwas zu gut aussah, um wahr zu sein, war es auch so. »Vielleicht traue ich der Geschichte mit der verstorbenen Frau nicht. Ich habe zwar nicht den Eindruck, dass er lügt – nicht unbedingt. Ich kann nicht sagen, woran es liegt, aber ich traue ihm nicht ganz.« Sie schüttelte den Kopf und schnitt in ihre Chimichanga. »Vielleicht bin ich einfach zu misstrauisch.«

Adele blickte von ihrem Salat auf. »Bring ihn dazu, dich zu sich nach Hause einzuladen. Wenn er dich nicht mitnehmen will, ist seine Frau wahrscheinlich gar nicht tot.«

»Bist du besoffen? So hat Richard Franko fünf seiner Opfer in die Falle gelockt«, warnte Maddie, die sich auf den Serienkiller bezog, über den sie vor Jahren geschrieben hatte. »Er hat sie einfach zu sich eingeladen, und sie sind mitgegangen wie Lämmer zur Schlachtbank. Lucy könnte einen Albtraum erleben.«

Es war wirklich kein Wunder, dass Maddie keine Verabredungen hatte. Sie hielt die meisten Männer für psychopathische Killer. »Er ist kein Mörder. Ich frage mich nur, ob er zu gut ist, um wahr zu sein.«

»Vielleicht hat Adele Recht«, überlegte Clare. »Wenn du sein Haus siehst, weißt du sofort, ob er noch verheiratet ist, oder ob er sich bloß eine Bumsbude eingerichtet hat. Wenn er dich nicht mitnehmen will, ist er verheiratet. Wenn doch –«

»Dann erwartet er Sex«, unterbrach sie Maddie.

»Stimmt.« Der Gedanke an Sex mit Quinn war zwar durchaus verlockend, aber so kurz nach ihrem Kennenlernen kam das nicht in Frage.

»Wenn du schon so dumm bist, mit ihm nach Hause zu gehen«, sagte Maddie, »dann nimm wenigstens die Selbstverteidigungsausrüstung mit, die ich dir geschenkt habe.«

»Mach ich«, versprach Lucy. Im vergangenen Jahr hatte Maddie ihnen allen zu Weihnachten Pfefferspray, einen Handtaschenalarm, einen Elektroschock-Kugelschreiber und zwei Schlagringe geschenkt. »Und ich werde mein Auto nehmen«, fügte sie hinzu, auch wenn sie sich nicht sicher war, ob sie je in Quinns Haus landen würde. »Damit ich mich wieder verdrücken kann, bevor die Gefahr besteht, mich ausziehen zu müssen.«

»Ich weiß nicht, was gefährlicher ist«, überlegte Adele. »Du im Haus eines Kerls, den du nicht kennst, oder am Steuer deines Wagens.«

»Ich bin eine hervorragende Autofahrerin«, beharrte Lucy.

»Das hat Rain Man auch gesagt«, witzelte Clare.

Lucy wusste, dass ihre Freundinnen sie für eine schlechte Fahrerin hielten, aber das war sie nicht. Zugegeben, sie fuhr ein bisschen zu rasant und beschimpfte andere Verkehrsteilnehmer, aber sie hatte seit fünf Jahren keinen Totalschaden mehr gehabt! »Wie steht's denn mit eurem Liebesleben?«, fragte sie und wechselte bewusst noch einmal das Thema.

»Tote Hose«, beklagte sich Maddie. »In dieser Stadt gibt es keine Männer.«

Adele griff nach ihrem Blue Margarita. »Ich hab gestern auf meiner Veranda eine alte Gesichtspeeling-Maske und einen Crock-Pot gefunden.«

»Dwayne«, riefen die anderen drei wie aus einem Munde. Dwayne Larkin, eine durchtrainierte Pimpermaschine, verlegte von Beruf Gipskartonplatten, und zwei Jahre lang hatte Adele ihn für den Richtigen gehalten. Sie hatte sogar über seine Marotte hinweggesehen, sich bei Tisch in den Zähnen herumzustochern und an den Achseln seiner Hemden zu schnüffeln, bevor er sie anzog. Da er ein bisschen wie Viggo Mortensen aussah, hatte sie sein Biersaufen und Gerülpse hingenommen, solange, bis er ihr an den Kopf geworfen hatte, sie bekäme einen »fetten Arsch«. Niemand benutzte das f-Wort in Zusammenhang mit Adeles Arsch, und deshalb hatte sie ihn aus ihrem Leben verbannt. Nur schade, dass er sich nicht ganz verbannen ließ. Alle paar Wochen fand Adele ein paar der Gegenstände, die sie in seiner Wohnung gelassen hatte, vorn auf ihrer Veranda. Keine Nachricht. Kein Dwayne. Bloß irgendwelchen Kram.

»Tsss. Er gibt einfach nicht auf.«

»Es ist, als würde er deine Sachen als Geiseln halten«, bemerkte Lucy. »Er rückt sie nach und nach raus wie Körperteile oder so.«

»Das ist unheimlich.«

»Wie viel hat er denn noch?«

Adele zuckte mit den Achseln. »Ich weiß nicht. Wir waren zwei Jahre zusammen, und ich war oft bei ihm. Da gibt's bestimmt noch einiges.«

»Wenn ich Dwayne nicht schon in *Aus Liebe erschossen* um die Ecke gebracht hätte«, sagte Lucy und meinte damit ihr drittes Buch, »würde ich ihn für dich umbringen.«

»Danke.«

Nach dem Gespräch über Männer kamen sie aufs Schreiben, und als Lucy ihren Anteil der Rechnung beglich, hatten sie Adele Ratschläge wegen ihrer Probleme mit Dwayne erteilt und Clare beim Plot der nächsten drei Kapitel ihres Buches geholfen.

Vor dem Treffen hatte Lucy die ersten sechs Kapitel ihres aktuellen Manuskripts für Maddie ausgedruckt, damit sie es auf Ungereimtheiten und Fehler hin durchsehen konnte. Maddie war vielleicht manchmal ein bisschen paranoid und benahm sich daneben, aber sie war brillant und gab hervorragende Kritiken. Und Lucy revanchierte sich ihrerseits, wenn Maddie Hilfe brauchte.

Maddie folgte Lucy zu ihrem Wagen. »Versprich mir, mit diesem Quinn vorsichtig zu sein.«

Lucy reichte ihr die Manuskriptseiten und sah in Maddies braune Augen. Manchmal hatte Lucy das Gefühl, dass ihre Freundin vor irgendetwas davonlief. Vor etwas, das sie hinter ihrer nassforschen Art verbarg. Etwas, das sie mit keinem Menschen teilte. Lucy war nicht der Typ, der neugierig nachbohrte, aber wenn Maddie je jemanden zum Reden brauchte, würde Lucy zuhören. »Ich versprech's«, sagte sie. »Und du musst versprechen, nicht so eine harte Nuss zu sein.«

Maddie verabschiedete sich und versprach nichts dergleichen.

Lucy sprang in ihren Wagen. Auf der Heimfahrt dachte sie wieder über Quinn nach. Vielleicht hatten Adele und Clare Recht. Vielleicht war er ein ganz normaler Mann, der ihr den Hof machte. Vielleicht suchte sie unnötig nach Problemen.

Sie schlängelte sich durch den Verkehr und brauste an der Kreuzung Thirteenth/Fort Street bei Gelb über eine Ampel, weil sie sich sagte, es wäre sicherer, bei Gelb weiterzufahren als eine Vollbremsung zu machen. Als sie an der Junior High vorbeifuhr, die sie als Teenager besucht hatte, ergriff der rationale Teil ihres Gehirns die Gelegenheit, sie zu fragen, ob normale Männer Chatrooms nach Frauen abklapperten. Nein, taten sie nicht. Außer, es stimmte etwas nicht mit ihnen. Oder … sie waren auf der Suche nach Sex.

Nachdem sie noch einige Male abgebogen war, fuhr sie in die enge Gasse hinter ihrem Haus. Wenn sie mit Quinn zusammen war, spürte sie nichts Perverses oder Abartiges an ihm. Im Gegenteil. Er strahlte eher eine sanfte sexuelle Energie aus. Von der sie zugeben musste, dass sie leicht hypnotisch auf sie wirkte.

Sie drückte auf den Garagentoröffner, der an die Blende geklemmt war, und wartete, bis sich das alte Holztor hob. Viele Häuser im North End von Boise waren um 1900 gebaut worden und hatten immer noch Kutschenradabweiser an den Bürgersteigen. Aber als dann die Packards in die Stadt rollten, gaben die Boisianer ihre Kutschen auf und bauten sich hinter ihren Häusern kleine Garagen. Viele der Einzelgaragen wie Lucys waren immer noch in Gebrauch, weil kein Platz für etwas Größeres war.

Lucy fuhr den BMW hinein und schloss das Garagentor.

Sie betrat ihr Haus durch die Hintertür, ging durch die Küche und pfefferte ihre Handtasche auf die gekachelte Theke. Sie schaute aus dem Fenster über der Spüle in den Nachbargarten. Mrs. Riley war draußen, riss Plastikweihnachtssterne aus der Erde und ersetzte sie durch knallbunte Tulpen. Natürlich ebenfalls aus Plastik. Dieselbe Prozedur wiederholte sie im Sommer und Winter. Lucy hatte sie einmal gefragt, warum sie zu jeder Jahreszeit Plastikblumen pflanzte, und sie hatte geantwortet, als wäre es das Logischste auf der Welt: »Na, weil ich hübsche Dinge mag.« Was auch erklärte, warum sie ihr Haus in knalligem Gelb, Blau und Grün gestrichen hatte.

Während Lucy Mrs. Riley bei der Gartenarbeit zusah, kehrten ihre Gedanken wieder zu Quinn und ihrem Date mit ihm am Abend zurück. Sie freute sich mehr darauf, als sie sich eingestehen wollte. Mehr als klug war, da sie ihn nicht einmal kannte.

Es war durchaus möglich, dass er ein Klempner war, der versuchte, nach dem Tod seiner Frau weiterzuleben, aber es war genauso gut möglich, dass er zu den siebzig Prozent gehörte, die sich im Netz tummelten, weil sie auf eine schnelle Nummer aus waren.

Aber Lucy fand, dass die wichtigere, schwerer zu beantwortende Frage lautete: Warum nahm sie ihn auseinander, nur um dann Entschuldigungen dafür zu finden, ihn wieder zusammenzusetzen? Warum zerbrach sie sich den Kopf über einen Typen, den sie nicht einmal kannte?

6. Kapitel

GETN2KNOWU: SUCHT AUFRICHTIGE PARTNERIN …

»Get ready for this«, dröhnte es durch das Bank of America Centre, als sich die Captains der Idaho Steelheads und der San Diego Gulls auf dem Eis gegenüberstanden. Die Musik verstummte, der Puck fiel, und das Knallen von Hockeyschlägen, die aufs Eis trafen, erfüllte die Arena.

Das Spiel begann.

Quinn warf einen Seitenblick auf Lucy Rothschild mit dem rotschwarzen Steelheads-Trikot und dem großen Schaumgummifinger, den sie sich über die Hand gestreift hatte. Er hatte noch nie im Leben jemanden getroffen, der *weniger* einem Serienkiller ähnelte.

»Genau das meine ich!«, schrie sie begeistert, als ein Gull niedergemäht wurde.

Na gut, ein bisschen blutrünstig war sie ja, aber aus irgendeinem seltsamen Grund brachte das seinen Sack nicht zum Schrumpfen. Genauso wenig wie das Tonbandgerät, das in seinem Kreuz drückte und ihn daran erinnerte, dass sie eine Psychopathin sein konnte, die sich daran aufgeilte, Männern beim Krepieren zuzusehen.

Quinn lehnte sich auf seinem Sitzplatz zurück, und das kleine schwarze Aufnahmegerät drückte im Kreuz. Kurt hatte am anderen Ende der Stadt ein Date mit Brneyedgrl, während Anita im Van saß und alles aufnahm. Quinn war heute Abend ganz auf sich gestellt, doch er machte sich keine großen Sorgen, hauptsächlich weil es relativ unwahrscheinlich war, dass Lucy den Versuch unternahm, ihn in einer Arena mit mehreren tausend aufgeputschten Eishockeyfans umzubringen. Doch selbst wenn sie allein gewesen wären und sich in seinem Bett schweißtreibenden Aktivitäten hingegeben hätten – er war nicht sehr überzeugt davon, dass Lucy eine Serienmörderin war. Sein Bauch sagte es ihm einfach nicht. Nein, wenn er sie so ansah, spürte er etwas völlig anderes in dieser Gegend. Aber nur weil er nicht fühlte, dass sie eine Mörderin war, hieß das noch lange nicht, dass er die Möglichkeit ausschloss.

»Du bist Scheiße!«, schrie ein junger Kerl ein paar Reihen über ihnen, als ein Gull einem Steelhead mit vollem Körpereinsatz den Puck abjagte.

Quinn wusste nicht viel über Eishockey. Er stand mehr auf American Football. Im Alter von zehn bis achtzehn hatte er selbst gespielt und kannte die Regeln. Soweit Quinn es beurteilen konnte, war Eishockey Chaos on the Rocks. Es sah aus, als würde ein Haufen Typen einen Puck jagen und sich brutal zusammenschlagen, wenn die Schiedsrichter nicht hinschauten.

»Autsch«, zuckte Quinn zusammen, als zwei Spieler wie Güterzüge zusammenprallten, es aber trotzdem schafften, auf den Kufen zu bleiben. Lucy lachte neben ihm, und ihre Augen leuchteten wie die eines Kindes an Weihnachten.

»Gott, ich liebe dieses Spiel«, sagte sie mit einem breiten Grinsen. »Besonders die Play-Offs, wenn beide Teams Blut sehen wollen.«

Vielleicht war sie auch mehr als nur ein *bisschen* blutrünstig, doch in dieser Hinsicht unterschied sie sich keinen Deut vom Rest der Menschenmenge.

»Siehst du dir viele Spiele an?«, rief er ihr über den Lärmpegel aus Hockeyschlägern, die aufs Eis knallten, und dem Anschwellen und Abflauen des Geschreis der Menge zu.

»Ich versuche, mir so viele wie möglich anzuschauen. Und du?«

»Ich war vor heute Abend noch nie hier.«

Sie drehte den Kopf zu ihm, und ihre großen blauen Augen schauten in seine. Sie blinzelte, als könnte sie nicht ganz begreifen, was sie da sah. Als wäre er ein Außerirdischer. »Nie? Du machst Witze!«

»Nee. Ich steh mehr auf Football.«

»Football ist ganz okay. Aber beim Eishockey zuzusehen, macht mehr Spaß.«

»Es wirkt chaotisch.«

»Es ist organisiertes Chaos.« Sie richtete ihre Aufmerksamkeit wieder aufs Eis, beugte den Kopf aber nah zu ihm. »Die Spieler ganz vorn sind die Forwards und die Centers.« Sie streifte ihren Schaumfinger ab und deutete auf die jeweiligen Spieler. Sie hatte sich die Fingernägel rot lackiert. »Die Jungs, die hinten bleiben, sind die Defenders und natürlich die Keepers.« Sie ließ die Hand auf ihren Oberschenkel sinken. »Beim Hockey gibt's massenhaft Regeln, und die krieg ich nicht alle auf die Reihe. Und wenn ich dann glaube, ich hab sie kapiert, ändern sie sich.«

Quinn hatte schon immer eine Schwäche für glänzend rote Fingernägel. Er liebte es, wenn eine Frau ihre langen Finger mit roten Nägeln über seinen Unterleib gleiten ließ.

»Siehst du den Spieler mit dem Puck? Er ist Forward und schlägt gleich einen Pass ins Mittelfeld.« Sie beugte sich ein bisschen näher zu ihm, und ihre Schulter streifte seine. »Genau so. Jetzt bereitet er einen Torschuss vor.«

Durch die Schwaden aus Bier- und Fressbudengeruch roch er ihr Haar. Er erkannte den Duft vom Abend im Red Feather wieder, als sie ihn an einen sonnenbeschienenen Garten erinnert hatte. Wenn sie den Kopf so zu seinem neigte, streifte ihr Haar die Schulter ihres Trikots und seiner Bomberjacke. Wenn er sich noch ein Stück vorbeugte, könnte er die Nase in ihrem Scheitel vergraben.

»Verdammt!«

»Was denn?« Quinns Blick glitt von ihrem Haar zu ihrem Profil.

»Der Keeper hat den Puck gehalten.« Sie drehte den Kopf zu ihm, und ihre Nase streifte leicht sein Kinn. Wenn sie ihr Gesicht ein paar Zentimeter hob, würden ihre Lippen seine berühren. Er spürte einen dumpfen Schmerz in der Lendengegend, was lächerlich war. Er war siebenunddreißig. Er war ein harter Bursche, der Schwerverbrecher einlochte. Er ermittelte in einem Mordfall. Allein der Gedanke, eine Frau zu küssen, erregte ihn nicht.

Normalerweise nicht.

Lucy hob den Blick zu Quinns, und in ihren Augen sah er dasselbe Verlangen, das in ihm brannte. Er fragte sich, was sie tun würde, wenn er sie hier auf der Stelle vor Tausenden von Menschen küsste. Ob sie ihn zurückküssen würde wie neulich auf der Straße?

Sie setzte sich wieder aufrecht und richtete ihre Aufmerksamkeit auf das Spiel, doch das Verlangen in ihren Augen hatte er sich nicht eingebildet. Zu wissen, dass sie ihn genauso begehrte wie er sie, ließ ihn in Sekundenschnelle von halb- zu vollsteif werden, egal ob er scharf werden wollte oder nicht. Und er wollte nicht. Nicht mitten in einem Eishockeyspiel, und nicht auf eine Mordverdächtige. Wenn er nicht ganz bewusst seine Jacke angezogen hätte, um das Tonband, das in seinem Kreuz klebte, zu verbergen, hätte er sie ausgezogen und damit seinen Schoß bedeckt.

Er konzentrierte sich wieder aufs Eis und atmete tief die kalte Luft ein. Er beugte sich vor und stützte sich mit den Unterarmen auf den Oberschenkeln ab. Auf dem Eis pfiffen die Referees, und das Spiel wurde unterbrochen. Chumbawamba dröhnten durch die Tonanlage, und Quinn spürte den harten Beat durch seine Stiefelsohlen.

Er wusste nicht, warum Lucy Rothschild ihn so erregte. Zugegeben, sie war eine schöne Frau, doch es gab eine Menge schöner Frauen. Sie war mordverdächtig, und allein das sollte seinen Johannes erschlaffen lassen. Doch seit dem ersten Abend, als er sie im Starbucks hatte sitzen sehen, schien jene Tatsache bei ihm genau das Gegenteil zu bewirken. Wahrscheinlich weil er wusste, dass er sie so schnell wie möglich zum Sex drängen musste. Er dachte nicht darüber nach, warum die Aussicht ihn bei den anderen Verdächtigen nicht erregte. Im Moment musste er sich rasch von Lucy ablenken. Davon, scharf zu werden, ins Schwitzen zu geraten und noch durchzudrehen. Und sich wieder auf die Arbeit konzentrieren.

Auf dem Eis wurde der Puck fallen gelassen, und Schläger knallten aufs Eis. Er glaubte, erneut Sonnenschein und Blumen zu riechen, und dachte ganz bewusst an Lawrence

Craig und die anderen, an ihre Betten gefesselt, durchsichtiges Plastik eng um die Gesichter gezogen. Unter seinem zugeknöpften Hosenstall ließ der Druck nach, und Quinn entspannte sich.

Als das erste Drittel endete, lagen die Steelheads mit zwei Punkten vorn, und durch die Menschenmenge ging ein erwartungsvolles Raunen, obwohl Quinn sich nicht sicher war, was genau die gehobene Stimmung erzeugte – der Spielstand oder das Budweiser Light, das in der Arena großzügig ausgeschenkt wurde.

Während des zweiten Spielabschnitts aßen Lucy und Quinn Brezen und tranken Bier. Auf dem Eis droschen die Spieler auf den Puck und aufeinander ein. Die Strafbänke wurden gut genutzt; die Boxen aus Plexiglas füllten sich mit blutig geschlagenen, derb fluchenden Spielern.

Im Laufe des Spiels kam Quinn hinter die Regeln und begriff langsam, dass Eishockey nicht so chaotisch war, wie es auf den ersten Blick wirkte. Nach der Hälfte des letzten Drittels beugte sich Lucy nahe zu Quinn und deutete auf die Strafbank, wo ein Typ saß, dem gerade Tampons in die Nase gestopft wurden. »Schau mal, Nummer einundsiebzig. Hat immer noch das blaue Auge, das er vor vier Spielen verpasst bekam.«

Quinn verschränkte die Arme und ermahnte sich, sie sich nicht wieder aus der Nähe anzuschauen. Nicht erregt zu werden. Bloß seinen verdammten Job zu tun. »Mit wem hast du dir das Spiel damals angesehen?« Er erinnerte sich nicht, ob irgendeins der Opfer bei einem Eishockeyspiel gewesen war.

»Mit meiner Freundin Adele. Sie findet Eishockey auch

toll. Wir streiten die meiste Zeit darüber, wer der heißeste Spieler ist.«

Bevor er sich davon abhalten konnte, sah Quinn über seine Schulter in Lucys Augen. »Und, wer ist heute Abend der heißeste Spieler?«

Einer ihrer Mundwinkel verzog sich nach oben. »Nummer achtundzwanzig von den Steelheads. Er sitzt gerade auf der Bank.«

Er warf einen Blick über die Eisbahn zu dem Eishockeyspieler, der seinen Helm auf die Stirn hochgeschoben hatte und auf seinem Mundschutz kaute. »Du machst Witze! Der sieht aus wie ein Milchbubi.«

»Er ist zweiundzwanzig.«

»Dann ist es fast noch illegal.« Sie hatte sich offensichtlich über ihn informiert.

Ihre Augen wurden ganz groß und unschuldig. »Was ist fast illegal?«

»Das weißt du genau, und wenn ich eine zweiundzwanzigjährige Frau angaffen würde, würdest du mich für pervers halten.«

»Stimmt«, meinte sie grinsend. »Ist Doppelmoral nicht beschissen?«

Er zog Frauen in seinem Alter vor. Hauptsächlich weil Frauen seines Alters wussten, was sie im Bett taten, doch er war so klug, das nicht laut auszusprechen. Frauen laberten ständig darüber, dass sie wollten, dass man ihnen die Wahrheit sagte, aber das stimmte nicht. »Ich mag Frauen in den Dreißigern. Da hat man mehr Gesprächsthemen.«

»Das stimmt wahrscheinlich, aber –«

Quinn fixierte Lucy. »Was aber?«

Sie grinste und schüttelte den Kopf. »Wer redet von Gesprächen?«

Quinn stieß ein kehliges Lachen aus. Ihre Direktheit überraschte ihn nicht nur, er fand sie auch herzerfrischend. Er schätzte es, wenn Frauen ehrlich über Sex sprachen.

Nur schade, dass sie ihn bei allem anderen belog. Klar, er log ebenfalls. Aber schließlich versuchte er, eine Serienmörderin zu schnappen, bevor sie wieder zuschlug. Ein Teil des Polizeiberufs bestand darin, ein guter Lügner zu sein. Es war sein Job, und er war gut darin. Lucy war keine gute Lügnerin, aber wenn sie nichts zu verbergen hatte, warum log sie dann, als sei es *ihr* Job?

Die Steelheads schlugen die Gulls um zwei Punkte und würden erneut auf sie treffen, wenn es um den Kelly-Cup-Titel ging. Lucy hatte noch nie mit einem Mann ein Spiel besucht. Sie war immer mit ihren Freundinnen hingegangen. Das heute Abend war eine ganz neue Erfahrung. Normalerweise war sie vollkommen von den Männern gefesselt, die auf der Eisbahn auf und ab liefen, ineinanderrannten und um 170 Gramm Hartgummi kämpften. Doch heute Abend hatte sie der Mann, der neben ihr saß, abgelenkt. Der Mann, der sie angesehen hatte, als wären sie die einzigen zwei Menschen in einer Arena voll Tausender schreiender Eishockeyfans.

Nach dem Spiel fuhr Quinn Lucy nach Hause, weigerte sich jedoch, auf einen Kaffee mit hineinzukommen. Stattdessen setzten sie sich auf ihre Verandaschaukel. Lucy holte eine Decke, und sie schauten durch die kahlen Bäume zu den Sternen.

Während die Schaukel sanft vor und zurück schwang,

stellte Quinn ihr Fragen über ihr Leben und erzählte ihr von seinem. Er erzählte ihr davon, wie er mit seinem tollen Schwinn-Rad auf dem Hinterrad gefahren war, um das Nachbarsmädchen zu beeindrucken, nur um mit einem gebrochenen Arm in der Notaufnahme zu landen. Irgendwie kamen sie auf ihre früheren Beziehungen. Lucy sprach gewöhnlich nicht mit potenziellen zukünftigen Freunden über ihre Exfreunde, doch aus irgendeinem Grund brachte Quinn sie zum Reden über all die Verlierertypen, vor denen es in ihrer Vergangenheit nur so wimmelte.

Er erzählte ihr von seinem Haus in einer Nebenstraße der Boise Avenue, das er nach dem Tod seiner Frau Millie gekauft hatte. Er sprach von der Gartenlaube, die er und sein Bruder in seinem Garten gebaut hatten, und lud sie ein, seinen Jacuzzi auszuprobieren. Jederzeit. Der skeptische Teil von Lucy, der nach Problemen suchte, entspannte sich etwas. Ein verheirateter Mann lud Frauen nicht in sein Haus ein, schon gar nicht »jederzeit«.

Sie unterhielten sich über die neuesten Episoden der Crime-Dokus *Cold Case Files* und *The First 48*. Wieder kam das Gespräch auf die ermordeten Männer, und sie stellten Spekulationen über den Killer an. Ihr fiel zwar auf, dass das Gespräch immer, wenn sie mit Quinn zusammen war, in diese Richtung ging, aber sie dachte sich nicht viel dabei. Über echte Verbrechen zu sprechen, faszinierte sie, und das war anscheinend eine Gemeinsamkeit von ihnen.

»Ganz spontan würde ich sagen, dass der Täter eine attraktive Frau mit überdurchschnittlicher Intelligenz ist«, sagte sie und versuchte, sich an all die Recherchen zu erinnern, die sie über die Jahre hinweg angestellt hatte. »Sie hat eine asoziale Persönlichkeitsstörung, wahrscheinlich eher psychopathisch als soziopathisch. Sie ist kontrolliert und organisiert.«

Die Schaukel schwang langsam vor und zurück, und Quinn sah Lucy unter dem Verandalicht an und fragte: »Hast du für die Mordnächte ein Alibi?« Er schenkte ihr sein charmantestes Lächeln, als wäre es ein Scherz, doch etwas tief in seinen braunen Augen sagte ihr, dass er es todernst meinte.

In der Ferne knallte eine Hintertür und ein Hund kläffte. Vermutlich hätte sie in der umgekehrten Situation – wenn Frauen die Opfer wären – dasselbe wissen wollen. »Ich bin mir nicht sicher«, antwortete sie wahrheitsgemäß. »Wahrscheinlich hab ich gearbeitet.«

»Neugeborene gewickelt?«

»Ja.« Wegen ihrer Arbeit zu lügen, bereitete ihr mehr und mehr Schuldgefühle, doch jetzt war nicht der richtige Augenblick für ein Geständnis. »Hast du Angst, ich will dich umbringen?«

»Angst nicht direkt.« Er legte den Kopf schief, und diesmal kam das Lächeln bei seinen Augen an. »Obwohl mir durchaus schon der Gedanke gekommen ist, dich nach Waffen abzusuchen.« Er stand auf und warf die Decke auf die Schaukel. »Aber nicht heute Abend«, sagte er und zog Lucy hoch. Er nahm ihr Gesicht in die Hände und senkte langsam den Kopf. Er sah ihr tief in die Augen, während seine Lippen leicht ihren Mund streiften. Weich und süß, als hätte er die ganze Nacht Zeit. Sein Atem stockte und breitete sich fächerförmig über ihre Wange aus, als seine Zunge über ihre Unterlippe glitt. Der Kuss lockte eine hitzige Reaktion tief in Lucys Bauch hervor, törnte sie mit genau der richtigen leichten Berührung an. Ihre Hände strichen über seine Brust, und sie packte beide Seiten der offenen Lederjacke mit den Fäusten. Sie reckte sich auf die Zehenspitzen und öffnete die Lippen. Sie spürte ein kurzes Zögern, dann peng, der Kuss wurde heiß und feucht, als hätte es ihn wie ein Blitz durchzuckt und er könnte sich keine Sekunde mehr zurückhalten. Als wollte er sie bei lebendigem Leibe verschlingen und könnte nicht genug bekommen.

Unter ihrer Verandalampe tastete seine Zunge lockend und ließ flüssige Hitze durch ihren Körper strömen. Seine Daumen strichen über ihre Schläfen und Wangen, und er stieß ein kehliges Stöhnen aus. Sie ließ die Hand unter seine Jacke gleiten und spürte, wie sich seine harten Muskeln zusammenzogen, als sie über Brust und Bauch streichelte. Dann wanderten ihre Hände zu seinem Rücken. Ohne den Mund von ihrem zu lösen, packte er sie an den Handgelenken und trat einen Schritt vor. Er drängte sie gegen die Haustür und hielt ihre Hände hinter ihrem Kopf fest.

»Du darfst mich nicht anfassen«, stieß er keuchend hervor.

»Warum?«

Er legte die Stirn an ihre. »Weil ich dich zu sehr mag.«

An ihrem Unterleib konnte sie jeden Zentimeter dessen spüren, wie sehr er sie mochte. Er war lang und steinhart. Sie sehnte sich danach, sich an ihm zu reiben. »Bist du ganz sicher, dass du nicht auf einen Kaffee mit reinkommen willst?«

»Nein, bin ich nicht.« Er schüttelte den Kopf, ließ ihre Handgelenke los und trat einen Schritt zurück. »Aber wenn ich mitreinkomme, will ich dich auch lieben. Aber ich glaube nicht, dass wir dazu schon bereit sind. Noch nicht.«

Was? Er war ein Kerl. Dazu waren Kerle immer bereit.

»Ich will mehr«, erklärte er und wandte sich zum Gehen. »Ich ruf dich an.«

Lucy stand mit dem Rücken an ihrer Tür und sah ihm nach, als er die Treppe hinabstieg. »Gute Nacht«, flüsterte sie. Der große Mond schien durch die nackten Äste der riesigen Eiche und der Walnussbäume und beleuchtete Quinn mit blassem Licht, als er den Bürgersteig entlang zu seinem Jeep ging, der am Straßenrand parkte.

Sie war noch nie mit einem Mann zusammen gewesen, der sie auf ihrer Veranda hatte stehen lassen, während sie ihm nachsah und wünschte, er würde zurückkommen und ihr auf der Stelle ein bisschen mehr geben. Kein Mann hatte je ihre Einladung auf einen Kaffee abgelehnt.

Als der Jeep wegfuhr, öffnete Lucy ihre Tür und ging ins Haus. Sie schob den Riegel hinter sich zu und knipste die Deckenlampe im Wohnzimmer an. Tja, dachte sie, als sie den Raum durchquerte und auf ihre weinrote Seidencouch sank, immerhin brauchte sie sich nicht mehr zu fragen, ob er nur ein Abenteuer suchte. »Ich will mehr«, hatte er gesagt. Für die meisten Männer *war* Sex mehr.

Sie warf ihre Handtasche auf ihren antiken chinesischen Couchtisch und starrte auf den Backsteinkamin zu ihrer Linken. Er war nicht verheiratet, und er hatte gerade bewiesen, dass er nicht auf einen Quickie aus war. Er wollte mehr, aber war das auch das, was sie wollte?

Mit ihm eine Beziehung anzufangen, kam ihr ein wenig überstürzt vor. Unbesonnen. Verrückt. Dazu kannte sie ihn noch nicht lang genug. Sie hatte keine Zeit für einen Mann. Insbesondere für einen, der eventuell auf der Suche nach einem Ersatz für seine Frau war. All das lief Lucys Meinung nach nur auf Kummer hinaus, doch tief in ihr spielte keiner dieser sehr rationalen Gründe eine Rolle.

Sie wollte ihn öfter sehen. Quinn hatte etwas, irgendetwas, das sie zum Lächeln brachte und ihr Schmetterlinge im Bauch bescherte. Er faszinierte sie und rief in ihr das Bedürfnis wach, ihn am ganzen Körper anzufassen. Ja, sie wollte unbedingt herausfinden, was er mit »mehr« meinte.

Doch da gab es nur ein klitzekleines Problem. Eine Beziehung, die von Dauer sein sollte, musste man auf der Wahrheit aufbauen. Sie musste ehrlich zu ihm sein.

Keine Lügen mehr.

7. Kapitel

DOWN2BASIX: SUCHT KEINE QUASSELSTRIPPE …

Die letzten Strahlen der untergehenden Sonne malten das Tal blau-rosa, als Quinn seine Aussage im Fall Raymond Deluca beendet hatte. Erleichtert stieß er die Glastüren des Gerichtsgebäudes von Ada County auf und atmete tief die frische Luft ein. Draußen fädelte sich ein tiefergelegter Nissan mit schrillem Heulen in den Verkehr, der auf der Myrtle Street vorbeibrauste. Eine kühle Aprilbrise zerrte an Quinns rotem Schlips und dem Kragen seines marineblauen Wollblazers, während er über den Backsteinbürgersteig zum Parkplatz ging.

Raymond Delucas Verteidiger hatte Quinn, wie erwartet, scharf attackiert. Er hatte den Zeitablauf und das gerichtsmedizinische Beweismaterial in Frage gestellt, um es so aussehen zu lassen, als hätte Quinn seinen Job nicht getan. Nach sechzehnjähriger Erfahrung war Quinn jedoch auf alles vorbereitet, was der Anwalt ihm an den Kopf warf, und die Benzintransaktion um 2.35 Uhr hatte nicht einmal der Rechtsverdreher diskreditieren können.

Quinn überquerte den Parkplatz und schloss die Tür seines weißen Zivilfahrzeugs auf. Mr. Deluca würde wegen Mordes vor Gericht gestellt und wahrscheinlich die Todesstrafe bekommen. Quinn nahm an, dass er sich bei dem Gedanken schlecht fühlen müsste. Vermutlich wäre das die normale, menschliche Reaktion, doch er war bei der Autopsie von Mrs. Deluca und den drei Kindern zugegen gewesen und hatte mit eigenen Augen gesehen, wie das Feuer sie zugerichtet hatte. Daher war sein Mitgefühl im Moment für die Opfer reserviert.

Er startete seinen Wagen und fuhr durch die Stadt. Er bog in die Grove Street ab, vorbei am Grove Hotel mit seiner berühmt-berüchtigten Fluss-Skulptur an der Fassade.

Die Skulptur sollte eigentlich den Fluss Boise darstellen, erinnerte jedoch eher an einen Erdbebenschaden. Es war nichts Außergewöhnliches, wenn Touristen mit irritiert zusammengezogenen Augenbrauen vor der mehrfarbigen Spalte standen und sich fragten, was, zum Teufel, sie da vor sich hatten. Um die Verwirrung komplett zu machen, stieg aus der Spalte manchmal Dampf, der Nebel ähneln sollte. Tat er aber nicht.

Quinn räumte bereitwillig ein, ein Kunstbanause zu sein. Aber in der Stadt gab es echt coole Skulpturen; die Spalte im Grove Hotel gehörte nicht dazu.

Er hielt an einer roten Ampel und griff nach seiner Sonnenbrille. Jetzt, wo der Deluca-Fall abgeschlossen war, musste er an Lucy denken. Er war ein Cop. Ausgebildet, um auf Details zu achten und ein perfektes Erinnerungsvermögen zu haben, doch es bedurfte keiner beruflichen Tricks, um sich an jede Sekunde des vergangenen Abends zu erinnern, als er mit ihr auf der Veranda gestanden und sie geküsst hatte. Er hatte ihr Gesicht in den Händen gehalten, ihr weiches, verwuscheltes Haar durch die Finger gleiten lassen. Ihr Mund hatte nach warmer Frau geschmeckt, und sie hatte sich an ihn geschmiegt. Er hatte sich ins Gedächtnis gerufen, dass er nur seinen Job machte. Dass die Frau, die mit den Händen über seine Brust strich und ihn hart genug machte, um Nägel einzuschlagen, eine Mordverdächtige war. Er hatte seine Hände auf ihrem Gesicht gelassen, damit sie nicht zu interessanteren Stellen weiter unten wanderten. Vielleicht hätte er seinem Verlangen sogar nachgegeben, ihre Taille, Hüften und Brüste zu berühren. Sie so verrückt zu machen wie sie ihn, aber dann hatte sie *ihre* Hände zu seinem Rücken gleiten lassen, und er musste schnell ihre Handgelenke packen, bevor sie das Tonbandgerät in seinem Kreuz entdeckte.

Quinn hätte nur allzu gern ihre erste und zweite Einladung auf einen Kaffee angenommen. Er wäre ihr nur allzu gern nach drinnen gefolgt und hätte ihren BH inspiziert, bevor er sein Gesicht in ihrem Dekolletee vergraben hätte. Er hätte sie verdammt gern bis auf die Haut ausgezogen und wäre mit ihr in den Nahkampf gegangen, doch er durfte ihr nicht ins Haus folgen und über sie herfallen. Breathless vollbrachte ihr Werk im Bett des Opfers, nicht in ihrem eigenen. Zugegeben, vielleicht hätte er Lucy trotzdem nach drinnen folgen und mehr Informationen aus ihr herausquetschen sollen, doch er hielt nichts von langwierigen Folterqualen.

Die Ampel sprang auf Grün, und als er endlich ins Büro kam, war seine Schicht zu Ende. Er setzte Sergeant Mitchell über die Ereignisse vor Gericht in Kenntnis. Dann besprachen sie die jüngsten Entwicklungen im Breathless-Fall. Er hatte später noch ein Date mit einer neuen Verdächtigen, Carol Rey, alias Sugarbaby. Carol traf übers Internet Verabredungen, war bei »Hastings Books and Music« angestellt und liebte Tiere. Wieder einmal würde Quinn eine Frau zum Kaffee einladen und den Köder auswerfen, um zu sehen, ob er eine Serienmörderin an die Angel bekam.

Als Quinn nach seiner Verabredung am Abend endlich nach Hause kam, war er erschöpft, wusste aber, dass es noch Stunden dauern würde, bis er einschlafen könnte. Aufgeputscht von Kaffee und Gesprächen, ging er im Kopf jedes Detail der vergangenen Stunden durch.

Carol war eine hübsche Frau gewesen. Sie hatte einen relativ normalen Eindruck auf ihn gemacht – bis sie anfing, über ihren Exmann zu sprechen. Sie hatte kein gutes Haar an ihm gelassen und seine Leistungen im Bett und außerhalb niedergemacht. Diese Art von Groll erzeugte eine Menge Hass, und Kurt würde ihr am nächsten Morgen eine E-Mail schreiben und ein zweites Date ausmachen.

Quinn schnappte sich Laptop und Akten von der Küchentheke und lief durch den Flur ins Arbeitszimmer. Er knipste das Licht an und begab sich zum Schreibtisch in der Ecke. Am anderen Ende des Raums hatte er ein Laufband und eine Hantelbank aufgestellt. Polizisten aßen zwischendurch im Auto, in billigen Fresslokalen oder am Schreibtisch. Mit seinen siebenunddreißig Jahren musste Quinn fünf Tage pro Woche trainieren, um in Form zu bleiben und den Rettungsringen Paroli zu bieten, die eine Menge Cops plagten.

Er sank auf seinen Bürostuhl und legte Laptop und Akten auf den Schreibtisch. Er bootete den Computer und kraulte Millies Kopf, während er auf das Programm wartete.

Auch nach zwei Monaten Online-Dating war Quinn immer noch erstaunt darüber, was Frauen fast völlig Fremden schon bei der ersten Verabredung anvertrauten. Wenn sie *ihm* von verflossenen Ehemännern und Liebhabern erzählten, erzählten sie das bestimmt auch allen anderen, mit denen sie ausgingen. Manchmal wurde es so schlimm, dass er gegen das Bedürfnis ankämpfen musste, sich über den Tisch zu beugen und zu sagen: »Schätzchen, ich will nichts vom Fußgeruch deines Exmanns wissen, und schon gar nicht, ob er Viagra, Tadalafil oder Enzyte nehmen musste. Manche Scheiße behält man schlicht und ergreifend für sich.«

Lucy war seine einzige Verabredung gewesen, die er explizit nach ihren Exfreunden hatte fragen müssen. Natürlich hatte Lucy die schlechte Angewohnheit, das Blaue vom Himmel zu lügen, und so blieb es reine Spekulation, ob sie ihm in der Beziehung die Wahrheit gesagt hatte.

Er griff nach dem Telefon auf dem Schreibtisch und warf einen Blick auf die Uhr. Es war 21.30 Uhr. Er schlug sein Notizbuch auf und notierte sich die Zeit. Nach dem fünften Klingeln nahm sie ab.

»Hallo?«

»Lucy, hier ist Quinn.« Er lehnte sich in seinem Stuhl zurück und dehnte seinen Kopf nach beiden Seiten, um die Verspannungen im Nacken zu lösen. »Ich rufe nur an, um sicherzugehen, dass das morgen Abend mit uns klappt.«

»Warte.« Es folgte eine Pause, als hätte sie das Telefon weggelegt. Schubladen wurden geöffnet und geschlossen, dann nahm sie den Hörer wieder in die Hand. »Okay. Klar, aber ich dachte, du könntest vorher noch bei mir was trinken. Oder wir könnten einfach hierbleiben und uns Essen kommen lassen.«

Breathless ließ die Leichen ihrer Opfer stets am Tatort liegen, und sie lud wahrscheinlich nie eins zu sich nach Hause ein. »Klingt gut.« Es gab einen dumpfen Knall, als hätte sie das Telefon fallen lassen.

»Sorry«, sagte sie und bestätigte seinen Verdacht. »Mir ist das Telefon runtergefallen.«

Er klopfte mit dem Stift auf seinen Schreibtisch und fragte: »Was machst du gerade?«

»Im Moment?«

»Ja.«

»Ich stehe hier in meiner Unterwäsche und will gerade meinen Pyjama anziehen.«

Der Stift hielt inne. »Dann will ich nicht länger stören«, sagte er, während ihm ein Bild von ihr im essbaren Lakritzslip durch den Kopf spukte.

»Ist schon okay. Ich will die Füße hochlegen und vor dem Zubettgehen noch ein bisschen fernsehen. Und was machst du?«

»Nichts. Nur rumsitzen.« In seiner Fantasie trug sie auch einen essbaren BH. Er fragte sich, ob sie im Bett ein bisschen pervers wurde. Nicht so sehr, dass es Männer das Leben kostete, sondern ob sie ihm erlauben würde, ihre Unterwäsche zu essen. Quinn hatte seit über vier Jahren nicht mehr als verdeckter Ermittler gearbeitet, aber er wusste immer noch, wie es ging. Wann er drängeln musste und wie weit. Er legte seinen Stift weg und redete sich ein, nur seinen Job zu erledigen. »Kann man die essen?« Aber er wusste, dass hinter seiner Neugier mehr steckte als nur berufliches Interesse.

Es folgte eine Pause, und er rechnete fast damit, dass sie ihn zum Teufel schicken würde. »Meine Füße?«

»Deine Slips.«

Noch eine Pause. Dann: »Nein. Sie sind aus weißem Satin.«

Er schluckte, der Stuhl drehte sich, und die Armlehne stieß Millie ins Gesicht. Sie sah ihn beleidigt an, als hätte er es absichtlich getan, und trottete aus dem Zimmer. Er wollte vor seiner Hündin keine unanständigen Dinge sagen, deshalb wartete er, bis sie weg war, bevor er sagte: »Mit Spitze?«

»Nein.«

Verdammt, er mochte Spitzenunterwäsche an Frauen.

Fast flüsternd fügte sie hinzu: »Aber mit einem rosa Band.«

Verdammt. »Erzähl mir mehr davon.«

»Es ist um den Beinausschnitt gewoben und zu Schleifchen gebunden.«

Er schloss die Augen und stellte es sich vor. Stellte sich das rosa Band vor, ganz warm von der Hitze zwischen ihren Beinen. Diese Slips kamen ihm plötzlich durchaus vernaschbar vor. »Trägst du einen BH?«

Sie flüsterte ins Telefon, und er sah ihre rosa Lippen vor sich. »Ja.«

»Passend zum Slip?«

»Ja.«

Er atmete tief durch und presste die flache Hand gegen seine Erektion. »Und wo ist das Band?«

»Drumherum gewoben.«

Auch das sah er bildlich vor sich. »Sind deine Brustwarzen hart?«

Statt zu antworten, fragte sie: »Bist *du* hart, Quinn?«

»Ja.«

»Führst du öfter unanständige Telefongespräche?« Ihre Stimme klang verführerisch wie nur was.

»Nein.« Er stellte sich vor, wie sie vor ihm stand, ihr das Haar über die Schultern fiel wie die Sonne, die Füße leicht auseinander, während er mit den Händen über die Rückseiten ihrer Oberschenkel fuhr und den Mund auf ihren flachen Bauch drückte. »Aber wenn du willst, bin ich zu einem Versuch bereit, Sonnenschein.«

Er hörte sie leise lachen. »Bis morgen Abend, Quinn«, sagte sie und legte auf.

Er öffnete die Augen und rechnete fast damit, sie vor sich stehen zu sehen. Stattdessen fiel sein Blick auf die Arbeit, die er sich auf dem Schreibtisch bereitgelegt hatte. Auf die Stapel aus Aktenmappen und Notizen, seinen Laptop und die Fotos von Marys und Donnys Kindern.

Die Stille im Raum lastete schwer auf ihm. Sie legte sich auf seine Brust und zwang ihn, die Einsamkeit tief in seiner Seele zu spüren. Sekundenlang war sie stärker als er und drohte, ihm die Kehle zuzuschnüren. Dann drängte er sie zurück und schob sie wieder ganz tief nach unten.

Er griff nach der Fernbedienung für die Stereoanlage und drückte Play. Die Black Crowes füllten das Schweigen mit bluesartigem Southern Rock. Chris Robinson besang »good lovin'«, die »hard to handle« sei.

Er war zufrieden mit seinem Leben, wie es war.

Am nächsten Abend trank Lucy sich mit einem Schluck Rotwein Mut an, stellte das Glas aber auf dem Couchtisch ab. Sie wollte keinen Schwips bekommen, bevor sie Quinn gebeichtet hatte, warum es ihr lieber war, dass er zu ihr kam, statt mit ihm auszugehen. Es war Zeit, ihm die Wahrheit zu sagen, insbesondere nach dem Telefongespräch gestern Abend. Sie konnte Quinn kaum ansehen, ohne dass ihre Wangen feuerrot anliefen, während er ihr nicht die Bohne verlegen vorkam.

Sie warf verstohlen einen Blick auf Quinn neben ihr, der gerade einen großen Schluck Beck's trank. Dabei behielt er misstrauisch Schnuckel im Auge, der seinen Oberschenkel knetete. Lucy kannte Schnuckels Vorgehensweise nur allzu gut. Wenn Quinn die Zuneigung des Katers nicht erwiderte, würde er seine liebevolle Zuwendung ein paar Zentimeter weiter nach oben verlegen.

»Geh runter, Schnucki«, sagte sie und hievte den schweren Kater von dem Platz zwischen ihnen auf der Couch.

»Wie hast du ihn genannt?«

»Schnucki. Die Kurzform von Schnuckel«, erklärte sie.

»Aha.« Quinn bekam einen Silberblick, als hätte er plötzlich Kopfschmerzen.

Lucy holte tief Luft und zwang sich, noch im selben Atemzug zu beichten. »Ich hab dich angelogen.« Sie stieß es so schnell hervor, dass sie sich fragte, ob er sie verstanden hatte. Sie hoffte es, denn sie hatte keine Lust, es zu wiederholen. Ihr Magen fühlte sich an, als hätte sie zu viel Luft geschluckt, und ihr Mund war ganz trocken. Sie war plötzlich zu nervös, um weiter wegen des Telefonats verlegen zu sein. Wenn er nicht verstand, warum sie gelogen hatte, und beschloss, dass er sie nicht mehr sehen wollte, wäre die Beziehung eben gescheitert, bevor sie angefangen hatte. Wenigstens redete sie sich das ein. Aber das war, bevor er ihr Wohnzimmer betreten hatte, blendend aussehend in einer Levi's, die an sehr interessanten Stellen abgewetzt war, und bevor er sich so nahe neben sie auf die Couch gesetzt hatte, dass sie das Eau de Cologne auf seiner Haut und den Geruch des Waschpulvers in seinen Klamotten riechen konnte.

»Inwieweit?«

»Ich bin keine Krankenschwester.«

Quinn setzte die grüne Flasche auf seinem Oberschenkel ab, und seine dunklen Augen fixierten sie. Er zog überrascht eine Augenbraue hoch. »Ach nein?«

Sie schüttelte den Kopf und wandte sich ihm mit dem ganzen Körper zu. »Nein. Es liegt an dieser Internet-Daterei. Ich wollte bloß nicht, dass Hinz und Kunz alles über mich wissen.« Sie zog ihr Knie hoch auf die Couch, klemmte den Fuß unter das andere Bein und pulte verlegen mit dem Fingernagel am Saum ihrer khakifarbenen Hose. »Ich wollte gewisse Dinge für mich behalten. Nur für den Fall.« Sie beschloss, ihm nicht zu sagen, dass der einzige Grund, warum sie sich damals auf das erste Treffen mit ihm eingelassen hatte, ihre Recherchen gewesen waren. Das würde bloß Fragen nach den anderen Männern aufwerfen, die sie getroffen und um die Ecke gebracht hatte. Sie wollte nicht über die anderen Männer reden. Nicht heute Abend.

»Für welchen Fall?«

»Für den Fall, dass du ein Verlierertyp oder Stalker wärst oder schlicht und ergreifend geisteskrank.« Sie strich sich eine Haarsträhne hinters Ohr und legte die Hände in den Schoß. Verlegen senkte sie den Blick auf seine Brust. Sein blaues Kapuzensweatshirt war so alt, dass das Logo darauf vollkommen verblasst war. »An jenem Abend im Starbucks war ich überzeugt, dass du merken würdest, dass ich keine medizinische Ausbildung habe.« Nach langem Schweigen hob sie den Blick wieder zu seinem Gesicht. »Dir ist vermutlich nicht aufgefallen, dass ich das Heimlich-Manöver nicht beherrsche.«

»Doch.« Ein Mundwinkel verzog sich amüsiert nach oben, und ein kleines Komma zerknitterte den anderen. »Ich dachte nur, du bist als Krankenschwester echt Scheiße.«

Sie stieß einen erleichterten Seufzer aus, und ihr Nervenflattern legte sich allmählich. »Und du hast mich trotzdem um eine zweite Verabredung gebeten?«

Mit seiner freien Hand nahm er ihre und strich mit dem Daumen über ihre Fingerknöchel. »Ich dachte, weil du so schön bist, musst du eben in anderen Sachen super sein.«

Ein leichtes Kribbeln stieg von ihrem Handgelenk zur Innenseite ihres Ellbogens. »Was denn für Sachen?«

»Frauensachen.«

»Frauensachen?« Sie bemühte sich um Entrüstung und vermasselte es, weil sie lachen musste. Sie wollte ihm ihre Hand entziehen, doch er führte sie an seinen Mund. »Was denn für Frauensachen?«

Lachfältchen verknitterten seine Augenwinkel, als er sie über ihre Finger hinweg ansah. »Kochen.« Er drückte einen Kuss auf ihr kribbelndes Handgelenk, knapp unter den Ärmel ihres kastanienbraunen Pullovers.

»Ich bin eine exzellente Köchin.« Wenn sie mal kochte.

»Gut. Ich esse nämlich gern.« Er biss sie leicht in die Handfläche.

Das Gefühl, zu viel Luft im Magen zu haben, stieg hoch zu ihrem Herzen. »Was denn?«, stieß sie mühsam hervor.

»Was ich gern esse?«

»Ja.«

»Blondinen mit blauen Augen.«

Oh Gott. Sie entzog ihm ihre Hand. »Hast du Hunger?«

Sein Blick senkte sich auf ihren Mund. »Ich könnte einen Happen vertragen.«

Jahrelange Erfahrung hatte Lucy gelehrt, es langsam angehen zu lassen. Nichts zu überstürzen. Sich nicht zu früh gefühlsmäßig einzulassen. Wenigstens sagte ihr das der vernünftige Teil ihres Hirns. Dann schaute er ihr wieder in die Augen, und da war es. Dieses heiße, hungrige Etwas, das sie aus den Tiefen seiner dunklen Augen ansah und alle Vernunft zum Teufel jagte. »Ich bestell uns was«, murmelte sie, als sie aufsprang und in die Küche eilte, bevor ihr Hirn sich komplett ausschaltete und sie ihn auf sich zerrte. »Pizza, Pasta, Salat?«, fragte sie, als sie den Hörer des Telefons auf der Theke abnahm.

»Egal.« Quinn folgte ihr bis zur Türschwelle. Er lehnte sich mit der Schulter an den Rahmen und klopfte mit der Flasche gegen seinen Oberschenkel. »Wenn du keine Krankenschwester bist, was bist du dann?«

Lucy drückte Nummer Fünf ihrer Schnellwahltasten. »Ich bin Schriftstellerin.«

»Schriftstellerin?« Seine schwarzen Augenbrauen zogen sich zusammen, als glaubte er ihr nicht ganz. »Was schreibst du denn?«

»Krimis.«

Er hob die Flasche an die Lippen. »Hast du schon welche verkauft?«, fragte er, bevor er einen Schluck trank.

»Ja. Ich schreibe gerade an meinem siebten Buch.« Am anderen Ende der Leitung nahm jemand ab. »Ich möchte eine

Medium Combo und zwei Cäsar-Salate bestellen«, sagte sie. Sie gab ihre Telefonnummer durch und erhielt die Auskunft, dass es eine halbe Stunde bis fünfundvierzig Minuten dauern würde.

»Unter deinem eigenen Namen?«

»Ja.« Sie drückte auf End und legte das Telefon weg.

»Ich kann also in einen Buchladen gehen und ein Buch von dir kaufen? Oder bist du Schriftstellerin, wie du Krankenschwester warst?«

»Ich zeig's dir«, verkündete sie und lief zur Treppe, die zu ihrem Arbeitszimmer führte. Sie blieb auf der untersten Stufe stehen und warf ihm über die Schulter einen Blick zu. Er lehnte immer noch an der Küchentür. »Komm mit.« Sie winkte ihn zu sich. Er stieß sich vom Türpfosten ab, und Lucy stieg die restlichen Stufen zum Loft hinauf.

Sie hatte nicht vorgehabt, Quinn ihr Arbeitszimmer zu zeigen, und sie wünschte, sie hätte vorher Staub gewischt und vielleicht ihre Recherchebücher ordentlich hingestellt. Wenigstens hatte die Schreiberei noch nicht solche Ausmaße angenommen, dass sie angefangen hatte, Dinge um ihren Stuhl auf dem Boden zu stapeln. Noch nicht. Aber das würde passieren. Das passierte immer.

Auf ihrem 17-Zoll-Flachbildschirm schwammen hungrige Haie durch das blaue Gewässer des Great Barrier Reef. Lucy ging zu ihrem Schreibtisch und griff nach der Maus. Der Hai-Bildschirmschoner verschwand, und zum Vorschein kam die Szene aus *dead.com*, die sie gerade überarbeitet hatte. Sie bewegte den Mauszeiger zur rechten oberen Ecke und verkleinerte das Dokument zu einem Icon in der unteren linken Hälfte der Task-Leiste. Sie warf einen Blick über die Schulter auf Quinn, der sich in ihrem Arbeitszimmer umsah. Er musterte ihren großen L-förmigen Schreibtisch, der die halbe Wand zu ihrer Linken einnahm, bevor er sich Drucker, Scanner, Faxgerät und Kopierer ansah, die gemäß der Steckdosen im Raum verteilt waren.

Preise und Auszeichnungen hingen an den Wänden und säumten die zahlreichen Borde. Ihre mit Sternchen bewerteten *Publisher's Weekly*-Rezensionen hingen eingerahmt neben Fotos von Familie und Freunden. Die Goldstern-Trophäe, ein Geschenk ihrer Mutter, als sie ihr erstes Buch verkauft hatte, thronte auf einem Stapel der Bücher, die in fremde Sprachen übersetzt worden waren.

»Hier verbringe ich den Großteil meines Lebens«, erklärte sie. Dann deutete sie auf zwei geschlossene Türen. »Das ist ein Wandschrank, in dem ich Papier aufbewahre, und das ist ein Bad, das ich vor zwei Jahren angebaut habe, damit ich nicht Tag und Nacht die Treppe hoch und runter flitzen muss.«

Quinn ging zu einem Bord, auf dem eine Reihe ihrer veröffentlichten gebundenen Ausgaben stand. Während er ihre Bücher begutachtete, betrachtete sie seinen dunklen Hinterkopf. Ihr Blick glitt zu dem kurzen schwarzen Haar in seinem Nacken. Seine breiten Schultern füllten sein großes Sweatshirt aus, und sie konzentrierte sich auf seinen Rücken und den Hintern in der Levi's. Tief auf den Hüften hatte er einen alten braunen Gürtel durch die Schlaufen gezogen, und seine Brieftasche beulte eine der abgewetzten Gesäßtaschen aus, die eng am Po anlagen. Er war so groß, so rundum männlich, dass es sie leicht nervös machte, ihn in ihrem ganz privaten Umfeld zu sehen. Er stellte sein Bier auf einem

Bord ab und griff nach einem Buch. Er blätterte es bis hinten durch und betrachtete ihr Foto auf dem Schutzumschlag. »Das ist eine gute Aufnahme.« Er hob den Blick vom Foto zu ihr. »Aber in natura siehst du noch besser aus.«

Das Kompliment freute sie mehr als nötig und machte sie verlegen. »Danke.« Sie schob ihr Zettelchaos beiseite und setzte sich auf ihren Schreibtisch. Sie verschränkte die Arme unter den Brüsten und beobachtete Quinn.

»Du musst eine gute Schriftstellerin sein.«

»Wie kommst du darauf?«

Er deutete mit dem Daumen hinter sich. »Die vielen Preise an der Wand. Ich bezweifle, dass schlechte Schriftsteller Preise kriegen.«

»Du wärst überrascht.« Sie war erstaunt, dass ihm die Preise überhaupt aufgefallen waren. Sie hatte schon Freunde gehabt, mit denen sie jahrelang zusammen war, denen ihre Leistungen, abgesehen von denen im Bett, nie aufgefallen waren. Es war albern. Eigentlich eine Lappalie, aber dass Quinn schon nach einer Woche etwas an ihr auffiel, machte ihn ihr noch viel sympathischer. Was gefährlich war, denn sie fand ihn sowieso schon verdammt sympathisch.

Er schob das Buch zurück an seinen Platz und richtete seine Aufmerksamkeit auf ein 15 x 20 Zentimeter großes Foto von Lucy und ihren Freundinnen, das vor ein paar Jahren im Winter in Cancun gemacht worden war. Er beugte sich vor, um sich die vier sonnenverbrannten, betrunken grinsenden Frauen in Bikini-Tops und Shorts genauer anzusehen. »Das sind meine Freundinnen«, erklärte sie. »Sie schreiben auch.«

Quinn richtete sich auf und sah sie über die Schulter an. »Auch Krimis?«

»Nein. Wir schreiben alle in verschiedenen Genres. Wenn wir zusammen losziehen, geht die Post ab.«

»Und die wohnen alle in Boise?«

»Ja.«

»Wow, ich wusste nicht, dass hier so viele Schriftsteller leben.«

»Tja, du weißt ja, was man sagt: Paris, London, New York, Boise.«

Er verzog einen Mundwinkel zu einem zweifelnden Lächeln nach unten. »Wer sagt das?«, fragte er, während er auf sie zukam. Sein lässiger Gang erinnerte sie an das erste Mal, als sie ihn bei Starbucks gesehen hatte.

»Der T-Shirt-Laden im Einkaufszentrum.«

Er blieb vor ihr stehen. »Dann muss es ja stimmen.« So nahe, dass sie zu ihm aufsehen musste. So nahe, dass sie dachte, er würde sie gleich berühren. Stattdessen langte er an ihr vorbei und nahm eine CD aus dem CD-Ständer. Er sog die Luft durch die Zähne ein, als hätte er Schmerzen. »Ich weiß nicht, ob ich mit einer Frau ausgehen kann, die Phil Collins hört.«

Lucy nahm ihm die CD weg und legte sie auf ihren Schreibtisch. »Das war ein Geschenk von einem Exfreund.«

»Phil Collins ist Scheiße.«

»Genau wie der Exfreund.«

Er lachte. Dann schoss er sich natürlich auf die rosafarbenen Plüschhandschellen ein, die in dem Regal über ihrem Monitor vor einer Reihe Recherchebücher lagen. Er nahm sie in die Hand und hielt sie an einem Finger hoch. »Pervers.«

»Hab ich geschenkt bekommen.«

»Von einem Exfreund?«

»Nein. Von den Krimifrauen.«

Seine Augenlider gingen auf Halbmast, und seine Stimme wurde rauchig. »Das ist echt pervers.«

Lucy lachte und schnappte sich die Handschellen, die von seinem Finger baumelten. Sie legte sie neben die CD auf den Schreibtisch. »Die Krimifrauen sind eine Gruppe von Autorinnen hier aus der Gegend. Einmal im Jahr bitten sie mich, eine Rede zu halten.«

»Und dabei wird niemand festgebunden?«

»Keinerlei Fesselspiele.«

»Verdammt.« Er schüttelte enttäuscht den Kopf. »Ich hatte mich schon auf eine aufregende Geschichte gefreut.« Er stellte sich zwischen ihre Beine. Seine Finger streiften ihre Ohren, und er strich ihr das Haar aus dem Gesicht. »Wie pervers treibst du's denn?«

Gar nicht. Eigentlich nicht. Jedenfalls nicht regelmäßig. Doch nach dem Telefongespräch gestern erwartete sie nicht, dass er ihr das glaubte. Sie stützte sich auf die Hände und lehnte sich zurück. »Wie lautet deine Definition von pervers?«

Sein Blick wanderte zu ihrem Mund. »Lässt du dich gern fesseln?«

Sie schüttelte den Kopf. »Nein, ich beteilige mich gern aktiv.«

Er beugte sich über sie und stützte seine Hände neben die ihren auf dem Schreibtisch auf. Wenige Zentimeter über ihrem Mund fragte er: »Fesselst du gern Männer?«

Wieder schüttelte sie den Kopf. »Nein, ich bin gern mit jemandem zusammen, der sich auch aktiv beteiligt. Mit einem

Mann, der nicht nur daliegt. Welchen Sinn hat es sonst, noch jemand anders im Raum zu haben?«

»Man könnte obszön reden.«

»Obszön reden wird überbewertet.«

»Du magst es also nicht, wenn Männer beim Sex reden?«

In den meisten Fällen nicht. Nichts verdarb die Stimmung schneller als ein »Komm zu Daddy«.

»Ein bisschen reden ist okay.« Sie zuckte mit den Schultern. »Aber ab einem gewissen Punkt reduziert sich das Reden sowieso aufs Wesentliche.«

»Was ist das Wesentliche?«

Sie senkte die Stimme und stöhnte, als wäre sie kurz vorm Orgasmus. »Härter, schneller, nicht aufhören, sonst tret ich dich in den Arsch.«

Er schnappte nach Luft. »Meine Fresse.«

Lucy lachte. »Magst du es pervers?«

»Sonnenschein, ich bin ein Kerl. Ich mache so ziemlich alles, wenn es bedeutet, dass ich zum Schuss komme.«

Er hatte sie Sonnenschein genannt. Das war nicht das erste Mal, und sie fragte sich, wie er andere Frauen nannte. Sie fragte sich, wie er seine Frau genannt hatte. Sie war neugierig auf die Frau, die Quinn geliebt und auf so tragische Weise verloren hatte. Die Frau, nach deren Tod er so einsam war, dass er übers Internet nach Gesellschaft suchte. »Gestern Abend hast du gesagt, du wolltest mehr. Was hast du damit gemeint?«

»Dass ich dich öfter sehen will.«

»Bist du sicher, dass du schon so weit bist?«

Er zog sich so weit zurück, dass er ihr in die Augen sehen konnte. »Warum sollte ich nicht so weit sein?«

»Weil du vielleicht immer noch um Millie trauerst. Ich mag dich. Sehr. Wirklich, aber ich will mich nicht mit jemandem einlassen, der vielleicht nur einen Ersatz für seine Frau sucht.« Sie dachte, er würde vielleicht sauer oder verletzt reagieren. Stattdessen lächelte er, als fände er die Idee amüsant.

»Ich suche keinen Ersatz für Millie.« Er griff nach ihrer Hand und ließ sie über seine Brust in seinen Nacken gleiten. »Ich will mit dir zusammen sein.« Er richtete sich auf und drückte sie an sich. »Ich bin gern mit dir zusammen«, fuhr er fort. »Wenn ich nicht mit dir zusammen bin, denke ich an dich. Niemanden sonst. Nur dich.«

Lucy strich mit der freien Hand hinauf zu seiner Schulter und er senkte seinen Mund zu ihrem herab. Sie küsste ihn zuerst nur ganz sanft. Eine flüchtiges Streifen der Lippen und eine leichte Berührung der Zungen. Sie erkannte den Geruch seiner Haut wieder, seinen feuchten Mund. Sie spürte seine Hände und Finger in ihrem Haar, und er flüsterte ihren Namen.

»Lucy«, hauchte er, »das ist es, was mich nachts nicht schlafen lässt.« Der Kuss wurde heißer. Wie flüssiges Sonnenlicht breitete es sich über ihre Haut aus. Tiefer, so tief, dass es ihr Herz berührte und sie ganz benommen machte. So benommen, dass sie glaubte, Glocken zu hören, doch als Quinns Mund ihren freigab, wurde ihr klar, dass es wirklich so war.

»Der Pizzaservice«, murmelte er, als ihre Türglocke noch einmal schellte. »Wir könnten ihn ignorieren.«

Lucy ließ die Hände von Quinns Nacken sinken und seufzte. »Nein. Ich bin Stammkundin. Der Lieferant weiß, dass er so lange klingeln muss, bis ich aufmache.« Gelegentlich, wenn sie richtig in ihre Arbeit vertieft war, mussten sie ihr sogar telefonisch mitteilen, dass sie vor der Haustür standen.

Quinn trat einen Schritt zurück und fuhr sich hilflos durchs Haar. Frustration brannte in seinem verschleierten Blick, und Lucy fragte sich, wie weit sie gegangen wären, bevor einer von ihnen aufgehört hätte. Sie hoffte, nicht sehr weit, aber sie hätte dafür nicht die Hand ins Feuer gelegt.

Quinn schaute Lucy nach, die aufstand und aus dem Arbeitszimmer ging, wo er sie doch am liebsten auf den Schreibtisch gelegt hätte und auf sie gestiegen wäre. Sein Blick glitt von ihrem blonden Scheitel über ihren Rücken und die schmalen Hüften zu ihrem runden Po. Er ließ frustriert die Arme sinken und stieß einen tiefen Seufzer aus. Er kam sich wieder vor wie ein Junge, der tagein, tagaus mit einem Ständer herumlief. Es brachte ihn fast um den Verstand. »Ich benutze nur kurz dein Bad und komme nach«, rief er ihr nach.

Sie warf ihm einen Blick über die Schulter zu. »Okay«, murmelte sie und verschwand durch die Tür. Quinn lauschte, ob sie die Treppe auch wirklich hinabstieg, bevor er seine Aufmerksamkeit dem Regal über ihrem Schreibtisch zuwandte, der mit kriminalistischen Lexika vollstand. Mordermittlungen, Checklisten und Feldführer. Bücher über Polizeitaktiken, Ermittlungsverfahren und ein ganzer Haufen Fachliteratur über Gerichtsmedizin. In anderen Regalen fielen ihm Studien über klinische Störungen und kriminelles Verhalten auf. Ihre Lektüre deckte alles ab, von Gift und Waffen bis hin zu Material über die berüchtigtsten Serienkiller der Geschichte.

Vollkommen nachvollziehbare Lektüre für eine Krimiautorin. Je besser er Lucy kennen lernte, desto überzeugter war er, dass sie keine Mörderin war. Natürlich konnte das daran liegen, funkte sein Gehirn an seinen Unterleib, dass er sie attraktiv fand und einfach nicht glauben wollte, dass er wegen einer Psychopathin einen Steifen bekam.

Ihre Katze schlängelte sich zwischen seinen Füßen hindurch wie eine orangefarbene Spiralfeder. Er mochte Katzen nicht besonders. Schon gar nicht Katzen namens Schnuckel. Gott, allein der Name ließ seinen Sack schrumpfen. Er griff nach Lucys Computermaus und vergrößerte das Dokument, das sie verkleinert hatte, als er ihr Arbeitszimmer betreten hatte. Er rechnete nicht damit, etwas Belastendes zu finden, doch er stützte sich auf den Schreibtisch und las es trotzdem.

Unter der durchsichtigen Plastikfolie starrten seine blauen Augen in ihre, wild, flehend, angsterfüllt. Er rang nach Luft, doch je mehr er kämpfte, desto mehr dünnes Plastik saugte er in seine Kehle. Er schlug auf dem Bett um sich, strampelte und trat. Der Druck der Flexi-Cuffs schnürte das Blut in seinen Händen ab und machte sie weiß. Kämpfen war zwecklos.

Sie hockte sich vor ihn und wartete. Jetzt dauerte es nicht mehr lang. Seine mit Handschellen angeketteten Hände ballten sich zu Fäusten, und sein Rücken krümmte sich. Dann wurde er still, seine Muskeln entspannten sich, und sie zählte. Fünf … zehn … fünfzehn Sekunden. Sein Körper zuckte und krümmte sich. Er machte sich nass, wurde dann leblos. Sie beugte sich nah zu ihm und sah ihm in die Augen. Ihr Blut hämmerte in den Ohren, und sie hielt den Atem an. Sie sah zu, wie seine Augen starr wurden, die Pupillen sich vergrößerten. Sie wartete … wartete auf den exakten Moment, wenn das Leben seinen Körper verließ. Ihre Lunge fühlte sich an, als würde sie gleich platzen … aber nichts. Sie lehnte sich zurück und verschränkte die Arme unter den nackten Brüsten. Das war alles? Wo war seine Seele? Sie hatte fest daran geglaubt, sie diesmal zu sehen. Enttäuscht zog sie die Augenbrauen zusammen. Der letzte Typ hatte ihr mehr als nur einen flüchtigen Blick auf seinen Übergang von einer Welt in die andere gewährt. Dieser hier war eine Niete gewesen.

Sie warf ihm einen verächtlichen Blick zu und verließ fluchtartig das Bett. Sie hatte einen Monat gebraucht, diesen Kerl zu finden. Sie würde wahrscheinlich einen weiteren brauchen, um den nächsten zu finden. Aber es würde noch andere geben. Es würde immer andere geben. Es war so leicht. Manche Männer würden alles tun, wenn sie glaubten, es würde zu Sex führen.

Sie schnappte sich ihren Slip vom Boden. Männer waren so erbärmlich.

Quinn richtete sich auf, und innerlich wurde er ganz ruhig. Er starrte fassungslos auf den Bildschirm und den blinkenden Cursor. Dann legte er den Kopf in den Nacken und schloss die Augen.

»Scheiße«, flüsterte er in den leeren Raum.

8. Kapitel

HUGSNKISSES: SUCHT HOTLIPS …

Lucy stand am Rednerpult im Versammlungsraum von »Barnes and Noble« und blätterte zur nächsten Seite ihrer Notizen, die sie für das Krimifrauen-Meeting vorbereitet hatte. Cynthia Pool, Angestellte bei »Barnes and Noble« und Krimifrau, reichte Lucy den Eiskaffee, den sie bestellt hatte.

»Danke«, sagte Lucy und trank einen Schluck.

»Hoffentlich ist er nicht zu stark. Ich habe ausdrücklich um einen Triple Shot gebeten, aber ich fürchte, sie haben ihn zu stark gemacht.«

Lucy sah in Cynthias hellgrüne Augen und lächelte. Sie wusste nicht viel über Cynthia, nur dass die Frau ziemlich pedantisch war. »Er ist perfekt.«

Für den Vortrag hatte Lucy sich bunt und fröhlich gekleidet. Sie trug einen mandarinenfarbenen Zopfmusterpulli, einen schwarzen Lederrock, eine schwarze Strumpfhose und spitze Kalbslederstiefel. Ihr Haar hatte sie in Locken gelegt und zu einem lockeren Pferdeschwanz hochgebunden. Die Nachmittagssonne schien durch die Fensterfront zu ihrer Linken und warf lange Rechtecke auf den Teppich.

Mit Ausnahme einiger neuer Gesichter hatte sie alle anwesenden Frauen schon einmal gesehen. Sie kannte sie gut, und sie wusste, dass sie eine bunte Mischung aus ernsthaften Autorinnen und Amateurinnen vor sich hatte. Ihre Charaktere umfassten alles von total normal bis äußerst bizarr, aber sie hatten eine Sache gemeinsam: Sie liebten Krimis. Sie kannten das Genre in- und auswendig und diskutierten mit Begeisterung über jeden Aspekt.

Lucy sprach eine Stunde lang darüber, wie wichtig ein guter, glaubhafter Plot war. Die restliche Zeit stellte sie für Fragen zur Verfügung. In der ersten Reihe hob eine ihr unbekannte Frau die Hand. Lucy trank einen Schluck Kaffee und deutete auf sie.

Die Frau stand auf, zog ihre Notizen zu Rate und fragte: »Woher kriegen Sie Ihre Ideen?«

Lucy stöhnte innerlich und ließ ihre Tasse sinken. Das war die Frage, die ihr am häufigsten gestellt wurde und die sie nie so richtig beantworten konnte. »Ich weiß nicht«, antwortete sie, so gut sie konnte. »Manchmal bleibt mir ein Gesprächsfetzen im Gedächtnis hängen, oder vor meinem geistigen Auge blitzt eine Szene auf, und dann weiß ich, das ist das nächste Buch. Aber ich muss noch herausfinden, was es bedeutet, und ich weiß nie, woher es kommt. Doch ich danke Gott, dass es immer wieder kommt. Wenn es eines Tages ausbleibt, habe ich ein Problem.«

Als Nächstes zeigte sie auf eine ältere Frau, die sie von früheren Treffen kannte. »Ja«, begann die ältere Frau, während sie aufstand. »Haben Sie einen Agenten? Und würden Sie empfehlen, sich einen zu nehmen?«

Okay. Das ist easy. »Ja, ich habe einen, und ja, das würde ich.«

Eine dritte Frau erhob sich. »In Ihrem Vortrag haben Sie

betont, wie wichtig falsche Fährten sind, um den Leser im Ungewissen zu lassen. In dem Buch, das ich schreibe, tötet ein Bürger einen Hund. Daraufhin halten ihn alle in der Stadt für den Mörder, und die Leser sollen das ebenfalls glauben. Aber er ist es nicht. Halten Sie das für eine gute falsche Fährte?«

Lucy schluckte. Die Frau meinte es ernst und erwartete eine ernsthafte Antwort. »Nun, ich bin mir nicht sicher, ob ich das beantworten kann, ohne Ihre Geschichte gelesen zu haben und die Mentalität der Leute in der Stadt oder den Kontext zu kennen, in dem der Hund getötet wurde. Aber ich würde sagen, wenn Sie als Autorin das Gefühl haben, dass es funktioniert, dann ist das bestimmt auch der Fall.« Diese Antwort schien die Frau zufriedenzustellen, und sie nahm wieder Platz.

Die nächste Frau, die aufstand, war Jan Bright, Vorsitzende der Krimifrauen und ebenfalls bei »Barnes and Noble« angestellt. »Letztes Jahr haben Sie in Ihrem Vortrag erwähnt, dass Ihre nächste Idee für ein Buch sich um erotische Asphyxiation und Internet-Dating dreht. Arbeiten Sie im Moment daran?«

Lucy erinnerte sich zwar nicht, darüber gesprochen zu haben, aber da war offensichtlich was dran. »Ja, an diesem Buch arbeite ich gerade.«

»Können Sie uns sagen, wie Sie vorankommen?«

Hmm. Wie beschrieb man Anfälle von Euphorie, wenn die Muse einen endlich geküsst hatte, nach langen Phasen, in denen man am liebsten den Kopf gegen die Wand geschlagen hätte? »Sehr gut.« Sie lächelte und prostete ihr mit der Kaffeetasse zu. »Ich habe schon drei Männer um die Ecke gebracht und bin drauf und dran, einen vierten umzubringen.«

Die Damen lachten, und Lucy ließ den Blick über die Gruppe in den hinteren Ladenteil schweifen. Wie von einem Magneten angezogen, fiel er sofort auf einen großen Mann, der hinter der letzten Stuhlreihe stand und mit einer Hüfte lässig am Regionalliteratur-Bücherregal lehnte. Er hatte dunkles Haar, und wie schon bei ihrer ersten Begegnung fesselte er sie mit seinen intensiven braunen Augen. Er trug ein schwarzes langärmliges Moosejaw-T-Shirt, das er sich in die Jeans gestopft hatte. Er verzog amüsiert einen Mundwinkel nach oben, und ihr Herz krampfte sich gleichzeitig zusammen und schwoll an. Quinn war der Letzte, mit dem sie bei einem Krimifrauen-Treffen rechnete – obwohl er streng genommen nicht nahe genug dabeistand, um als Teilnehmer zu gelten.

Lucy biss sich auf die Lippe, um nicht zu lächeln, und beantwortete die nächste Frage.

»Was verdienen Sie?«, wollte eine ihr unbekannte Frau wissen.

»Genug, um davon leben zu können, aber nicht so viel, wie ich verdient hätte.« Sie wollte nicht zu viel in Quinns Erscheinen hineindeuten. Vorgestern Abend, als sie ihm gebeichtet hatte, dass sie keine Krankenschwester war, hatte er die Neuigkeit zunächst wirklich gut aufgenommen, doch beim Pizzaessen hatte er sich plötzlich sehr distanziert verhalten. Es war nichts Greifbares gewesen. Nichts, was er gesagt oder getan hätte, aber sie hatte gespürt, wie er sich von ihr zurückzog. Sie hatte sich gefragt, ob es ein Fehler gewesen war, seine verstorbene Frau zu erwähnen. Ob er, während er im Bad war, ihr Verhältnis zu ihr noch einmal überdacht hatte.

»Wann kommt Ihr Mord-im-Internet-Buch denn raus?«

»Im Mai nächsten Jahres.«

Nächste Frage. »Können Sie uns vier Beispiele für Bücher nennen, in denen falsche Fährten den Leser bis zur allerletzten Seite in Atem halten?«

Was? War sie wieder an der Uni? Komm mal wieder runter! Selbst wenn sie nicht durch einen verrückten, unanständigen, teuflisch gutaussehenden Mann abgelenkt gewesen wäre, der sie anstarrte, wäre sie bei der Frage ins Schwitzen geraten. Achselzuckend nannte sie vier ihrer Bücher.

»Wir haben noch Zeit für eine letzte Frage«, verkündete Jan.

Eine weißhaarige Frau mit einer braunen Riesenbrille erhob sich, und Lucy stöhnte innerlich. Die Frau hieß Betty, und als sie aufstand, stieß die ganze Gruppe ein gequältes Stöhnen aus.

»Ich schreibe an einem Buch, das in einem Pflegeheim spielt«, begann Betty, obwohl Lucy alles über Bettys Buch wusste. Betty schrieb und sprach schon seit Jahren über dieselbe Szene im selben Buch. »Wenn ich nun einen alten Mann um die Ecke bringen wollte, zum Beispiel meinen neunzigjährigen Vater, wie sollte ich das am besten anstellen? Ich hab bei der Gesundheitsberatung angerufen, aber die waren überhaupt keine Hilfe.«

Sie hatte bei der Gesundheitsberatung angerufen, um sich bei der Recherche helfen zu lassen? Als hätten die nichts Besseres zu tun. »Ich weiß nicht so recht. Wenn er Herztabletten nimmt, könnten Sie ihm eine Überdosis verabreichen.« Lucy sammelte ihre Papiere zusammen und schob sie in die Faltmappe, in der Maddie ihr ihre sechs Kapitel zurückgegeben hatte, als sie sich zum Lunch getroffen hatten. Sie freute sich schon darauf, Maddies Anmerkungen zu lesen. Lucy legte die Mappe neben ihre Aktentasche und hoffte, dass Betty den Wink verstand.

Fehlanzeige. »Ich dachte, ihn mit einem Kissen zu ersticken, würde besser funktionieren.«

»Ersticken wäre gut, wenn Sie etwas nehmen möchten, das schwer nachzuweisen ist. Es gibt keine spezifischen Autopsiebefunde, die einen Tod durch Ersticken nachweisen können«, erklärte sie. »Es mag Prellungen oder Hautabschürfungen geben, wenn das Opfer sich wehrt, aber bei Todesfällen durch Blockade der Atemwege muss der Gerichtsmediziner sich auf forensische Beweise vom Tatort verlassen, um die Diagnose zu untermauern.«

»Wie?«

»Wenn Sie wollen, dass der Täter geschnappt wird, lassen Sie ihn etwas am Tatort verlieren.« Sie lächelte. »Meine Damen, ich danke Ihnen für die Einladung. Es war mir wie immer ein Vergnügen, zu Ihnen zu sprechen.«

Sie schnappte sich ihre Aktentasche und schüttelte ein paar Hände. Während sie sich langsam zu Quinn vorarbeitete, plauderte sie kurz mit ein paar Damen, die stets so freundlich waren, an ihren Autogrammstunden teilzunehmen.

Nachdem Quinn neulich Abend gegangen war, hatte sie sich gefragt, ob sie ihn je wiedersehen würde. Als er sich verabschiedete, hatte er sie, statt sie wie sonst einfach zu packen und auf den Mund zu küssen, auf die Stirn geküsst. Etwas hatte nicht gestimmt, doch gestern Nachmittag hatte er angerufen und sie zu sich nach Hause zum Abendessen eingeladen. Sie gestand sich nur ungern ein, wie sehr sie sich gefreut hatte, seine Stimme zu hören. Natürlich hatte sie zugesagt, doch das Abendessen war erst in ein paar Stunden.

»Was tust du hier?«, fragte sie, als sie vor ihm zum Stehen kam.

Er stieß sich vom Bücherregal ab. »Du hast mir doch erzählt, dass du heute vor diesen Frauen sprichst, und ich wollte dich hören.«

Sie schaute auf ihre Aktentasche, damit er ihr Lächeln nicht sah. »Das ist süß.«

Er lachte leise, und sie blickte wieder auf. »Süß hat mich bisher noch keiner genannt.«

»Wie denn sonst?«

Er sah sekundenlang an ihr vorbei. Dann legte er den Arm um ihre Schultern. »Das kann ich in der Öffentlichkeit nicht wiederholen.« Gemeinsam gingen sie an einer Gruppe aus Peacock-Society-Mitgliedern vorbei, die an der Kasse Schlange standen. »Ich dachte, du könntest schon früher zu mir kommen.«

»Wann denn?«

»Jetzt gleich.«

Sie musste wirklich noch arbeiten, denn sie bezweifelte, dass sie später noch viel auf die Reihe kriegen würde. »Ich muss noch nach Hause und mich umziehen.«

Quinn öffnete ihr die Türen. »Zieh dich nicht um. Dein Rock gefällt mir.«

»Tja, ich muss trotzdem noch nach Hause. Ich hab uns ein Dessert gemacht.«

»Echt?« Gemeinsam überquerten sie den Bürgersteig. »Was hast du denn gemacht?«

Eine Schokoladentorte, die vielleicht, wie sie befürchtete, in dieser frühen Phase der Beziehung zu viel war. Es zahlte sich nie aus, allzu früh das Hausmütterchen zu spielen. Es schürte zu hohe Erwartungen. »Etwas Dekadentes.«

»Du in diesem Rock bist dekadent.« Er fuhr mit der Hand unter ihren Pferdeschwanz und zog ihren Mund zu seinem. Er küsste sie mehrere Herzschläge lang, dann hob er den Kopf. »Bis bald.«

»Ja, bis dann.« Sie sah ihm nach, während er über den Parkplatz zu seinem Jeep lief, und ihr Blick glitt zu dem festen Hintern in seiner Jeans. Er war den ganzen Weg durch die Stadt gefahren, nur um ihre Rede vor einer Gruppe Kriminalautorinnen zu hören. Das war so unglaublich süß! Ihr Herz machte einen beängstigenden Hüpfer.

Sie griff in ihre Aktentasche und zog ihre Sonnenbrille heraus. Sie setzte sie auf und warf noch einen Blick zu »Barnes und Noble« zurück. Jan Bright und ein paar andere standen dort und beobachteten sie und Quinn. Lucy winkte ihnen zum Abschied zu, bevor sie von der Bordkante trat und zu ihrem Wagen ging. Einem dekadenten Abendessen mit einem Mann entgegen, der zu gut zu sein schien, um wahr zu sein. Einem Mann, der ihr Herz zum Hüpfen brachte.

Einem Mann, der ihr komplett den Kopf verdrehen konnte, wenn sie nicht aufpasste.

Quinn beobachtete, wie Lucy die Gabel an die Lippen führte und sich einen Happen Schokoladentorte in den Mund schob. Sie leckte den Zuckerguss im Mundwinkel weg und lächelte ihn sanft an. Ein Lächeln, wie es eine Frau einem Mann schenkte, wenn er sie im Bett befriedigt hatte. »Mmm«, seufzte sie mit einer Stimme so verführerisch und dekadent wie der Kuchen. Ihre tiefblauen Augen strahlten vor Wonne. »Der ist himmlisch.« Wenn sie die Haare in weichen Locken hochgebunden trug, sah sie verdammt sexy aus. Eine Schande, dass sie eine Serienmörderin war.

»Koste ein Stück«, drängte sie ihn.

Breathless hatte ihre Opfer nie vergiftet. Jedenfalls noch nicht. Quinn wollte nicht der Erste sein. Er wartete, bis sie noch einen Happen aß, bevor er seine Gabel nahm und reinhaute. Es schmeckte besser als himmlisch. So verdammt gut, dass er sich über den Tisch beugte und sie auf den Mund küsste, ob sie nun eine Mörderin war oder nicht. Er wollte sich wieder zurückziehen, doch ihre Lippen schmiegten sich an seine und schmeckten nach edler Schokolade und warmer Frau. Trotz allem, was er über sie wusste, spürte er in den Lenden das dumpfe Pochen des Verlangens. Er wollte nichts für sie empfinden. Nichts. Wut vermischte sich mit Lust, als er seinen Mund von ihrem löste.

»Stimmt etwas nicht?«, fragte sie.

Er lächelte sie ungezwungen an. »Nein.« Er beherrschte das Spiel. Den Menschen weiszumachen, ein ganz anderer zu sein. Bösewichte zu schnappen, hatte ihm immer Spaß gemacht. Doch diesmal war es kein Spaß. »Nichts, außer dass du gut schmeckst«, erklärte er und lehnte sich auf seinem Stuhl zurück.

Sie aß noch einen Bissen, und er beobachtete sie genau. Wie ihre Lippen sich über den Gabelzinken schlossen und ihr Blick träumerisch wurde, als hätte sie gerade sexuelle Erfüllung gefunden. Hätte er nicht mit eigenen Augen das Buch gesehen, an dem sie gerade arbeitete, hätte er nicht geglaubt, dass die Frau vor ihm, die Kuchen aß, als hätte sie einen Orgasmus, fähig war, jemanden umzubringen. Erst, als er den Beweis gesehen hatte, war ihm klar geworden, dass er nicht daran geglaubt hatte, dass sie Breathless war. Jetzt ließ es sich nicht mehr leugnen. Sie hatte Details beschrieben, die nur Breathless wissen konnte. Die Flexi-Cuffs. Die Polyäthylentüte über dem Kopf des Opfers. Die Position der Leichen. Es gab nichts mehr zu leugnen, und alles, was sie vorhin bei diesem Krimitreffen gesagt hatte, nahm eine neue Bedeutung an.

Bevor sie heute Abend zu ihm gekommen war, hatte er zwei gerahmte Fotos von Anita neben die Uhr im Wohnzimmer gestellt, weil Anita rotes Haar hatte wie seine »verstorbene Frau Millie«. Diese Requisiten ließen sein Haus mehr wie das Zuhause eines Witwers aussehen. Die echte Millie war bei seiner Mutter ausgelagert.

Am Morgen waren ein paar Polizeitechniker samt Ausrüstung bei ihm aufgekreuzt. Sie hatten in die Abzugshaube in der Küche, in die unechte Uhr auf dem Kaminsims im Wohnzimmer und in den Radiowecker neben seinem Bett Kameras und Mikrofone eingebaut, die mit Bewegungsdetektoren ausgestattet waren. Das ganze Haus war verwanzt. Die einzigen Stellen, zu denen die Kameras keinen Zugang hatten, waren Flur und Badezimmer. Vor Quinns Haus saßen Kurt und Anita auf der anderen Straßenseite im Ford Econoline Van, sahen und hörten alles mit und warteten nur darauf, dass Lucy ihn mit Handschellen ans Bett fesselte und ihn umzubringen versuchte.

»Ich glaube, die Krimifrauen fanden dich süß«, neckte sie ihn lächelnd. »Als du gegangen bist, haben sie dir aus dem Fenster nachgesehen.«

Quinn bezweifelte, dass sie ihn süß fanden. Viel wahrscheinlicher fragten sich einige von ihnen, was Lucy mit einem Cop zu schaffen hatte. Er hatte zwei von ihnen wiedererkannt, und bevor sie ihn ansprechen konnten, hatte er Lucy schnell aus dem Laden bugsiert.

Sie leckte die Rückseite ihrer Gabel mit der Zungenspitze ab, und er spürte es direkt zwischen den Beinen. »Manchmal ist Schokolade besser als Sex«, verkündete sie.

»Sonnenschein, nichts ist besser als Sex.«

Sie legte die Gabel auf ihren Teller und schob ihn beiseite. »Das hängt vermutlich von den Vergleichsmöglichkeiten ab.«

Lucy Rothschild war Breathless. Was ihn am meisten ärgerte, war die Tatsache, dass sie ihn scharfmachen konnte. Er erhob sich von seinem Stuhl und griff nach ihr. »Komm her«, raunte er und schlang die Arme um sie. Es war an der Zeit, ihr einzuheizen. Ein bisschen mehr Druck zu machen. Auf ihren Stressauslöser zu drücken. Der letzte Mord lag jetzt mehrere Wochen zurück. Sie musste den inneren Zwang zu töten wieder spüren. Es musste ihr genauso zusetzen, wie ihm sein innerer Zwang zusetzte, sich tief in ihr zu vergraben. Keiner von ihnen würde Erlösung finden.

»Dann geb ich dir mal was Gutes zum Vergleichen.« Er senkte den Mund auf ihren und gab ihr einen Kuss voll Begehren und frustriertem Verlangen. Er wünschte, es wäre nur Theater. Er würde alles dafür geben, sich einreden zu können, dass alles nur gespielt war, doch der dumpfe

Schmerz in seinen Lenden strafte ihn Lügen. Er ließ die Zunge in ihren Mund gleiten, und seine Hand strich über ihren Rücken zu ihrem Po. Er packte sie durch das kühle Leder ihres Rocks und zog sie auf die Zehenspitzen. Er drückte sie an sich, damit sie seinen voll erigierten Ständer spürte. Er küsste sie heiß und wild, während er die Hüften bewegte und langsam gegen sie stieß. Sie zu einer Reaktion drängte.

Es war die Hölle.

Sie zog den Kopf zurück und atmete tief durch. »Ich muss mal dein Bad benutzen«, murmelte sie mit großen Augen. Das war nicht ganz die gewünschte Reaktion.

Er ließ sie los und deutete hinter sie. »Den Flur entlang. Zweite Tür rechts.« Ihre Stiefelabsätze klapperten über den Hartholzboden, als sie um die Ecke im Flur verschwand. Sobald Quinn die Badtür schließen hörte, eilte er ins Wohnzimmer und schnappte sich ihre Handtasche, die auf der Couch lag. Er kippte sie aus, und eine Riesensammlung Scheiße fiel raus. Oben drauf lagen ein Halstuch und ein Schlüsselbund, drei Lippenstifte, ein Visitenkarten-Etui, ein Adressbuch und »Signiert vom Autor«-Aufkleber. Er durchwühlte den Haufen und schob eine rote Lederbrieftasche, eine Dose Pfefferspray, einen Handtaschenalarm, einen Elektroschockstift und zwei Schlagringe beiseite. Wenn er in der Tasche die Handschellen und eine Reinigungstüte fand, konnte er sie auf der Stelle verhaften. Mit allem anderen wären das genügend Indizienbeweise, um sie anzuklagen. Doch es schien, als schleppte sie ihren gesamten Haushalt mit sich rum – außer dieser beiden Gegenstände.

Er betrachtete den restlichen Krimskrams und runzelte

verwirrt die Stirn. Wollte sie ihn mit einem Elektroschockstift außer Gefecht setzen? Das würde ihn zwar nicht umbringen, aber höllisch wehtun. Oder ihm ihr Pfefferspray in die Fresse sprühen und ihn mit den Schlagringen k.o. schlagen?

Am Ende des Flures wurde die Toilettenspülung betätigt, und Quinn warf den ganzen Plunder wieder in die Handtasche. Die Handschellen könnte sie am Körper tragen. Wahrscheinlich im BH. Möglich wär's. Er musste eine Leibesvisitation vornehmen.

Das war sein Job. Scheiße.

Lucy wusch sich die Hände und trocknete sie an dem dunkelblauen Handtuch ab, das am Waschbecken hing. Quinn war heute Abend irgendwie anders. Vor ein paar Tagen hatte er noch gesagt, er wollte es langsam angehen lassen. Dass er mehr wollte als Sex. Vorhin, als er Steaks gegrillt und mit ihr zu Abend gegessen hatte, hatte er sich auf belangloses Geplauder beschränkt. Er wirkte entspannt in seinem weißen Hemd und seiner Blue Jeans und schien sich wohl zu fühlen. Er hatte sie mit lustigen Anekdoten über seine Nichten unterhalten, und sie hatten über die letzte *Cold Case Files*-Episode gesprochen – dann peng! hatte er sie mit diesem Kuss überfallen, und sie war wie vor den Kopf geschlagen. In null Komma nichts hatte er sich vom Musterknaben in einen Mann mit Mission verwandelt. Mit der Mission, sie ins Bett zu kriegen.

Sie presste ihre kalte Hand an ihre heiße Wange und betrachtete sich im Spiegel. Sie mochte Quinn. Sogar mehr, als sie sich eingestehen wollte. Aber die Beziehung war noch zu frisch, um mit ihm ins Bett zu gehen. Egal, wie groß die Versuchung war. Und sie *war* in Versuchung. Sie ließ die Hand sinken und öffnete die Tür. Daran bestand kein Zweifel.

Quinn stand im Wohnzimmer und starrte in den kalten Kamin. Er schaute auf, und sein dunkler Blick folgte ihr, während sie durch den Raum zum Kaminsims lief. Schon von weitem spürte sie den Sog seines Verlangens. Er drohte, sie in die Tiefe zu ziehen. Vielleicht sollte sie lieber gehen. Sich ihre Handtasche schnappen und wegrennen, bevor sie etwas Dummes tat. Zum Beispiel zu vergessen, dass sie nicht mit Männern Sex hatte, die sie erst eine gute Woche kannte. Egal, wie viel Verlangen er in ihr auslöste. Egal, dass sie drauf und dran war, sich in ihn zu verlieben, wie lächerlich ihr das auch vorkam.

»Wer ist das?«, fragte sie und nahm ein gerahmtes Bild in die Hand.

»Millie.«

Sie sah sich die Frau, die er geheiratet hatte, genauer an. Rote Locken umrahmten ihr Gesicht, und große grüne Augen schauten hinter einer Brille mit braunem Gestell hervor. Millie war auf eine gesunde, sportliche Art hübsch gewesen. Ehrlich gesagt hatte Lucy sie sich völlig anders vorgestellt.

Quinn trat hinter sie und legte ihr die Hände auf die Schultern. »Das wurde etwa ein Jahr vor ihrem Tod aufgenommen«, informierte er sie.

»Wie alt war sie damals?«

Er zögerte kurz. Dann sagte er in ihr linkes Ohr: »In meinem Alter.«

Lucy stellte das Foto wieder auf den Kaminsims. »Sie sieht jünger aus.«

»Ja, das hat sie gehasst.«

»Quinn?«

»Hmm.«

»Ich glaube … Ich glaube nicht …« Sie blickte zu seinem Spiegelbild vor ihr auf. »Ich glaube, wir sollten noch keinen Sex haben.«

Seine dunklen Augen fixierten sie. »Ich will nichts tun, was dir unangenehm ist.« Seine Hände glitten über ihre Arme und hielten an ihrer Taille inne. »Sag mir, wann ich aufhören soll.« Langsam streichelte er über ihren Bauch und zog sie wieder an sich. »Ist es dir unangenehm, wenn ich dich hier küsse?« Er beugte seinen dunklen Kopf und küsste ihren Hals. Sie sah zu, wie seine Lippen über ihre Haut streiften, und die feinen Härchen in ihrem Nacken kribbelten. Sie schüttelte den Kopf.

»Das ist gut. Ich küsse dich gern dort. Wo deine Haut weich ist und dein Haar nach Blumen duftet und aussieht wie die Sonne.«

Er hakte seine Daumen in den Bund ihres Rocks und zog ihn herunter. Dabei streiften die Rückseiten seiner Daumen über ihre schwarze Strumpfhose.

Sie neigte den Kopf nach rechts, und er öffnete seinen heißen, nassen Mund und saugte an ihrer Haut. Die Hitze des Kusses breitete sich über Schulter und Brust aus. Ihr Herz hämmerte und schwoll an, und ihre Brüste wurden schwer. Sie lehnte sich zurück in seine feste, warme Umarmung und holte tief Luft. Sein Geruch aus moschusartigem Eau de Cologne und Quinn stieg ihr zu Kopf. Er fixierte sie im Spiegel, während er die Hände unter ihren Pullover schob.

Seine schweren Lider gingen auf Halbmast, und es bestand kein Zweifel an dem Verlangen, das in seinen Augen brannte. Kein Zweifel an dem langen, harten Begehren, das gegen ihren Po drückte. Er fuhr mit seinen großen Händen unter ihren Pulli, und seine Finger breiteten sich fächerförmig über ihrem nackten Bauch aus. Sie würde ihm Einhalt gebieten. Bald. Aber nicht, wenn es sich so gut anfühlte. Wenn alles an ihm, sein Blick, seine Berührung, der Duft seiner Haut, in ihr das Verlangen weckte, sich in ihn fallen zu lassen und eine Weile dort zu bleiben. Ihre Gefühle für ihn schienen außer Kontrolle zu geraten. Überwältigend, wie Quinn selbst, und sie fühlte sich wie im freien Fall. Ein langer, heißer Fall in Quinn McIntyre, und sie schien nicht viel dagegen unternehmen zu können.

Seine Daumen streiften über den Bügel ihres BHs, ein träges Vor und Zurück, das sie schier verrückt machte, bevor sie über ihre geschwollenen Brüste fuhren und ihre harten Brustwarzen drückten. Ihr Atem stockte, und sie wusste, wenn sie ihm Einhalt gebieten wollte, musste sie es jetzt tun. Sie öffnete den Mund, und er umkreiste ihre Nippel mit den Daumen. Gleich würde sie es ihm sagen. Ein dumpfes Verlangen sammelte sich zwischen ihren Beinen, und sie presste instinktiv die Schenkel zusammen. Ihre Augenlider wurden schwer, während seine Hände nach oben glitten und ihre Brüste umfassten.

»Deine Nippel sind hart«, flüsterte er an ihrem Hals. »Wie bei einer Frau, die Liebe machen will.«

Sie sah ihn im Spiegel an. Begegnete seinem Blick, der mit unverhohlener Lust zu ihr zurückschaute. Er jedenfalls sah definitiv aus wie ein Mann, der Liebe machen wollte, und Lucy drehte sich zu ihm um und schlang die Arme um seinen Hals. Seine Hände glitten zu ihrem Rücken, und ihre Brüste prallten gegen seine Brust. Sie küsste ihn mitten auf den Mund. Er fuhr mit den Fingern unter den Bund ihres Rockes, presste seine warme Handfläche in ihr Kreuz und drückte sie gegen seinen steinharten Penis. Mit der anderen Hand strich er ihren Rücken hinauf, und der Kuss wurde heißer und verwandelte sich in eine aufreizende Verfolgungsjagd, ein ständiges Vordringen und Zurückziehen heißer Zungen und Münder.

Seine Finger strichen weiter über ihren Rücken, eine leichte, zarte Berührung, die sie erzittern ließ und ihr ein kehliges Stöhnen entlockte. Lust, heiß und flüssig, rauschte durch ihre Adern und vermischte sich mit den Gefühlen tief in ihrer Seele. Das letzte Fünkchen ihrer Selbstbeherrschung schwand, als Quinn sich an ihr rieb und seine Hände über ihren Körper gleiten ließ, sie überall berührte, das Feuer schürte und die Kontrolle übernahm. Alles wurde heißer und schwindliger, und irgendwie verlor sie ihren Pulli. Bevor sie wusste, wie ihr geschah, lag er auf dem Boden. Quinn trat einen Schritt zurück, und sein verschleierter Blick glitt von ihrem Gesicht über Hals und Schultern zu ihren Brüsten.

Sein schwerer Atem hob seine Brust, als wäre er gerade zehn Meilen gejoggt. Lucy kannte das Gefühl.

»Ich liebe Frauen mit Spitzendessous«, flüsterte er und berührte den Spitzenrand ihres BHs. »Du bist so schön, dass ich alles vergesse.«

Sie leckte sich die Lippen und bemühte sich, ihren Atem zu kontrollieren, bevor sie noch ohnmächtig wurde. »Was denn?«

Er sah kurz zu ihr auf und richtete den Blick wieder auf

ihre Nippel, die in den weißen BH-Körbchen zwei deutliche Kieselsteine bildeten. »Dass ich es langsam angehen lassen sollte. Dass ich es nicht vermasseln will, indem ich es überstürze«, antwortete er, während er ihre vollen Brüste in die Hände nahm. »Aber es ist so lange her.« Die Hitze seiner Handflächen strömte durch den Satinstoff, und er schob ihre Brüste zusammen, als er sich nach vorne beugte und ihr tiefes Dekolletee küsste. »Warum musst du so gut aussehen?«, fragte er, und sein warmer Atem strich über ihre Haut. »Es wäre einfacher, wenn du nicht so schön wärst. Wenn ich dich nicht so sehr wollte, dass ich an nichts anderes mehr denken kann, als dich nackt zu sehen.«

Auch das Gefühl kannte Lucy. Er hob noch einmal das Gesicht zu ihrem und gab ihr einen Kuss, den sie bis in die Fußsohlen spürte. Er ließ die Hände über ihren Po zu den Rückseiten ihrer Oberschenkel gleiten und hob sie hoch. Sie zögerte keinen Augenblick und schlang die Beine um seine Taille. Er trug sie aus dem Zimmer, und sie dachte, er würde sie in sein Bett bringen.

Sie schafften es bis in den dunkleren Flur, wo er sie mit dem Rücken gegen die Wand presste. Er hakte ihren BH auf und legte seinen heißen, nassen Mund auf ihre Brustwarze. Er saugte an ihrem Nippel, während er ihren Rock bis zur Taille hochschob. Seine Hände streichelten ihre Oberschenkel und wanderten über ihren Bauch zu ihrem Rücken.

Lucy wühlte in seinen Haaren, während er ihre Brüste küsste und an ihnen saugte, als könnte er nicht genug bekommen. Er stieß seinen unglaublich harten Penis durch den dünnen Stoff ihrer Strumpfhose und ihres Slips in sie und trieb sie an den Rand des Orgasmus, bis ihr klar wurde, dass sie entweder aufhören musste oder sich in Verlegenheit bringen würde.

Sie nahm die Beine von seiner Taille und stellte sich wieder hin. Sein Mund glitt über ihre Kehle bis knapp über ihr Schlüsselbein, während sie sein Hemd aufknöpfte und die Zipfel aus seiner Jeans zog. Sie fuhr über seine harten Brust-, Bauch- und Rückenmuskeln. Ihre Finger streichelten seine kurze Brustbehaarung, und er flüsterte etwas an ihrem Hals. Ihr Rock war bis zur Taille hochgezogen, und Quinn schob seine große Hand zwischen ihre Oberschenkel und umfasste sie durch Slip und Strumpfhose. Sie glaubte, ihn sagen zu hören: »Nichts hier außer Lucy.« Das ergab keinen Sinn, deshalb glaubte sie, sich verhört zu haben. Doch es bestand kein Zweifel daran, was er als Nächstes sagte. Auch kein Zweifel daran, was er tat. Er zog ihr Strumpfhose und Slip herunter und steckte seine Finger dahin, wo sie vor Lust ganz schlüpfrig war. »Du willst mich, und ich will dich ficken, bis du eine Woche nicht mehr laufen kannst«, stöhnte er, während er sie berührte. »Bis du dich nicht mehr bewegen kannst. Nicht mehr denken kannst. Nichts mehr tun kannst als stöhnen. Willst du das, Lucy?«

Sie schwankte, ihre Knie wurden schwach, und alles, was sie hervorbrachte, war ein gehauchtes: »Ja.« Unter anderen Umständen hätte sie vielleicht Anstoß an seiner Ausdrucksweise genommen. Die F-Bombe war nicht gerade ihr Lieblingswort, und sie stand eigentlich auch nicht auf obszöne Ausdrücke, doch im Moment wollte sie, was er versprach. Laufen wurde sowieso überbewertet. Sie knöpfte seine Jeans auf und ließ die Hand unter den Hosenbund und das Gummiband seiner Boxershorts gleiten. Er holte tief Luft.

»Das musst du nicht machen«, flüsterte er ihr ins Ohr, während er sie weiter streichelte.

»Ich weiß. Ich will aber.« Sie umfasste seinen schweren langen Penis. Er lag hart und heiß in ihrer Hand, und sie griff fester zu. Sie spürte seinen Puls und streifte mit dem Daumen nach oben und über die rundliche Spitze seiner harten Erektion.

»Lucy«, stieß er schwer atmend hervor. »Ich werde dir helfen, Lucy.«

»Ja. Bitte.« Mein Gott, quatschte der viel. Sie kam schon allein klar. Sie ließ die Hand über seinen harten Schwanz gleiten und spürte die samtweiche Haut, die jede Furche und prall gefüllte Ader überzog.

»Ja, fass mich da an, genau so«, flüsterte er. »Du bist nicht allein. Oh Gott, das fühlt sich gut an. Ich besorge dir Hilfe. Ich besorge dir alle Hilfe, die du benötigst.«

Er war alle Hilfe, die sie benötigte. Insbesondere, wenn er seinen langen Finger in sie gleiten ließ und sie mit dem Daumen weiter streichelte. Ihre ganze Welt schrumpfte und konzentrierte sich auf Quinn und die wunderbaren Gefühle, die er ihr mit der Hand bescherte. Ihr gesamter Körper prickelte, und sie öffnete den Mund, um ihm Einhalt zu gebieten, doch die erste siedend heiße Orgasmuswelle schlug über ihr zusammen, bevor die Worte über ihre Lippen kamen. Alles, was sie herausbrachte, war ein »Oh, nein!«, bevor ihr Kopf von der Wucht der Welle an die Wand geschlagen wurde und ihre Knie fast nachgaben. Sie hielt sich an seinen Schultern fest, um nicht hinzufallen. Ihr Herz hämmerte in ihren Ohren, während eine heiße Woge nach der anderen durch sie hindurchpeitschte. Wieder und wieder, es schien eine Ewigkeit zu dauern und doch nicht lang genug. Sie klammerte sich an Quinn fest, während das letzte Pulsieren nachließ. Über das Hämmern in ihrem Kopf und das Keuchen im Flur hinweg vernahm sie das penetrante Klingeln des Telefons.

»Tut mir leid«, keuchte sie flach atmend. »Das wollte ich eigentlich noch nicht.«

Er lachte leise und biss sie sanft in den Nacken. »Das machst du schon wieder gut.« Das Telefon verstummte, nur um von Neuem loszuschrillen. »Scheiße!«, fluchte er. Er hob den Kopf und sah Lucy im Dunkel des Flurs an. »Bin gleich wieder da.« Er ging ins Wohnzimmer und nahm das schnurlose Telefon an der Couch ab. »Ja?«

Lucy zog Slip und Strumpfhose hoch und schob ihren Rock herunter. Sie sammelte ihren BH vom Boden auf und lief ein paar Schritte durch den Flur, von wo sie Quinn sehen konnte, der im Wohnzimmer auf und ab tigerte.

»Weil ich beschäftigt war.« Er hatte das Telefon zwischen Schulter und Wange geklemmt und knöpfte seine Hose zu. »Was?« Er hielt inne und griff mit einer Hand nach dem Telefon. »Verarschst du mich?« Er wandte sich zu Lucy, die an der Wand stand. »Sag mir, dass du mich verarschst.«

Seine Miene war unergründlich.

9. Kapitel

SERIENDATER: SUCHT MÖRDER-VERABREDUNG ...

Das Blinken rot-weiß-blauer Lichter durchzuckte die Dunkelheit und fiel durch Bürofenster und Tür eines Motels, das als Stundenhotel bekannt war. Der Verkehr auf dem Chinden Boulevard jagte vorbei und verlangsamte sich keinen Deut, nicht einmal, um den neuesten Tatort eines Verbrechens zu begaffen. Nicht zu dieser nachtschlafenden Zeit in einem Stadtteil, der sowieso von billigen Absteigen und Drogenbeschaffungskriminalität geplagt war.

Quinn klemmte sich seinen Ausweis an den Gürtel, während er zwischen den zivilen Streifenwagen hindurchging, die kreuz und quer auf dem kleinen Parkplatz standen. Unter dem Arm trug er ein Klemmbrett und in der Hand seinen Matchbeutel. Er sah zur ersten Etage des Motels hoch und verzog grimmig die Mundwinkel nach unten. In diesem Etablissement musste es ein Albtraum sein, die richtigen Fingerabdrücke, Haare und Körperflüssigkeiten zu finden.

»Ist der Night Manager im Büro?«, fragte er mehrere Polizisten, die vor dem Gebäude herumstanden.

»Ja. Der hockt da drin und dreht Däumchen, bis Sie ihn brauchen.«

Während die Polizisten ihm alles berichteten, was sie wussten, holte Quinn einen Stift heraus und sah auf die Uhr.

Er notierte seine Ankunftszeit, die Adresse des Tatorts und die Wetterbedingungen.

»Notieren Sie die Kennzeichen all dieser Fahrzeuge hier und überprüfen Sie sie.« Der Wagen des Opfers stand wahrscheinlich auf dem Parkplatz und musste beschlagnahmt werden. Er duckte sich unter dem gelben Absperrband durch und stieg die Außentreppe hinauf. Er kam an drei Fenstern mit zugezogenen Vorhängen vorbei und lief weiter zu den Polizisten, die vor der offenen Tür von Zimmer sechsunddreißig standen.

»Wie viele andere Zimmer sind belegt?«, fragte er.

»Es ist Samstagnacht. So ziemlich alle.«

Jemand musste etwas gesehen oder gehört haben. »Sorgen Sie dafür, dass sich niemand verdrückt«, befahl er und betrat den Raum. Kurt, Anita und zwei Polizisten standen an einem Bett mit brauner Blümchendecke und dem nackten Toten darauf. Ein gelber Nylonstrick war ans Bettgestell und an die Flexi-Cuffs um die Handgelenke des Opfers gebunden. Eine Westco-Kleiderschutzhülle war ihm über den Kopf gezogen und mit silbernem Isolierband um den Hals befestigt worden.

Quinn nahm sich Latexhandschuhe aus dem Matchbeutel und ging zum Kopfende des Bettes. Er streifte die Handschuhe über und sah in ein Paar braune Augen, die aus der durchsichtigen Tüte, die eng um das Gesicht gesogen war, zu ihm hochstarrten. Quinn löste zwei Finger des Mannes und beobachtete, wie sie sich wieder krümmten. Der Tod war schätzungsweise in den letzten zwei Stunden eingetreten. Irgendwann, nachdem Lucy mit der Schokoladentorte bei ihm zu Hause eingetrudelt war.

»Ist das Opfer schon identifiziert?«, fragte er Kurt.

»Noch nicht. Anita und ich sind gerade erst angekommen.«

Quinn schaute zu seinem Kollegen auf, und Kurt wich seinem Blick aus. Während Quinn Lucy an die Wäsche gegangen war und Kurt von der anderen Straßenseite aus zugesehen und mitgehört hatte, hatte die wahre Täterin zugeschlagen. Sie hatten Scheiße gebaut. Aber ganz gewaltig, doch darüber konnte er sich jetzt nicht den Kopf zerbrechen. Lucy war eindeutig nicht Breathless, aber mit ihr würde er sich später beschäftigen. Im Moment hatte er zu arbeiten. Er musste sich mit dem Toten befassen, der durch den Sicherheitshinweis auf der Polyäthylentüte zu ihm hochstarrte.

Zwei Tatortermittler trafen ein, und Quinn ließ einen von ihnen ein Foto der beigefarbenen Dockers knipsen, die am Fußende des Bettes auf dem Boden lagen. Dann ließ er sich auf ein Knie nieder und zog eine Brieftasche aus der Gesäßtasche des Opfers. Er klappte die Brieftasche auf und fand darin den Führerschein von Robert D. Patterson. Ein sechsundvierzigjähriger Weißer. Braune Augen und Haare. 1,75 Meter groß und zweiundachzig Kilo schwer. Quinn blieb auf dem Fußboden und suchte den schmuddeligen Teppich nach Spuren ab. Er schaute unters Bett, stand wieder auf und befestigte Mr. Pattersons Führerschein an dem Klemmbrett. Dann durchsuchte er die restlichen Hosentaschen des Opfers und eine leichte Nylonjacke, die ebenfalls auf den schmutzigen Teppich geworfen worden war. Außer der Brieftasche fand er noch einen Schlüsselbund und eine gefaltete Motelquittung. Er steckte die Gegenstände in eine Papiertüte und kennzeichnete sie.

Während ein Ermittler sich daran begab, aus allen Blickwinkeln Fotos zu machen, legte der andere mit seinen Fingerabdruckpulver-Flaschen los. Kurt verließ den Raum, um potenzielle Zeugen in der ersten Etage des Motels zu befragen, und Quinn warf seine Handschuhe in den Matchbeutel und ging wieder nach draußen. Mit der Taschenlampe, die an seinem Gürtel hing, leuchtete er in die Mülltonne am Fuß der Treppe. Sie war halb voll, doch er wusste, dass es im Haus irgendwo einen Müllschlucker geben musste. Noch vor Tagesanbruch würde er in Watstiefeln bis zum Arsch im Müll stehen. Er begab sich zum Büro, wo ihm der Gestank von Nikotin, Brathähnchen und Reiniger mit Kirschduft entgegenschlug. Hinter dem abgenützten Schalter saß Dennis Karpowich, ein Mann Anfang sechzig mit schütter werdendem Haar, das aussah wie mit »Grecian gegen graue Haare« gefärbt. Er hatte katastrophale Zähne und einen noch katastrophaleren Raucherhusten. Als Quinn ihm Mr. Pattersons Führerschein zeigte, identifizierte Dennis ihn als den Mann, der für einen vierstündigen Aufenthalt in Zimmer sechsunddreißig bezahlt hatte.

»War jemand bei ihm?«

»Eine Frau.«

Das war das erste Mal, dass jemand eine Frau mit den Opfern in Zusammenhang brachte. »Wie sah sie aus?«, fragte Quinn, während er sich Notizen machte.

»Ich hab sie nur von hinten gesehen, als sie die Treppe hoch sind. Ich erinnere mich noch, weil sie mir nicht vorkam wie eins von den Mädchen.«

»Mädchen? Meinen Sie Nutten?« Dennis antwortete nicht, und Quinn sah von seinem Bericht auf. »Ich bin nicht von der Sitte. Mir ist schnurz, ob Sie an Huren vermieten oder an Kerle, die auf Esel stehen. Ich versuche bloß, eine Frau zu finden, die die abscheuliche Angewohnheit hat, die Männer umzubringen, mit denen sie ausgeht.«

Dennis zündete sich eine No-Name-Zigarette an und blies den Rauch an die Decke. »Sie sah nicht aus wie eine von unseren Stammkundinnen.«

»Wie kommen Sie darauf?«

»Weil sie so ’nen langen Mantel trug, der verflucht teuer aussah. Aus Wolle oder so. Die Mädels, die zum Arbeiten herkommen, tragen nicht ihre guten Klamotten.«

Quinn unterdrückte ein Lächeln. Bei Dennis klang das, als würden die Mädchen Beton gießen oder Häuser anstreichen, um sich ihren Lebensunterhalt zu verdienen. »Farbe des Mantels?«

»Rot.«

»Wie groß war sie?«

»Ich kann sowas nicht gut schätzen. Sie reichte ihm etwa bis zur Schulter.«

Quinn schätzte sie auf 1,55 Meter. Sobald der Gerichtsmediziner die Leiche gemessen hätte, wären sie schlauer. »Haarfarbe?«

»Sie trug einen Hut. In Türkis.« Er umkreiste seinen Kopf mit den Händen. »Und er hatte so’n breites Teil.«

»Eine breite Krempe?«

»Ja, aber die hing irgendwie runter, und an einer Seite war was, das aussah wie eine große Pfauenfeder.«

Quinn unterbrach seine Befragung kurz, um das alles aufzuschreiben. Dann fragte er: »Hat sie irgendwas gesagt?«

»Nein, aber sie hat gelacht.«

Quinn sah erstaunt auf. »Gelacht?«

»Ja. Als hätte er etwas Lustiges gesagt. Sie wissen schon. Als hätte er einen Witz gerissen, und sie hat ihn geknufft. Irgendwie neckisch.«

Eine lachende, neckische Serienkillerin. Na, das war echt pervers. »Haben Sie noch etwas gesehen?«

»Ich glaube nicht.«

»Wenn Ihnen noch etwas einfällt, rufen Sie mich an.« Quinn überreichte ihm seine Visitenkarte. »Ich melde mich sicher noch mit weiteren Fragen bei Ihnen.«

Als Quinn das Büro verließ, informierte ihn ein Polizist, dass das Paar in Zimmer fünfunddreißig eventuell etwas gehört hatte. Abgesehen von der Leiche, schaute Zimmer fünfunddreißig genauso aus wie sechsunddreißig. Eine Prostituierte im schmuddeligen weißen Pullover saß auf dem Bett und pulte an ihren Armen herum, ihr Blick leer, glasig, gelangweilt. Der Mann neben ihr blinzelte durch eine dicke Brille. Seine Haare waren schmierig und nach hinten gekämmt, und er hatte die Arme vor der schmächtigen Brust verschränkt.

»Darf ich eine rauchen?«, fragte die Frau.

»Meinetwegen.«

Quinn notierte sich ihre Namen und ihre Ankunftszeit im Motel. Der Mann stand auf und lief unruhig hin und her. »Ich muss hier weg. Ich wollte nur schnell Papierhandtücher und Hundefutter besorgen. Meine Frau darf nichts von meiner Verabredung wissen.«

Quinn sah den Mann und seine »Verabredung« an und empfand keinen Funken Mitleid. Die Frau dieses Dreckskerls sollte Bescheid darüber wissen, mit wem sie sich jeden Abend ins Bett legte. Aber das war nicht Quinns Aufgabe. Jetzt nicht mehr. »Sie gehen erst, wenn ich überzeugt bin, dass Sie mir alles gesagt haben, was Sie gehört oder gesehen haben.«

»Ich hab's doch schon den anderen Polizisten gesagt. Ich hab ein Hämmern gehört, als würde ein Bett an die Wand knallen, aber ich dachte … da hätte jemand wilden Sex.« Er zuckte mit den Achseln. »Gesehen hab ich nichts.«

»Und Sie?«, fragte Quinn die Prostituierte, die jetzt an ihrer Nagelhaut herumpulte. Nett.

»Ich hab nix gesehen«, sagte sie und mahlte mit dem Unterkiefer wie alle Süchtigen. »Die waren vor uns hier.«

»Woher wissen Sie das?«

»Ich hab sie gehört. Wie er schon gesagt hat.« Sie zog an ihrer Zigarette und fügte hinzu: »Bloß ein Hämmern. Aber das hört man hier oft.«

Quinn gab ihnen beiden seine Karte und bat sie, ihn anzurufen, wenn ihnen noch etwas einfiel. Als er den Raum verließ, traf der Gerichtsmediziner ein, und sie betraten gemeinsam den Tatort. Ein Ermittler kniete in der Tür und bestäubte den Türpfosten mit schwarzem Puder. »Hier gibt's Dutzende sich überlappender Abdrücke«, beschwerte er sich, als Quinn sich an ihm vorbeiquetschte. »Es wird Monate dauern, sie zu analysieren.«

Jammerschade, dass sie nicht monatelang Zeit hatten.

»Noch so ein armes Schwein«, meinte der Gerichtsmediziner, während er und Quinn sich neue Handschuhe überzogen, »das nur mal wieder vögeln wollte.« Der Gerichtsmediziner schätzte den Zeitpunkt des Todes und die wahrscheinliche Todesursache, und Quinn fotografierte den Strick, der am Bettrahmen festgebunden war.

Eine Stunde nach Ankunft des Gerichtsmediziners am Tatort wurde die Leiche freigegeben, und Quinn setzte Kurt darüber in Kenntnis, was der Night Manager gesehen hatte. Das war zugegebenermaßen nicht viel, aber mehr, als sie bisher vorzuweisen hatten. Er war schlau genug, wegen einer Frau mit türkisfarbenem Hut und rotem Mantel nicht total aus dem Häuschen zu geraten. Was Kurt ihm als Nächstes mitteilte, ließ ihn die Richtung des Falls neu überdenken.

»Heutzutage laufen viele Frauen mit türkisfarbenen Hüten rum. Das hat was mit dieser Peacock Society zu tun.«

Quinn holte ein Maßband aus seinem Matchbeutel. »Peacock Society?« Er schaute Kurt fragend an. Was, zum Teufel, war die Peacock Society?

»Ja. Heutzutage sind alle älteren Frauen in dem Club und tragen große Hüte und leuchtende Farben.« Kurt stellte die Beweisfahne neben einen schwarzen Knopf auf den Teppich. »Ich glaube, die halten Sitzungen ab und so.«

»Es ist wegen dem Buch«, erklärte der Ermittler, der die Fingerabdrücke von der Tür abnahm. »Eine Frau hat ein Buch über Frauen geschrieben, die Pfauenfedern tragen, weil sie keine Männer brauchen.«

Quinn entrollte das Maßband quer durch das kleine Zimmer und notierte sich die Maße. »Haben Sie das Buch gelesen?«, fragte er den Ermittlungsbeamten.

»Nö, aber ich hab's bei ›Walden's‹ im Einkaufszentrum gesehen«, antwortete der Typ, während er durchsichtiges Klebeband auf die schwarzen Abdrücke legte und sie auf die Fingerabdruckkarte übertrug.

Quinn verzichtete auf den Hinweis, dass ein Buch zu sehen nicht ganz dasselbe war, wie es zu lesen. Stattdessen nahm er weitere Messungen vor und zeichnete eine grobe Skizze des Raumes. Morgen würde er sich über die Peacock Society informieren. Wenn es in der Stadt so einen Club gab, würde er ihn sich mal ansehen.

»Warum hat Breathless diesmal im Motel zugeschlagen?«, dachte Kurt laut nach, während er den Schmuddelteppich nach weiteren Beweisen absuchte. »Wozu das Risiko?«

»Wahrscheinlich, weil die Männer Schiss haben und keine Frauen mehr mit nach Hause nehmen«, spekulierte Quinn.

»Vielleicht wird sie einfach dreister.«

»Das passiert normalerweise.« Quinn sah sich am Tatort um und schaute auf die Uhr. Vermutlich wären sie rechtzeitig zum Frühstück fertig.

Lucy schenkte sich eine Tasse Kaffee ein und strich sich das nasse Haar hinter die Ohren. Sie hatte in der Nacht nur wenig geschlafen, sich hin und her gewälzt und über den Abend bei Quinn nachgegrübelt, bis sie entnervt aufgestanden war, um zu arbeiten. Der Vorteil bestand darin, dass sie zehn Seiten geschrieben hatte. Der Nachteil, dass sie heute Morgen hundemüde war.

Gegen drei war sie endlich eingenickt, um acht aber schon wieder aufgewacht. Das konnte nur eins bedeuten. Etwas sehr Beängstigendes.

Sie war in Quinn verliebt. Sie wusste nicht, wie es passiert war. In einer Sekunde hatte sie noch die Fragen der Krimifrauen beantwortet, aufgeschaut und bemerkt, dass er sie beobachtete. Peng – da hatte sie es gespürt, und danach gab es kein Zurück mehr. Kein Zurück mehr zu dem Punkt, als sie sich ihrer Gefühle für ihn noch nicht sicher war.

Sie kannte ihn doch erst eine gute Woche! Man verliebte sich nicht in einer Woche. Normalerweise sollte sowas länger dauern. Sie wusste nicht, ob sie lachen oder weinen sollte. Oder beides zusammen.

Lucy nahm ihren Kaffee mit ins Schlafzimmer und zog einen rosafarbenen Slip mit passendem BH an. Quinn hatte nicht mal angerufen, nachdem er sie aus der Tür gescheucht hatte. Sie hatte ihn nur noch von hinten gesehen, als er zurück ins Haus eilte. Etwas Schreckliches war passiert, doch er hatte ihr nur erklärt, dass es mit seiner Arbeit zu tun hatte. Wie schrecklich konnte es also sein? Klar, verstopfte Toiletten und kaputte Rohre waren lästig, aber keine Frage von Leben und Tod.

Sie zerrte eine Jeans und ein Frauenmarathon-T-Shirt aus dem Schrank, das sie noch von damals hatte, als sie sich zwar angemeldet, dann aber versehentlich-absichtlich den Startschuss verpennt hatte. Vielleicht war jemand in Quinns Geschäft eingebrochen und hatte Werkzeug geklaut. Neulich Abend hatte sie in den Nachrichten gehört, dass Diebstahl in Betrieben ein echtes Problem war. Obwohl sie ehrlich gestanden Quinns Eile nicht nachvollziehen konnte. Er hatte sie gar nicht schnell genug loswerden können, und das machte ihr Sorgen.

Große Sorgen.

Ihre Gefühle waren so neu. So beängstigend. So plötzlich. Dabei hatte sie keinen Schimmer, was Quinn für sie empfand. Okay, es gab Zeiten, in denen sie sich sicher war, dass er sie anziehend fand. Zum Beispiel, wenn er sie ansah oder sie küsste oder berührte, aber das war keine Liebe.

Lucy schlüpfte in ihre Hausschuhe und schnappte sich auf

dem Weg aus dem Zimmer ihren Kaffee. Gestern Nacht, als sie aufgestanden war, um zu arbeiten, hatte sie ihre Aktentasche nach den sechs Kapiteln durchsucht, die Maddie ihr zurückgegeben hatte. Die Faltmappe war nicht aufzufinden gewesen, und sie war davon ausgegangen, dass sie noch im Auto lag. So sicher sie sich in ihrem Haus und ihrer Wohngegend auch fühlte, ihr wäre nicht im Traum eingefallen, nachts um drei zu ihrer Garage zu gehen.

Die Sohlen ihrer Hausschuhe schlitterten über die Küchenfliesen und klatschten auf dem Beton der Treppe und des Bürgersteigs, als sie nach draußen zur Garage tapste. Sie durchsuchte den BMW und förderte unter den Sitzen einen Kaugummi, einen Stift und einen Eiskratzer zu Tage. Keine Mappe. Sie ging zurück ins Haus, suchte die Nummer im Telefonbuch und rief bei »Barnes and Noble« an. Jan Bright hatte die Mappe nicht gesehen, versprach jedoch, die Angestellten und die Krimifrauen zu fragen.

Als Lucy auflegte, klingelte es an der Tür, und sie durchquerte das Wohnzimmer. Durch den Spion erblickte sie Quinn, und ihr Herz vollführte wieder diesen verrückten Vorwärts-Rückwärts-Salto. Er trug eine schwarze Sonnenbrille, um seine Augen vor der grellen Morgensonne zu schützen, und seine untere Gesichtshälfte war von dunklen Stoppeln überzogen.

Sie öffnete genau in dem Moment die Tür, als eine kalte Böe sein dunkles Haar zerzauste. »Guten Morgen.« Er trug noch dieselben Klamotten wie am Abend zuvor – weißes Hemd und Jeans. Er war also nicht im Bett gewesen, und eigentlich hätte er schlimm aussehen müssen. Tat er aber nicht. Am liebsten hätte sie die Hand ausgestreckt und ihn berührt, die Sorgenfalten auf seiner Stirn glattgestrichen und seine raue Wange in ihrer Handfläche gespürt. Am liebsten hätte sie ihn ausgezogen und mit ins Bett genommen.

Er sah sie lange durch die Sonnenbrille an und fragte endlich: »Darf ich reinkommen?«

»Natürlich.« Sie öffnete die Tür weit, und er ging an ihr vorbei und brachte den Duft des Frühlings mit. »Kaffee?«, bot sie ihm an, als sie die Tür schloss.

»Gern.« Er zog die Sonnenbrille ab und steckte sie in die Brusttasche. Unter seinen braunen Augen lagen dunkle Schatten.

»Lange Nacht?« Sie lief an ihm vorbei und widerstand dem Bedürfnis, ihn anzufassen.

»Ja.« Er lachte wenig überzeugend und folgte ihr in die Küche. Seine Stiefelabsätze klangen auf den Fliesen ungewöhnlich laut.

Lucy griff in den Schrank und holte einen Becher heraus. »Ich habe bis heute Morgen um drei gearbeitet.« Es war eine große Erleichterung, nicht mehr lügen zu müssen. »Das mache ich manchmal«, erklärte sie. Sie hatte schon Freunde gehabt, denen die oft sehr unregelmäßigen Arbeitszeiten einer Schriftstellerin nicht passten. Doch jetzt, wo alles geklärt war, wollte sie aufrichtig sein. »Manchmal arbeite ich tagelang, ohne viel zu schlafen. Einmal«, gestand sie, während sie Kaffee in den Becher goss und an ihn weiterreichte, »hab ich mir einen Monat lang die Beine nicht rasiert. Ich sah aus wie ein Clydesdale-Pferd.« Okay, vielleicht hätte sie das lieber für sich behalten sollen.

»Danke.« Sein Mundwinkel verzog sich amüsiert nach

oben, als er in seinen Kaffee pustete. »Tut mir leid wegen gestern Abend«, sagte er, bevor er einen Schluck trank. Sie schaute betreten auf ihre Hausschuhe und kämpfte gegen das Erröten an, das an ihrem Hals heraufkroch. Sie fragte sich, welcher Teil des Abends genau ihm leid tat. Dass er das Ganze so abrupt beendet hatte? Dass sie sich im Flur näher gekommen waren oder dass sie es nicht bis zum Finale geschafft hatten? Ihr persönlich tat vor allem Letzteres leid. »Es ist was passiert, worüber wir reden müssen.«

Das klang nicht gut. »In Ordnung.« Sie ging zu ihrem Küchentischchen und setzte sich. Quinn nahm ihr gegenüber Platz, und das Licht, das durch die Fenster strömte, hob einzelne Strähnen seines dunklen Haars hervor. Es beleuchtete sein weißes Hemd von hinten und betonte seine breiten Schultern.

»Weißt du noch, als du mir gebeichtet hast, dass du keine Krankenschwester bist?«

War er deshalb doch sauer? Sie hatte geglaubt, das sei gegessen. »Klar.«

»Ich muss dir ebenfalls was beichten.« Seine dunklen Augen fixierten ihre, müde, aber so intensiv wie immer. »Ich bin kein Klempner.«

Entgeistert beugte sie sich vor. »Was?«

»Ich bin Polizist.« Er griff nach etwas, das seitlich an seinem Gürtel hing, und schob es ihr über den Tisch zu. Es war seine Dienstmarke. Tatsache, er war Polizist. Ein Detective. Er hatte sie angelogen. »Warum hast du gelogen?« Und warum hatte er es ihr nicht noch am selben Abend gestanden, als sie ihre Beichte abgelegt hatte?

»Weil ich mich als verdeckter Ermittler online mit Frauen verabredet habe, als ich dich kennen lernte.« Als sie schwieg, erklärte er es genauer. »Ich habe mich als Klempner ausgegeben, um Breathless zu schnappen.«

»Wen?«

»Breathless. Das ist der Name, den die Polizei der Frau gegeben hat, die in der Stadt Männer tötet. Wir glauben, sie trifft ihre Opfer online.«

Lucy trank einen Schluck Kaffee, um diese Information sacken zu lassen. »Dann ermitteln also Polizisten als verdeckte Vermittler online, um die Frau zu schnappen, von der wir in den Nachrichten gehört haben?«

»Ja.«

Okay, soweit hatte sie es verstanden, auch wenn es bizarr klang.

»Gestern Nacht hat sie ihr viertes Opfer umgebracht.«

»Oh nein!«

»Während du bei mir warst, hat sie in einem Motel in Chinden Robert D. Patterson erstickt. Deshalb hab ich dich auch so schnell vor die Tür gesetzt.«

Der Name kam ihr bekannt vor. Sie lehnte sich zurück und dachte an alle Männer, die ihr in den letzten Monaten E-Mails geschrieben hatten. »Throbbinbob?«

»Kanntest du ihn?«

»Eigentlich nicht. Er hat mir nur ein paar E-Mails geschrieben.« Er war zwar eine ganz schöne Nervensäge gewesen, aber den Tod hatte er nun wirklich nicht verdient. »Habt ihr Breathless gestern Nacht geschnappt?«

Er schüttelte den Kopf und lehnte sich ebenfalls zurück. »Nein, aber wir haben ein paar gute Anhaltspunkte.«

»Dann bist du also bei der Mordkommission«, sagte sie,

um zu testen, wie es klang. Wenn sie so darüber nachdachte, passte es viel besser zu ihm als der Klempnerberuf. Es erklärte seinen intensiven Blick und sein Auge für Details.

»Ja.«

Sie glaubte zu verstehen, warum er gelogen hatte. Es gefiel ihr zwar nicht, aber eigentlich konnte sie deshalb nicht sauer sein. Das wäre scheinheilig. Sie beobachtete, wie er einen Schluck Kaffee trank, und nahm sich einen Moment Zeit, um zu verarbeiten, was er ihr gerade erzählt hatte. Er hatte sie also im Rahmen seiner verdeckten Ermittlungen kennen gelernt. In gewisser Weise hatte auch sie verdeckt ermittelt. Das war vielleicht nicht der beste Start für eine Beziehung, aber auch nichts Unüberwindliches. Daran konnten sie arbeiten. Vielleicht sogar irgendwann darüber lachen. »Du hast dich also mit mir bei Starbucks getroffen, um herauszufinden, ob ich eine Serienmörderin bin?«

Er sah ihr fest in die Augen und nickte kurz.

Okay, dann war ihr Kennenlernen eben unkonventionell gewesen. Aber viele Leute lernten sich unter unkonventionellen Umständen kennen. Wen interessierte es schon, *wie* und *warum* sie sich getroffen hatten. »Wenn man so drüber nachdenkt, ist es irgendwie lustig.« Leider lachte er nicht. »Wie lange hast du mich denn für eine Mörderin gehalten? Eine Minute? Zwei?«

Er stellte den Becher auf den Tisch. »Ein bisschen länger als ein paar Minuten.«

Irgendwas stimmte nicht. Etwas, das ihr entging. Sie hatte das Gefühl, als würde sie sich ein Bild falsch herum ansehen und nicht erkennen, was direkt vor ihrer Nase war. Dann fiel bei ihr der Groschen. »Warte.« Sie hob die Hand wie ein Verkehrspolizist. »Du dachtest, ich könnte Breathless sein?«

»Ja.«

Großer Gott. Der Mann, in den sie verliebt war, hatte sie für eine Serienmörderin gehalten! »Aber du hast doch bestimmt sofort gemerkt, dass es lächerlich war. Oder?«

Er schüttelte langsam den Kopf. »Nicht sofort.«

»Nicht sofort? Wie konntest du mich auch nur eine Sekunde für eine Serienmörderin halten? Seh ich etwa aus wie eine Serienmörderin?« Bevor er antworten konnte, sagte sie: »Nein, tu ich nicht.«

Er seufzte und massierte hilflos seinen Nacken. »Du weißt genauso gut wie ich, dass Serienmörder aussehen wie alle anderen.«

»Schon, aber du bist ein erfahrener Polizist. Solltest du nicht einen Instinkt für sowas haben? Eine gewisse Intuition? Solltest du nicht … warte! Wie lange hast du mich denn für eine Serienmörderin gehalten?« Er sah sie nur an, und sie musste die Frage wiederholen. »Wie lange?«

»Lucy, du musst verstehen –«

»Wie lange, Quinn?«, unterbrach sie ihn.

Er ließ die Hand wieder sinken. »Bis gestern Abend.«

Sie schnappte schockiert nach Luft, und ihre Augenbrauen schossen bis zum Haaransatz. »Bevor oder nachdem wir? …« Sein Schweigen war Antwort genug, und ihr drehte sich alles. Sie hörte sich stottern wie eine Schwachsinnige, konnte sich aber nicht bremsen. »Du … ich … ich … was, … zum Teufel?« Sie schwieg, um ein paar Mal tief durchzuatmen, und als sie wieder sprechen konnte, deutete sie über den Tisch auf ihn und fragte: »Verscheißerst du mich?« Nicht gerade brillant, aber immerhin besser als Stottern. »Erzähl mir nicht, dass du mich die ganze Zeit für eine Serienmörderin gehalten hast! Bis gestern Abend?«

»Nein, ich verscheißere dich nicht. Und ja zur zweiten und dritten Frage.«

Sie war wie vor den Kopf gestoßen. »Aber du hast mir die Bluse ausgezogen und und und –« Sie versuchte, ruhig durchzuatmen, während sich die Gedanken in ihrem Kopf drehten. »Du wolltest Sex mit mir, obwohl du dachtest, ich würde dich umbringen? Du hättest Sex mit einer Serienmörderin gehabt?«

»Nein. Das war kein richtiger Sex.«

Sie schnappte gekränkt nach Luft. Plötzlich kam ihr etwas, das sich verdammt gut angefühlt hatte, schmutzig vor.

»Es ist kompliziert.«

Oh Gott. Oh Gott. Das Gefühl, einen Schlag vor den Kopf bekommen zu haben, arbeitete sich weiter nach unten zu ihrer Kehle vor. »Was? Hast du etwa nur versucht, mich dazu zu bringen, dich zu töten?«

Er runzelte die Stirn. »So ähnlich.«

Sie schluckte heftig, als der Schmerz in ihrer Brust ankam. »Das heißt, als du mich gestern Abend geküsst und ausgezogen hast, hast du das nur getan, weil du glaubtest, ich würde versuchen, dich umzubringen?«

»Ich hielt es für möglich.« Er rieb sich hilflos das Gesicht. »Lucy, du musst eins begreifen. Ich wollte dir nicht weh tun. Ich wollte niemals irgendwem weh tun, aber ich hatte einen Job zu erledigen.«

Lucy fiel nichts Kränkenderes ein, das er noch zu ihr hätte sagen können. Doch da irrte sie gewaltig.

»Ich hab bloß meinen Job getan«, fügte er hinzu und machte alles noch schlimmer.

»Oh Gott.« Sie stand auf und stützte sich mit einer zittrigen Hand auf dem Tisch ab, um nicht hinzufallen. »Die vergangene Woche war nicht real. Nichts daran war es. Ich dachte, du wolltest mit mir zusammen sein, weil du mich magst. Aber das war überhaupt nicht der Fall. Du hast also nur deinen Job erledigt, und ich …« *… hab mich in eine Lüge verliebt.* »Ich war ein Volltrottel.«

Er sprang auf und lief um den Tisch herum. »Du bist kein Volltrottel. Du bist eine tolle Frau, und wenn die Umstände and –«

Bevor Lucy wusste, was sie tat, holte sie aus und verpasste ihm eine Ohrfeige. Sie hatte noch nie im Leben jemanden geohrfeigt, und er sah genauso fassungslos aus, wie sie sich fühlte. Ihre Handfläche brannte, und sie ballte die Hände zu Fäusten. »Raus hier.«

Er trat einen Schritt zurück, ging aber nicht. »Es tut mir leid.«

Irgendwie bezweifelte sie, dass es ihm so leid tat wie ihr. Wut und Schmerz durchzuckten ihre Brust, und sie legte die Hand aufs Herz, als könnte sie es vor dem Zerbrechen schützen. Es zerbrach trotzdem. Ein heftiger körperlicher Schmerz, der sie innerlich zerriss. »Geh jetzt. Bitte.«

»Ich ruf dich an.«

»Ich werde nicht rangehen.«

Er hob beschwichtigend die Hand und ließ sie wieder sinken. »Ich weiß, du glaubst mir das jetzt nicht, aber ich bedaure das mehr, als du ahnst.«

Damit hatte er Recht. Sie glaubte kein Wort, und ihr war

auch schnurzegal, ob es ihm leid tat. Sie hatte sich in einen Mann verliebt, der nur mit ihr ausgegangen war, weil es sein Job war.

»Auf Wiedersehen, Lucy.«

Sie schaute zu Boden, um nichts so Dummes zu tun, wie in Tränen auszubrechen. Er blieb noch eine Weile unschlüssig in ihrer Küche stehen, während mit jeder Sekunde, die verging, noch mehr in ihr erstarb. Dann wandte er sich um und verließ den Raum. Als sie hörte, wie sich die Haustür öffnete, hob sie den Blick und sah Quinn in der hellen Morgensonne. Er schaute sie ein letztes Mal über die Schulter an. Er öffnete den Mund, als wollte er noch etwas sagen, doch im Grunde war alles gesagt. Er schloss die Tür hinter sich und war ohne ein Wort verschwunden.

Lucy starrte lange zur Tür, tief erschüttert und emotional am Ende. Ihr Kater schlängelte sich durch ihre Beine, und sie bückte sich und hob ihn hoch. Sie setzte sich an den Tisch und vergrub ihr Gesicht in Schnuckels Fell. Ein Schluchzen brach aus ihrer Kehle. Wie hatte sie sich in einen Lügner verlieben können? Wie war das nur möglich? Schließlich war sie doch eine clevere Karrierefrau. Sie war vierunddreißig. Solche Dinge passierten nicht im wahren Leben.

Sie kam sich so blöd vor.

Sie hatte die ganze Zeit über gewusst, dass mit Quinn etwas nicht stimmte, und trotzdem nach Entschuldigungen gesucht und sich eingeredet, es läge daran, dass er Witwer war. Dass es eigentlich gar nicht so merkwürdig war, sich in Chatrooms herumzutreiben. Es hatte genügend Warnsignale gegeben, doch sie hatte sie ignoriert.

Sie vergrub die Finger in Schnuckels Fell, und ein liebevolles Schnurren rasselte in seiner Brust. »Wenigstens du hast mich lieb, Schnuckie«, weinte sie, als er ihre Hand leckte. Doch die Liebe ihres Katers war kein Trost. Heute nicht.

Als sie aufschaute, fiel ihr Blick auf Quinns Kaffeetasse. Sie schloss die Augen. Quinn hatte ihr nicht den Hof gemacht, weil er eine Beziehung mit ihr haben wollte. Er hatte sie nicht gedrängt, Zeit mit ihm zu verbringen, weil er sie anziehend fand. Sein intensiver Blick hatte nichts mit Verlangen oder Lust zu tun gehabt. Er hatte sie nur beobachtet und darauf gewartet, dass sie sich als gefährliche Serienmörderin entpuppte.

Ein Schluckauf hob ihre schmerzende Brust, und sie gab den Versuch auf, die Tränenflut zurückzuhalten. Sie hatte sich so schnell verliebt, so lächerlich schnell, und sie kam sich so blöd vor. Sie konnte nur hoffen, dass ihr Herz genauso schnell wieder heilen würde.

10. Kapitel

HADENUF: SUCHT BESTEN FREUND DER FRAUEN …

»Er ist bloß mit mir ausgegangen, weil er wollte, dass ich ihn umbringe«, schluchzte Lucy und trank einen Schluck Wein. Vor ihren Augen verschwamm alles, und sie konnte die Gesichter ihrer Freundinnen, die sich bei ihr im Wohnzimmer versammelt hatten, kaum noch erkennen. »Wisst ihr noch, wie er hinter mir her war? Aber hallo! Dabei hat er mich bloß für 'ne Serienmörderin gehalten.«

Ihre Freundinnen, auf die stets Verlass war, reagierten erwartungsgemäß mit Empörung und Entsetzen und erklärten Quinn einstimmig zum Vollidioten, Loser und hochkarätigen Arschloch.

»Jetzt wird mir alles klar«, weinte Lucy. »Die vielen Fragen über die ermordeten Männer. Das große Interesse daran, ob ich mit einem von ihnen ausgegangen bin. Und ich dachte bloß, er wäre vorsichtig, und hab alles entschuldigt, weil ich glaubte, wir mögen dieselben Fernsehsendungen!«

Zwei Stunden später waren sie alle ganz schön beschwipst und verteufelten grundsätzlich alle Männer.

Maddie griff nach der Flasche und schenkte sich noch ein Glas ein. »Männer sind verlogene Scheißkerle.«

»Durchtriebene, verlogene Scheißkerle«, ergänzte Adele. »Zu schade, dass wir sie brauchen.«

»Wozu denn?«, fragte Lucy verständnislos. »Klar, sie sind nützlich, wenn man 25 Kilo Katzenfutter im Kofferraum hat und jemanden braucht, der es ins Haus schleppt. Aber das ist noch lange keine Entschädigung für ihre ungeheuerlichen Lügen. Ich hab genug von der Scheiße.«

»Manchmal bekochen sie einen«, schaltete sich Clare ein und schwenkte den Wein in ihrem Glas. »Und es ist nett, wenn sie aus kaputten Kacheln Tischchen bauen.« Als sie die Mienen ihrer Freundinnen sah, fügte sie hastig hinzu: »Aber ihr habt schon Recht. In den meisten Fällen kannst du die Männer echt vergessen. Der Vibrator ist der beste Freund der Frau.«

Sie starrten Clare entgeistert an. Die einzige Frau in der Runde, die glaubte, ihren Seelenverwandten gefunden zu haben, seit sie ihn zum ersten Mal gesehen hatte. Weshalb war dann der Vibrator ihr bester Freund? Vielleicht lief doch nicht alles glatt im Paradies.

»Ach, schaut mich nicht so an«, schimpfte sie. »Ich weiß, dass ihr auch nicht tatenlos rumsitzt und auf einen Mann wartet, um einen Orgasmus zu kriegen.«

»Ich ganz bestimmt nicht«, meinte Maddie trocken. »Aber ich dachte, du.«

Clare trank einen Schluck Wein und leckte sich die Lippen. »Lonny ist eben manchmal müde. Er arbeitet wirklich hart.«

»Vom Kacheltischchen-Bauen?« Maddie schüttelte ungläubig den Kopf. »Schätzchen, wenn ein Kerl zu müde für Sex ist, sagt dir das nicht was?«

»Doch. Dass er ein Künstler ist.«

Lucy räusperte sich warnend und schüttelte leicht den Kopf. So betrunken sie auch war, sie würde nicht zulassen, dass irgendjemand Clare auf die Nase band, dass ihr Traummann davon träumte, es Männern zu besorgen. Clare war einer der nettesten Menschen, die Lucy kannte. Sie war freundlich und hatte ein großes Herz, und wenn sie so tun wollte, als wäre Lonny nicht schwul, war Lucy damit einverstanden. Außerdem, welche Berechtigung hatten *sie* denn schon, ihr in Liebesdingen Ratschläge zu erteilen? Sie selbst hatte sich in einen Mann verliebt, der nur mit ihr ausgegangen war, weil er sie für eine Serienmörderin hielt. Adele war mit einem Mann zusammen gewesen, der sich ständig zu ihrem Haus schlich und Sachen auf ihrer Veranda hinterließ wie eine Art Doppelnull-Geheimagent. Maddie war so paranoid, dass sie jeden Mann, den sie traf, für einen Serien-was-auch-immer hielt, dabei hatte sie seit über vier Jahren kein Date mehr gehabt.

Also ehrlich, im Vergleich dazu klang Lonny mit seinen Kacheltischchen verdammt gut.

Adele, die neben Lucy auf der Couch saß, streichelte beruhigend ihren Arm. »Tja, wenigstens hast du Quinn nicht lange genug gekannt, um dich in ihn zu verlieben.«

»Das wäre katastrophal gewesen.«

»Nur gut, dass du nicht an Liebe auf den ersten Blick glaubst.«

»Ja. Nur gut«, log sie und stellte ihr Glas auf dem Tisch ab, bevor sie es noch fallen ließ. Ein sicheres Zeichen, dass sie es mit dem Alkohol langsamer angehen lassen musste.

»Du weißt, ich mag dich sehr«, fing Maddie an, was immer ein Alarmsignal war, »aber ich muss es einfach sagen. Er passt in dein typisches Muster, mit Männern auszugehen, die du retten willst.«

Lucy hob protestierend den Zeigefinger. »Diesmal nicht. Quinn hatte keine Probleme, vor denen ich ihn hätte retten müssen, und er hat auch nicht mein Geld geklaut. Er ist total normal.« Sie runzelte verwirrt die Stirn. »Abgesehen davon, dass er ein verlogener Scheißkerl ist.«

»Genau das hat Maddie gemeint«, sagte Adele. »Er hatte verlogene Scheißkerl-Probleme.«

Lucy spürte, wie ihre Stirn sich in Falten legte. Gab es sowas wie »verlogene Scheißkerl-Probleme« überhaupt? »Ich will jetzt nicht mehr über Männer reden. Es ist einfach zu deprimierend.«

»Ich weiß, worüber wir reden können.« Adele setzte sich ein bisschen aufrechter hin. »Ich brauche Hilfe beim Plot der nächsten Szene meines Buches.«

Lucy stöhnte innerlich. Mit Adele über Plots zu sprechen hieß, dass man ihr Vorschläge machte, die sie letztlich nie umsetzte.

»Jetzt ist vielleicht nicht so ganz der richtige Zeitpunkt«, protestierte Maddie zum Glück. »Ich hab echte Probleme, mich zu konzentrieren.« Dann wandte sie sich an Lucy und fragte: »Kaufst du wirklich auf einen Schlag 25 Kilo Katzenfutter?«

»Wahrscheinlich eher zwanzig.«

»Kein Wunder, dass Schnucki so fett ist.«

»Er ist nicht fett. Er ist stämmig.«

Adele lachte. »Stämmig ist nur ein netter, politisch korrekter Ausdruck dafür, dass er sich von der Futterschüssel fernhalten sollte. Wenn er ein Mann wäre, müsste er seine Klamotten im Geschäft für Übergrößen kaufen.«

»Du musst Schnucki auf Diät setzen.«

»Hab ich ja versucht«, seufzte Lucy. »Aber wenn ich nicht aufstehe und ihn füttere, wenn er fressen will, beißt er mich in die Füße.«

Clare, die gerade dabei war, ihre Fingernägel zu inspizieren, blickte auf und bekam irgendwie Schlagseite. »Wusstet ihr, dass Costco übers Internet Särge vertreibt?«

Es war offensichtlich Zeit, ihre Freundinnen wieder nüchtern zu kriegen. Zeit fürs Abendessen. »Nee, echt?«, fragte Lucy ungläubig und griff zum Telefon.

»Du machst Witze.«

»Muss man da gleich zwei auf einmal nehmen?«

Am nächsten Nachmittag sprang Lucy in ihren BMW und fuhr zu McDonald's. Ihr Kopf dröhnte, ihr war kotzübel, und die dunklen Sonnenbrillengläser halfen auch nicht viel gegen ihre schmerzenden Augen. Am Abend zuvor hatte sie eigentlich nichts mehr trinken wollen, dann aber beschlossen, dass noch ein paar Gläschen Wein zum Essen nichts schaden könnten. An alles, was danach kam, erinnerte sie sich nur vage. Sie wusste zwar noch, dass sie mit den Mädels auf die Zukunft angestoßen und Quinn die Pest an den Hals gewünscht hatte, aber das war auch schon alles.

Sie gab ihre Bestellung auf und fuhr zum Abholschalter vor. Es gab kein besseres Mittel gegen einen Kater als einen Hamburger Royal mit Käse, fettigen Fritten und einer Diet Coke. Sie schnappte sich ihr Essen und verschlang es während der Autofahrt zur Post. Sie hatte ihr Postfach jetzt schon zwei Monate nicht mehr geleert, und es wurde langsam Zeit, mal nachzusehen, was sich darin für sie verbarg.

Sie fuhr in eine Parklücke und spülte den Rest des Burgers

mit einem Schluck Diet Coke herunter. Ja, sie wusste Bescheid. Welchen Sinn hatte eine Diet Coke, wenn sie sich gerade zweitausend Kalorien und hundert Gramm Kohlehydrate und Fett einverleibt hatte?

Wen interessierte das?

Sie setzte ihre braune Schirmmütze auf und stieg aus dem Wagen. Die Sonne schien, die Vögel sangen, und Frühlingsblumen begannen zu blühen. Die Welt drehte sich weiter, doch sie verspürte eine große innere Leere. Obwohl sie sich mit Fritten vollgestopft hatte. Es war einfach nicht fair.

Sie betrat die Post und öffnete ihr Postfach. Es war hauptsächlich mit Werbeprospekten vollgestopft, die sie gleich in den Abfall warf. Sie steckte fünf Leserbriefe in ihre Handtasche und fuhr nach Hause. Als sie dort ankam, hörte sie ihren Anrufbeantworter ab, der aber leer war.

»Ich ruf dich an«, hatte Quinn gesagt und wieder mal bewiesen, dass er ein dreister Lügner war. Nicht, dass sie rangehen und mit ihm reden würde, falls er doch anrief, aber er könnte wenigstens auf ihrem AB zu Kreuze kriechen.

Lucy gähnte und pfefferte ihre Mütze auf den Küchentisch. Sie wusste, dass sie ihren Hintern in Bewegung setzen und arbeiten oder wenigstens das Haus putzen oder etwas ähnlich Produktives tun sollte. Stattdessen fiel sie ins Bett und kuschelte mit Schnuckel.

Sie rollte sich auf die Seite, kraulte ihrem Kater den Bauch und musste zwangsläufig wieder an Quinn denken. Alles, was er je zu ihr gesagt hatte, alles, was sie über ihn zu wissen glaubte, war nur Schall und Rauch. Hatte er wirklich eine Familie? Hatte er sich wirklich den Arm gebrochen, als er dem Nachbarsmädchen imponieren wollte? War seine

Frau wirklich tot? Und war Millie seine geschiedene Frau oder Exfreundin? Oder, Gott bewahre, er war verheiratet oder in einer festen Beziehung. Hieß er überhaupt Quinn, oder war auch das gelogen?

So wie alles andere, das er gesagt hatte, jedes Gefühl, das er in ihr ausgelöst hatte, eine Lüge gewesen war. Auch wenn es sich echt angefühlt hatte. Selbst jetzt fühlte es sich noch echt an. Es brannte in ihrer Brust, als wäre es echt, doch das war es nicht. Sie hatte Männern schon aus diversen Gründen den Laufpass gegeben, aber die hatte sie wenigstens gekannt. Quinn war da anders. Sie hatte sich in einen Kerl verliebt, den sie nicht mal kannte. Einen Kerl, der sie nur berührt und geküsst hatte, weil es sein Job war. Klar, sie wusste, dass er sie anziehend fand. Den Beweis dafür hatte sie an ihrem Oberschenkel gespürt und in der Hand gehalten. Doch das bedeutete nicht, dass er etwas für sie empfand. Das bedeutete nur, dass er ein Mann war.

Schnuckel schnurrte und leckte ihre Hand. Dann zog er in einem Versuch, alles wiedergutzumachen, alle Register und stieß sie mit dem Kopf unters Kinn. Sie wünschte, es wäre so unkompliziert. Dass ein liebevoller Kopfstoß ihres Katers den Schmerz in ihrer Brust lindern würde. Stattdessen machte er alles nur noch schlimmer, weil es sie daran erinnerte, dass sie wahrscheinlich einmal mutterseelenallein in ihrer Wohnung sterben würde. Ihre größte Angst dabei war, dass Schnuckel sein Katzenfutter im Nu verputzt hätte und sein hungriger Blick prompt auf ihre Leiche fiele.

Sie spielte mit dem Gedanken, aufzustehen und sich an die Arbeit zu begeben. Stattdessen schluckte sie eine der Schlaftabletten, die sie für große Stressphasen in ihrem Leben bereithielt. Ihr Herz schmerzte, und ihr Kopf dröhnte, und sie wollte schlafen, bis alles wegging. Sie versprach Gott, nie wieder Rotwein zu trinken, wenn er sie nur von diesem Kater erlöste.

Sie schlief bis zum nächsten Morgen, und als sie aufwachte, fielen ihr schlagartig drei Dinge auf. Erstens: Sie trug immer noch die Klamotten vom Tag zuvor. Zweitens: Gott war ihr gnädig gewesen und ihr Kater zum Glück verschwunden. Drittens: Ihr Herz schmerzte noch immer. Sie hatte Quinn noch nicht vergessen. Vielleicht hätte sie Gott lieber bitten sollen, ihr Herz zu heilen, statt ihren Kopf. Der einzige Trost, wenn auch nur ein kleiner, war, dass sie Quinn nie mehr wiedersehen musste.

Lucy zog sich die Klamotten aus und schlüpfte in ihren Bademantel. Dann tapste sie in die Küche und kochte Kaffee. Während er durchlief, fütterte sie Schnuckel und holte die Leserbriefe aus ihrer Handtasche. Drei davon wiesen dieselbe mit Schreibmaschine getippte Anschrift und einen Poststempel aus Boise auf. Die anderen kamen aus Kalifornien und Michigan. Die Leserin aus Kalifornien pries Lucys Talent und schrieb, dass sie sich auf ihr nächstes Buch freute. Diesen Brief legte Lucy beiseite, um ihn mit den anderen Briefen von Lesern abzuheften, denen sie zum Dank ein paar Zeilen schreiben und ein Lesezeichen schicken wollte. Der Verfasser des Briefes aus Michigan war nicht so voll des Lobes. Er wies sie darauf hin, dass die Flugbahn einer Kugel in ihrem zweiten Roman physikalisch unmöglich war. Er hatte sogar ein Diagramm gezeichnet und wollte wissen, ob sie überhaupt recherchierte. Diesen Brief entsorgte Lucy im Mülleimer.

Die übrigen drei Briefe nahm sie mit zur Theke und schenkte sich eine Tasse Kaffee ein. Nach einem Blick auf die Poststempel öffnete sie den ältesten Brief, der Mitte Februar abgeschickt worden war.

Ich bin Ihr größter Fan. Ich habe alles gelesen, was Sie geschrieben haben, und halte mich für eine Rothschild-Liebhaberin.

Liebhaberin? Das war leicht übertrieben, fand Lucy, und lehnte sich mit dem Po an die Theke.

Ich habe Ihre Karriere aufmerksam verfolgt und alle Ihre Bücher gelesen. Ich habe großen Respekt vor Ihrem Talent. Sie haben mir geholfen, gesund zu bleiben, als ich fürchtete, in dieser verrückten Welt den Verstand zu verlieren.

Sie haben mir Stunden atemloser Spannung geschenkt, und ich würde mich gern dafür revanchieren. Deshalb möchte ich meinen eigenen kleinen Krimi mit Ihnen teilen.

Lucy trank einen Schluck Kaffee. Aus rechtlichen Gründen las sie keine unveröffentlichten Manuskripte. Sie würde dieser Person schreiben und ihr sagen müssen, dass sie sich das Portogeld sparen sollte. Sie inspizierte den Briefumschlag, der auf der Theke lag, und merkte, dass kein Absender darauf stand. Merkwürdig.

Bestimmt werden Sie meinen kleinen Krimi genauso schätzen, wie ich Ihre stets geschätzt habe. Quid pro quo, sage ich immer.

Meine Geschichte beginnt so. Eine Frau, die es leid ist, ständig mit Versagern auszugehen, die nur auf Sex aus sind, beschließt, gegen sie vorzugehen. Wie eine Selbstschutzorganisation sozusagen. Um die Welt von Perversen und Degenerierten zu säubern. Männer, die sich nicht binden können oder schlicht Jammerlappen sind. Männer, die ihre Frauen oder Freundinnen schlagen, sie betrügen und um ihr Geld prellen, ganz zu schweigen von den vielen gebrochenen Herzen, die sie hinterlassen. Haben Sie sich je gefragt, warum ihnen nie etwas Schlimmes zustößt? Warum sie sich unbekümmert das nächste Opfer suchen können? Nun, gegen diese Männer sollte etwas unternommen werden. Sie verdienen es, den Schmerz, den sie verursachen, am eigenen Leib zu spüren, wenn sie den letzten Atemzug tun.

Zuerst habe ich mit dem Gedanken gespielt, ein Buch über diese miesen Schweine zu schreiben, doch mir fehlt es an Disziplin. Außerdem sind die Chancen, veröffentlicht zu werden, verschwindend gering. Daher habe ich beschlossen, es auszuleben.

Lucy richtete sich ruckartig auf und spürte, wie sich ihre Stirn anspannte.

Lesen Sie die Titelseite des Statesman vom 25. Februar. Was die Zeitung nicht erwähnt hat (weil sie nicht wis-

sen konnte, was nicht einmal die Polizei weiß) ist, dass Charles Wilson so heftig um sich getreten hat, dass ich fürchtete, er würde sein Bett auseinanderkicken, und ich seine Beine herunterdrücken musste. Er war verängstigt und armselig. Poetische Gerechtigkeit, finde ich.

Gefällt Ihnen meine Arbeit? Ich würde mich sehr gern mit Ihnen hinsetzen und Ihre Kritik hören. Hören, wie Sie darüber denken, doch das ist natürlich unmöglich.

Tja, ich muss jetzt Schluss machen.

So viele Männer. So wenig Zeit. So viel zu tun.

Lucy griff nach dem nächsten Brief und öffnete ihn. Diesmal zog sie neben einem Brief auch den Zeitungsausschnitt einer Titelgeschichte heraus. Das Foto eines Hauses, das mit gelbem Polizeiabsperrband abgeriegelt war, dominierte die halbe Seite. Die Schlagzeile lautete: DAVE ANDERSON, ZWEITES OPFER IM EIGENEN BETT ERMORDET.

Dieser Brief war kürzer und schärfer im Ton.

Finden Sie die Inkompetenz der Polizei in Boise nicht auch herrlich? Sie haben noch nicht herausgefunden, dass die beiden Morde miteinander zusammenhängen. Trottel. Neandertaler. Aber was kann man schon erwarten? Bestimmt keine Intelligenz. Nicht von Männern. Dave Anderson war ein echter Vollidiot, der sich was darauf einbildete, dass ich sexuelles Interesse an ihm zeigte. Mieses Schwein.

Lesen Sie den Artikel im Statesman. Zum Schreien!

Die Polizei kann den Reportern keine Informationen geben, weil sie selbst nichts in der Hand hat. Ich hinterlasse keine Spuren. Nichts, das mit mir in Verbindung gebracht werden kann. Ich bin zu schlau für sie. Alles, was ich weiß, weiß ich aus Krimis. Ihren Krimis.

Geschmeichelt?

Lucy mochte ein wenig schwer von Begriff sein, wenn es darum ging, dass alles, was Quinn je gesagt hatte, eine verdammte Lüge war, doch diesmal nicht. Was das hier war, wusste sie genau. Sie hatte schon zu viel recherchiert, war in zu viele verwirrte Gedankengänge eingetaucht und hatte zu viele Bücher geschrieben, um pure Angeberei nicht zu erkennen.

Breathless wollte, dass sie genau über ihre Taten Bescheid wusste. Sie gab an. Wie Schnuckel, wenn er eine Maus tötete und sie auf der hinteren Veranda liegen ließ, damit Lucy sie entdeckte und bewunderte. Eine Mörderin wollte, dass Lucy ihre Arbeit sah und bewunderte.

Lucy holte tief Luft und stieß sie langsam wieder aus. Ihr Kater sprang vom Küchenstuhl, und sie fuhr vor Schreck fast zusammen. Ihr Herz hämmerte, und sie fasste sich entsetzt an die Kehle. »Gütiger Himmel«, flüsterte sie. Sie legte den Brief auf den Zeitungsausschnitt und starrte auf den dritten Umschlag. Sie wollte ihn nicht öffnen, doch sie musste. Diesmal war sie vorsichtiger. Sie kramte ihre rosafarbenen Gummihandschuhe unter der Spüle hervor und zog sie über. Ihre Hände zitterten, als sie sich ein Steakmesser schnappte und damit den Umschlag aufschlitzte. Sie drehte ihn um, und ein weiterer Brief samt Artikel flatterte ihr in die Hand. Außer einer Aufnahme des Tatorts hatte die Zeitung diesmal auch ein Foto des Opfers gebracht. Lawrence Craig, der Mann, den Lucy als Luvestick kannte, schaute ihr mit einem kleinen Lächeln auf den Lippen entgegen. Ihre Kopfhaut zog sich zusammen, und die Anspannung legte sich wie ein Ring um ihre Stirn. Sie atmete tief ein und langsam wieder aus.

Tja, die Polizei von Boise hat es endlich begriffen. Drei Morde in acht Wochen, und sie haben endlich begriffen, dass sie miteinander zusammenhängen. Ha! Ich weiß, dass sie nur darauf warten, dass ich Mist baue. Einen Fehler mache, aber das werde ich nicht. Ich bin zu schlau für sie. Ich habe überlegt, ob ich nicht doch noch ein Buch über meine Taten schreibe. Irgendwann, wenn ich disziplinierter bin. Sie wissen ja, wie es so schön heißt: Schreib über das, was du kennst.

Hier sind ein paar Infos unter Profis, falls Sie es in Ihrem Buch verwenden wollen. Wenn man jemanden erstickt, macht er ein kleines Geräusch hinten in der Kehle. Wenigstens meiner Erfahrung nach. Vielleicht passiert das nicht bei jedem. Ich halte Sie auf dem Laufenden. Lawrence hat am meisten Lärm gemacht und um sich getreten, als würde das was bringen. Die Vorstellung, sich von mir fesseln zu lassen, hat ihm gefallen, aber zum Schluss vermutlich nicht mehr so sehr.

Ganz am Anfang dachte ich, es würde schwierig, miese Schweine zu finden, die willens sind, sich mit Handschellen ans Bett fesseln zu lassen. Aber meist war es einfach. Männer tun fast alles, wenn sie glau-

ben, dass es zu Sex führt. Aber Sie sind eine intelligente Frau, und das überrascht Sie bestimmt nicht. Wir haben bestimmt viel gemeinsam und könnten stundenlang Horrorgeschichten über Verabredungen austauschen.

Frauen wollen Liebe. Männern ist Liebe egal. Sie wollen nur Sex.

Was soll man als Frau mit Neandertalern und Widerlingen anstellen?

Lucy legte den Brief samt Zeitungsausschnitt zu den anderen und streifte die Gummihandschuhe wieder ab. Sie fühlte sich, als hätte ihr jemand den Boden unter den Füßen weggezogen. Es war, als würde sie gewaltsam in die kranke Realität eines anderen gezerrt. Das Telefon klingelte, und sie fuhr fast erschreckt hoch. Ein Blick auf das Display zeigte eine unbekannte Nummer. Sie würde auf keinen Fall abnehmen. Sie fühlte sich beobachtet und rannte von Zimmer zu Zimmer und schloss alle Vorhänge und Jalousien.

Im Wohnzimmer sank sie auf die Couch und starrte auf ihren Chinoiserie-Fernsehschrank, auf die schwarze Lackfarbe mit den Goldpavillon-Szenen. Ihr Herz schlug bis zum Hals, und sie schluckte mühsam, da die Furcht ihr fast die Kehle zuschnürte.

Warum? Warum hatte eine Irre beschlossen, zu ihr Kontakt aufzunehmen? Sie lebte ihre Bücher nicht. Sie waren Fiktion. Sie schrieb Romane, keine Mordanleitungen. Sie wollte nichts damit zu tun haben. Es war krank und pervers und gab ihr das Gefühl, als spielte jemand mit kalten, bösen Händen mit ihrem Leben. Sie wünschte, sie wäre nie zu ihrem Postfach gegangen. Sie wünschte, sie könnte die Augen schließen und das alles würde verschwinden.

Lucy hatte keine Ahnung, wie lange sie so saß und nachdachte, sich überlegte, was sie tun sollte, obwohl sie es in Wahrheit schon die ganze Zeit wusste.

Sie griff zum Telefon und wählte.

11. Kapitel

HUNGRYMAN: SUCHT SCHNITTCHENTELLER …

Mit Hilfe einer Pinzette ließ Quinn den dritten Brief in eine durchsichtige Beweistüte gleiten und versiegelte sie. Er legte sie auf den Tisch zu den anderen und steckte die Pinzette zurück in ein kleines Beweisaufnahme-Set. Wenn sie Glück hatten, würden dabei ein paar gute Fingerabdrücke und DNA-Spuren rausspringen. Wenn nicht, hatte sich Breathless wenigstens zu Wort gemeldet. Wie viele gut organisierte Killer musste sie einfach angeben. Er wünschte bloß, sie hätte sich jemand anderen zum Reden ausgesucht als Lucy Rothschild.

Als er zum letzten Mal in dieser Küche stand, hatte Lucy ihm eine gescheuert und ihn rausgeworfen, was er ihr nicht einmal verübeln konnte. Er hatte nicht damit gerechnet, ihr Haus je wieder zu betreten. Nicht in einer Million Jahren, aber das hier war auch nicht gerade ein Privatbesuch.

»Fällt Ihnen auch bestimmt sonst niemand ein, der diese Briefe verfasst haben könnte?«, fragte Kurt Lucy. Er saß direkt vor ihr, das aufgeschlagene Notizbuch auf dem Schoß.

Sie schüttelte den Kopf. »Das könnte jeder sein.«

Quinn steckte die Enden seines blaugrünen Seidenschlipses zwischen zwei Knöpfe seines grünen Oberhemds und stützte sich mit den flachen Händen neben den Beweisstücken ab, die vor ihm ausgebreitet lagen. Wenn er einen Tipp abgeben sollte, würde er sagen, dass Breathless zum Aufsetzen der Briefe Microsoft Word benutzt hatte; er hoffte bloß, der Drucker wäre aussagekräftiger.

Ohne den Kopf zu heben, blickte er zu Lucy auf. Sie war zwar blass, aber genauso schön wie vor drei Tagen. Sie trug eine pinkfarbene Bluse, die wie ein Mieder zugeschnürt war, und eine Jeans. Als er das Haus betreten hatte, war ihm sofort der Ausdruck in ihren blauen Augen aufgefallen. Egal, wie sehr sie versuchte, es hinter ihrer Wut zu verbergen, sie machte sich vor Angst fast in die Hosen.

»Hast du irgendwelche Fans, deren Wertschätzung für deine Arbeit unverhältnismäßig groß ist?«

Sie holte tief Luft und stieß sie langsam wieder aus. »Ja, durchaus. Mir erscheint sie unverhältnismäßig groß, ähnlich wie bei Trekkies, aber nicht annähernd so verrückt wie das hier.« Sie hatte ihr blondes Haar hoch auf dem Kopf zu einem Pferdeschwanz zusammengebunden und wirkte jung und verletzlich. Auf ihrem Schlüsselbein prangte ein kleiner violetter Bluterguss. Eigentlich fiel er kaum auf, doch Quinn war er schon nach Sekunden aufgefallen. Vielleicht weil er ihn dort hinterlassen hatte.

Quinn hatte die letzten drei Tage damit verbracht, Robert Pattersons Freunde und Verwandte zu befragen und seine Telefonlisten und Kreditkartenquittungen durchzugehen. Dabei hatte er festgestellt, dass Robert wie die anderen Opfer viele Internetverabredungen gehabt hatte, und aus seinem E-Mailprogramm eine Namensliste angefertigt; viele der Namen hatte er schon von der Verdächtigenliste streichen können. Außerdem hatte Quinn sich viele Gedanken über die Richtung der Ermittlungen gemacht. Vielleicht traf Breathless ihre Männer gar nicht online. Und er hatte lange über Lucy nachgedacht. Vielleicht hätte er, was sie betraf, einiges anders machen können.

Während Kurt Lucy über ihre Freunde und Fans befragte, glitt Quinns Blick zu ihrem vollen, rosafarbenen Mund. Er hatte verdeckt ermittelt, um eine Mörderin aufzuhalten. Dabei hatte er sich stets an die Vorschriften gehalten, die ihm erlaubten, alles zu sagen und zu tun, solange es die Beweisführung nicht beeinträchtigte. Klar, er hatte gelogen, betrogen und mit Lucy obszönes Zeug geredet. Er hatte sie geküsst und angefasst, sich dabei jedoch die ganze Zeit an die Vorschriften gehalten. Er hatte nur seinen Job getan. Wenigstens sagte er sich das.

Jammerschade, dass er kein besserer Lügner war.

»Meine Freunde würden sowas nicht machen«, sagte Lucy zu Kurt, und Quinns Blick schweifte wieder über ihren Hals zu dem kleinen Fleck auf ihrem Schlüsselbein. Klar, er konnte sich selbst und allen anderen vormachen, dass er bloß seinen Job erledigt hatte, aber Tatsache war, dass es ihm ein bisschen zu gut gefallen hatte. Es hatte ihm gefallen, ihr Lachen zu hören und sie lächeln zu sehen. Es hatte ihm verdammt gut gefallen, sie zu küssen, anzufassen und ihr leises Stöhnen zu hören. Sie in seinem Spiegel anzuschauen, während er ihre Brüste streichelte und durch den dünnen Spitzenbesatz ihres BHs mit ihnen spielte. Er hatte es genossen, im Spiegel das Verlangen in ihren blauen Augen und ihre sanften Atemzüge zu sehen.

Eigentlich hatte er sie hochgehoben, um sie in sein Schlafzimmer zu tragen, doch er war nur bis in den Flur gekommen. Er hätte sich gern gesagt, dass er nur Halt gemacht hatte, um zu Atem zu kommen, doch das stimmte nicht. Er hatte Halt gemacht, weil er sie außerhalb der Reichweite der Kameras und Abhörgeräte bis auf die Haut ausziehen wollte. Wie ein eifersüchtiger Liebhaber wollte er sie ganz für sich.

Er hatte ihre nackten Brüste geküsst und sie zwischen den Beinen berührt, und er konnte sich nicht erinnern, wann er sich das letzte Mal so lebendig gefühlt hatte. Er hatte sich wieder wie ein kleiner Junge gefühlt, als sie sich anfassten, aneinander rieben und die Klamotten vom Leib zerrten. Es hatte ihm verdammt gut gefallen, sie zum Orgasmus zu bringen und den festen Griff ihrer weichen Hand in seiner Hose zu spüren. Doch während sie schwitzend zum Gipfelsturm ansetzten, hatte er trotzdem seinen Job nie vergessen. Keine Sekunde lang. Aber es war ihm egal gewesen. Die Art, wie Lucy ihn angesehen, berührt und seinen Namen geflüstert hatte, hatte in ihm ein heftiges Verlangen ausgelöst, das seine Selbstbeherrschung ausgeschaltet und sie gefährlicher gemacht hatte als eine ganze Horde mit Flexi-Cuffs bewaffneter Serienkiller.

»Was wissen Sie über die Peacock Society?«, fragte Kurt.

»Peacock Society? Sie meinen diese Frauen, die bunte Hüte mit Federn tragen?« Sie zuckte mit den Schultern. »Nicht viel, nur dass man über fünfzig sein, das Leben lieben und gern auffallen wollen muss, glaube ich.«

»Aber Sie haben nie einen Vortrag bei einem Ortsgruppentreffen gehalten?«

Sie schüttelte den Kopf. »Nein. Warum sollte ich? Ich schreibe Krimis. Kein Emanzenzeug.«

Allein in Boise gab es zweiundzwanzig Ortsgruppen der Peacock Society, und Quinn hatte sich mit allen in Verbindung gesetzt und um Mitgliederprofile und Anschriftenlisten gebeten. Außerdem wartete er auf ein Mitgliederverzeichnis und Profile der Krimifrauen und auf den neuesten Toxikologiebericht aus dem Büro des Gerichtsmediziners.

»Was ist mit den Krimifrauen?«, fragte Quinn sie.

Lucy drehte den Kopf ein wenig und sah ihn aus den Augenwinkeln an. Sollte er noch irgendwelche Zweifel an ihren Gefühlen für ihn gehegt haben, hätten die bohrenden Blicke aus den dunkelblauen Augen alle Unklarheiten beseitigt.

Ihre Stimme war völlig ausdruckslos, als sie fragte: »Was soll damit sein?«

»Sie schienen den Plot des Buches zu kennen, an dem du gerade arbeitest.«

»Na und?«

»Ist dir schon in den Sinn gekommen, dass zwischen deinem Buch und der Vorgehensweise von Breathless viele Gemeinsamkeiten bestehen?«

Sie drehte den Kopf noch ein Stück weiter und sah ihn jetzt richtig an. »Eigentlich nicht. Ich weiß, dass sie ihre Opfer erstickt, aber das könnte auch Zufall sein. Wenn man den Atem eines Menschen kontrollieren will, gibt es verschiedene Möglichkeiten.« Sie deutete auf die ordentlich eingetüteten Beweise auf dem Tisch. »Diese Person verrät schließlich nicht, wie sie die Männer umbringt.«

»Nein, aber wir wissen es.« Er richtete sich zu seiner vollen Größe auf und hielt den Blick auf Lucy geheftet. Sie mochte ihn offensichtlich nicht. Er konnte es ihr nicht einmal verübeln, aber es war auch egal. Er musste seine Arbeit machen. Diesmal würde er strikt nach Vorschrift vorgehen. »Sie fesselt sie mit Handschellen ans Bett und zieht ihnen eine Reinigungstüte über den Kopf. Klingt das vertraut?«

Wenn es überhaupt möglich war, wurde Lucys Gesicht noch weißer, und auch wenn Quinn sich einen Dreck darum scheren wollte, fühlte er sich wie ein echtes Arschloch, weil er ihr noch mehr Angst machte, als sie sowieso schon hatte.

Sie starrte ihn lange an. Dann sagte sie, als hätte sie eine Wahl: »Ich will da nicht reingezogen werden. Das ist doch krank.«

»Zu spät.« Er löste seinen Schlips wieder und deutete auf die Briefe. »Sie hat dich da schon reingezogen. Ich will dir keine Angst machen, aber die Sache ist ernst. Eine Psychopathin hat beschlossen, die Hand nach dir auszustrecken, weil sie sich durch deine Arbeit mit dir verbunden fühlt.«

»Das ist mir klar, aber kannst du nicht einfach die Briefe nehmen und mich da raushalten?«

Er wünschte, das könnte er. Mehr als sie ahnte. Im Normalfall wäre er entzückt, wenn ein Serienmörder endlich redete, und würde jeden Aspekt beleuchten und schon den nächsten Schritt planen. Diesmal nicht.

»Wir können Sie, soweit es geht, aus den Ermittlungen heraushalten«, sagte Kurt, der den »guten« Cop spielte und ihre Hand tätschelte, um ihre Nerven zu beruhigen. »Aber ich glaube nicht, dass die Sache damit erledigt ist. Sie wird wieder Kontakt zu Ihnen aufnehmen. Wirklich schlau von Ihnen, beim Öffnen des dritten Briefs Handschuhe anzuziehen.«

Quinn schob ihr die Umschläge zu. »Sind dir die Poststempel aufgefallen?« Es war eine rhetorische Frage. »Sie hat die Briefe drei bis vier Tage nach jedem Mord aufgegeben.«

»Was bedeutet, ich sollte heute oder morgen wieder einen bekommen.«

»Genau. Ich nehme an, du hast heute noch nicht in deinem Postfach nachgesehen.«

»Nein.«

»Wenn du uns den Schlüssel gibst, können wir das erledigen.«

Sie schüttelte den Kopf und stand auf. »Nein, ich bekomme in dieses Fach wichtige Geschäftspost. Ich fahre selbst.«

»Gerade hast du noch gesagt, du wolltest aus den Ermittlungen rausgehalten werden.« Was unmöglich war. Das wusste sie bloß noch nicht.

»Ich weiß, aber ich kann nicht zulassen, dass irgendwer meine Post durchwühlt.«

Es war leichter, nicht mit ihr zu streiten, und Quinn schob das Beweisaufnahme-Set in seinen Matchbeutel und zog den Reißverschluss zu. »Ich fahr dich hin.«

»Nein, danke.«

»Das war kein Vorschlag, Lucy.« Sie klappte den Mund auf, um zu widersprechen, doch er schnitt ihr das Wort ab. »Ich kann mir natürlich auch einen Durchsuchungsbefehl besorgen und den gesamten Inhalt des Postfachs beschlagnahmen.«

»Aber das wollen wir nicht«, warf Kurt hastig ein, um sie zu besänftigen.

Sie schnappte sich ihre Handtasche von einem Küchenstuhl, und Quinns Blick glitt von ihrem Gesicht über die

Schnürbänder ihrer pinkfarbenen Bluse und die Jeans zu ihren Füßen. Sie trug braune Sandalen mit einer Schlaufe über den großen Zehen. Ihre Fußnägel waren rot lackiert. »Na gut, aber ich fahre«, kapitulierte sie und marschierte zur Hintertür hinaus.

»Vielleicht sollte ich lieber mitfahren«, bot Kurt an. »Sie milde stimmen, damit sie kooperiert. Sie mag dich nicht besonders.«

Quinn hob den Blick zu ihrem Hinterteil. »Sie wird's überleben«, murmelte er und richtete seine Aufmerksamkeit auf den Kollegen.

Kurt sammelte die Beweisstücke ein, die in durchsichtigen Plastiktüten versiegelt waren, und steckte sie in sein Notizbuch. »Was ist zwischen euch beiden vorgefallen, wovon ich nichts weiß?«

»Nicht viel«, log Quinn. Nur er und Lucy wussten, was in seinem Hausflur vorgefallen war, und aus ihm würde Kurt sicher nichts herauskriegen.

»Du schaust sie an, als sei etwas vorgefallen.«

»Ich schaue sie überhaupt nicht irgendwie an.« Quinn schnappte sich das kleine Beweisaufnahme-Set wieder aus dem Matchbeutel. Wider besseres Wissen hoffte er, dass Kurt das Thema auf sich beruhen lassen würde.

»Doch, tust du. Du glotzt sie an, als wärst du am Verhungern und sie ein leckerer Schnittchenteller.« Kurt schüttelte den Kopf. »Nur schade, dass sie dich anschaut, als hättest du ihren fettleibigen Kater plattgetreten.«

Kurt redete gequirlte Scheiße, aber Quinn hatte keine Zeit, hier rumzustehen und sich mit ihm zu streiten. »Vergiss nicht, Fotokopien davon zu machen, bevor wir sie ins

Labor geben. Wir sehen uns im Büro«, brummte er und ging nach draußen, wo Lucy ihren silbernen BMW schon rückwärts aus der kleinen Garage fuhr. Er öffnete die Beifahrertür und ließ sich in die rote Lederpolsterung und die feindselige Atmosphäre sinken.

»Schöner Wagen«, meinte er, als er nach seinem Sicherheitsgurt griff.

»Mir gefällt er.« Sie legte den ersten Gang ein und hinterließ in der engen Gasse fast eine Gummispur.

Er sah erstaunt zu ihr hinüber und ließ seinen Gurt einrasten. »Wo brennt's denn?«

»Du hättest ja nicht mitzukommen brauchen.«

»Da bist du auf dem Holzweg, Sonnenschein.«

Sie hielt am Ende der Gasse und fuhr auf die Straße. »Nenn mich nicht Sonnenschein. Ich heiße Lucy. Für dich Ms. Rothschild.«

Er lachte. »Wie lange wollen Sie noch sauer auf mich sein, Mizz Rothschild?«

»Ich bin nicht sauer.« Sie schaltete in den dritten Gang und schoss mindestens 15 Stundenkilometer schneller als erlaubt die Fifteenth Street entlang. Ein Eichhörnchen flitzte auf die Straße, kam schliddernd zum Stehen und rannte sicherheitshalber zurück auf den Bürgersteig.

»Klar.« Okay, er hatte sie angelogen, aber er hatte keine Wahl gehabt. Okay, er hatte es ein bisschen zu weit getrieben, aber sie hatte sich nicht gerade beschwert. Immerhin war sie gekommen. Im Gegensatz zu ihm. Wenn hier jemand vergrätzt sein sollte, dann ja wohl er. »Schon immer so 'nen Bleifuß, Schumi?«

»Wenn's dir nicht passt, steig aus.« Sie hielt ruckartig an

einer Ampel und katapultierte ihn fast durch die Windschutzscheibe.

Er lächelte und rief sich ins Gedächtnis, dass sein Job mit ihrer Kooperation viel leichter wäre. Er hatte schon den verstocktesten Verbrechern Geständnisse entrungen; da kam er doch wohl auch mit Lucy klar. »Es ist gut, dass du mich wegen der Briefe angerufen hast.«

»Bilde dir bloß nichts ein«, knurrte sie, während sie weiter stur nach vorne starrte. Sie verweigerte ihm den Blickkontakt, doch Quinn fand das in Ordnung, da es ihm die Gelegenheit bot, sie so lange anzusehen, wie er wollte. Kurt hatte Recht. Sie sah wirklich aus wie ein Schnittchenteller. »Ich hab dich nicht angerufen. Ich habe bei jemandem angerufen, der mich zu dir durchgestellt hat.«

»Das spielt keine Rolle.« Er betrachtete in aller Ruhe ihre hohen Wangenknochen, die gerade Nase und den vollen Mund. Schon am ersten Abend hatte er ihren Mund toll gefunden. »Das kommt aufs Gleiche raus. Du wirst mich noch eine ganze Zeit nicht los.«

»Ich Glückspilz.« Sie trommelte mit ihren roten Fingernägeln auf das schwarze Lederlenkrad. »Vermutlich heißt du wirklich Quinn.«

»Ja.« Sein Blick glitt von ihrem Kinn zu ihrem langen weißen Hals. Ihr Hals gefiel ihm. Er roch super und schmeckte noch besser.

»Gibt es wirklich eine Millie?«

»Ja.«

Trommel, trommel, trommel. »Deine Frau? Freundin?«

»Mein Hund.«

Ihr Kopf drehte sich langsam zu ihm, als spielte sie die

Hauptrolle in *Der Exorzist*, und ihre Augen wurden zu Schlitzen. »Dein *Hund*? Ich hatte Mitleid mit dir, weil deine Frau gestorben ist, und Millie war in Wirklichkeit dein *Hund*?«

»Ich hab nur meinen Job getan, Mizz Rothschild.«

»Dein Job ist Scheiße.«

»Manchmal ja.« Die Ampel sprang auf Grün, und sie raste über die Kreuzung.

»Und wer war die Rothaarige auf den Fotos?«

»Welche Fotos?«

»Die auf deinem Kaminsims.«

»Ach, das ist Anita. Sie arbeitet in der Technikabteilung.« Er konnte förmlich sehen, wie sich die Rädchen in ihrem Gehirn drehten. »Die Fotos sind dort platziert worden, damit ich sie für deine verstorbene Frau Millie halte.«

»So ähnlich.« Er betete zu Gott, dass sie nie von den Video- und Tonbandaufnahmen erfuhr. »Hör zu, das tut mir alles sehr leid. Es tut mir leid, dass du da mit reingezogen wurdest. Es tut mir leid, dass ich dich anlügen musste.«

Sie machte ein verächtliches Geräusch. »Wahrscheinlich nicht so leid wie mir.«

»Die anderen haben es nicht so schwer genommen.«

Sie drehte den Kopf blitzschnell zu ihm. »*Andere?* Während du mit mir ausgegangen bist, gab es noch andere? Du hast zu mir gesagt … Arschloch.«

Vielleicht hätte er das lieber für sich behalten sollen. »Schau lieber auf die Straße.«

Sie runzelte die Stirn und sah wieder durch die Windschutzscheibe. »Über wie viele andere sprechen wir?«

»Während ich mit dir ausgegangen bin? Nur ein paar.«

Lucy bremste und fuhr auf einen Parkplatz vor der Post. *Nur ein paar.* Er sagte es, als sei es in Ordnung. Als würde es sie nicht völlig niederschmettern, egal wie sehr sie sich dagegen sträubte.

»In den vergangenen Monaten«, fuhr er fort, während er sich abschnallte, »etwa fünfzehn oder sechzehn.«

Lucy öffnete die Fahrertür und stieg aus. »Fünfzehn oder sechzehn?« Sie kam nicht umhin, sich zu fragen, wie weit er es mit den anderen getrieben hatte. Hatte er sie geküsst, wie er sie geküsst hatte? Hatte er sie gegen die Wand gedrängt und am ganzen Körper angefasst?

Während sie die Treppe hinaufstiegen, hielt er in einer Hand seine Beweisaufnahme-Ausrüstung. »Es war echt anstrengend«, sagte er und hielt ihr die Tür auf wie ein Gentleman.

»Darauf wette ich.« Sie ließ sich keine Sekunde täuschen. Er war kein Gentleman. »Armer Kerl. Du hast fünfzehn oder sechzehn Frauen zum Abendessen ausgeführt und uns alle belogen.«

»Manchen hab ich nur einen Kaffee spendiert und sie nie wiedergesehen.«

Und andere hatte er geküsst, als könnte er nicht genug kriegen. Andere wie sie. Und obwohl sie lieber sterben würde als es zuzugeben, durchfuhr sie beim Gedanken an all die gesichtslosen anderen ein eifersüchtiger Stich.

Sie betraten das alte Postgebäude. Vor den Postfächern legte sie ihre Handtasche auf einen Tisch, der von Kunden zum Paketebeschriften genutzt wurde. Sie würde ihn *nicht* fragen, wie viele er außer ihr noch geküsst und berührt hatte. Und wenn es sie umbrachte. »Und von den fünfzehn oder sechzehn bin ich diejenige, die du am ehesten für eine Serienmörderin gehalten hättest.« Sie öffnete ihre Handtasche und legte ihre Brieftasche auf den Tisch. »Das ist brillante Polizeiarbeit.« Als Nächstes förderte sie ihre Schlagringe und den Elektroschockstift zu Tage und grub noch ein wenig tiefer. Je mehr sie über all die anderen Frauen nachdachte, desto wütender wurde sie. »Ich wusste, dass mit dir etwas nicht stimmte, aber hab ich drauf gehört? Nein. Hab ich nicht. Ich hab sogar Entschuldigungen dafür gefunden, dass du dich in Chatrooms rumtreibst, genauso wie für die echt beschissenen E-Mails, die du mir geschrieben hast.« Endlich zog sie die Spezialschlüssel heraus, die immer ganz unten in ihrer Handtasche landeten. »Die Sache mit dem Funken, der zur Flamme wird, war so schwach. Ich meine, wach auf, Lucy.« Sie schaute auf, und Quinn wich mehrere Schritte zurück. »Was ist?«

»Was hast du da in der Hand?«, fragte er und sah sie an, als hielte sie eine Kobra.

»Den Schlüssel. Was sonst?« Ihr Blick fiel auf ihren Elektroschockstift, und sie lächelte. Ah, das war verlockend. »Hast du Angst, dass ich dir einen Stromschlag verpasse?«

»Nein. Du würdest nicht nah genug an mich rankommen.«

»Mmm hmm.« Sie streckte ihm die Schlüssel entgegen und machte ein leises Peng-Geräusch, als sie sie auf seine Handfläche fallen ließ.

»Witzig. Welches Fach?«

Sie sagte ihm die Nummer und wandte sich ab, um den ganzen Kram wieder in ihre Handtasche zu stopfen.

»Du bist die Einzige, die sich wegen der E-Mails beschwert hat.« Er wiegte sich auf den Fersen. »Den anderen Frauen haben sie gefallen.«

»Die anderen Frauen wollten bloß nett zu dir sein. Glaub mir, ich kenne mich mit hyperbolischem Scheiß aus.«

Er lachte und sagte über seine Schulter: »Das hab ich Kurt auch gesagt, als er die E-Mails schrieb. Obwohl ich mir ziemlich sicher bin, dass ich nicht gesagt hab, sein Scheiß sei ›hyperbolisch‹.«

Er hatte die E-Mails nicht mal selbst geschrieben, auf deren Entschuldigung und Rechtfertigung sie so viel Energie verschwendet hatte. Sie lehnte sich mit der Hüfte an den Tisch und sah zu, wie Quinn an ihr Postfach ging. Aus irgendeinem Grund begann ihre Haut im Nacken und an den Armen zu kribbeln, während sie darauf wartete, dass er es öffnete. Ein Teil von ihr hätte ihn am liebsten davon abgehalten. Sie wollte nicht sehen, was drin war. Das kranke Geschwafel einer Mörderin zu lesen, die Bewunderung für ihre Arbeit bekundete, beschmutzte das, was sie immer geliebt hatte. Gab ihr wider besseres Wissen das Gefühl, irgendwie verantwortlich zu sein. Der Gedanke, einen Krimi über eine Serienmörderin zu schreiben, kam ihr nicht mehr vor wie Fiktion. Die Grenzen zwischen Fakt und Fiktion waren verschwommen, und jetzt war es Wirklichkeit. Sie hatte ihre Arbeit stets geliebt, doch sich an den Schreibtisch zu setzen und zu schreiben, kam ihr nun entsetzlich vor. Doch der Gedanke, nie wieder zu schreiben, verlieh ihrer Furcht noch eine ganz andere Dimension. Sie liebte das Schreiben nicht nur, sondern sie lebte auch davon. Ohne es wäre sie einzig und allein für einen Job in der Fast-Food-Industrie qualifiziert.

Innerhalb von drei Stunden hatte sich ihr ganzes Leben

verändert. Ihre Gefühle waren verletzt, ihr Gehirn von der großen Last wie benommen. Mehr als alles andere fühlte sie sich desorientiert wie nach einer fünftägigen Sauftour. Während sie beobachtete, wie Quinn den Schlüssel ins Schloss steckte, kribbelten ihre Hände, und ihre Finger wurden kalt. Sie wollte nicht hinsehen, doch sie konnte auch nicht wegschauen. Das Türchen schwang auf, und Lucys Herz hämmerte, als wollte es aus ihrer Brust springen.

Das Fach war leer. Nicht mal ein Werbeprospekt. Lucy stieß einen erleichterten Seufzer aus. Sie könnte das nicht jeden Tag mitmachen, aber sie hatte wohl keine Wahl. Vielleicht würde die Psychopathin ja auch nichts mehr von sich hören lassen. Vielleicht könnte sie einfach ihr Leben weiterleben.

Quinn verschloss das Postfach wieder und kam mit seinem typischen entschlossenen Gang auf sie zu. Mit finsterer Miene gab er ihr den Schlüssel zurück. »Wirst du etwa ohnmächtig?«

Er hob die Hand, als wollte er sie berühren, doch sie wich einen Schritt zurück. »Mir geht's gut.«

Er ließ die Hand wieder sinken, doch die finstere Miene blieb. »Wir sehen morgen wieder nach.«

Wortlos nahm Lucy den Schlüsselring entgegen und ließ ihn in ihre Handtasche plumpsen. *Morgen.* Sie wollte ihn morgen nicht wiedersehen. Genauso wenig wollte sie wieder mit Herzrasen in der Post stehen.

Gemeinsam verließen sie das Gebäude. Ihre Schultern waren nur Zentimeter voneinander entfernt, als sie die Treppe hinabstiegen, doch Lucy fühlte sich so allein, als würden Meilen sie trennen.

Auf der Rückfahrt zu ihr nach Hause schwiegen sie. In der vergangenen Woche hatte Lucy sich in einen Mann verliebt, der sie nicht liebte und nur mit ihr ausgegangen war, weil er sie für eine Serienmörderin hielt. Als wäre das nicht schon verrückt genug, war sie von der wahren Mörderin kontaktiert worden, die behauptete, Lucy hätte ihr alles beigebracht, was sie übers Morden wusste. Die Polizei glaubte, dass Lucy die Mörderin kannte oder sie wenigstens schon einmal getroffen hatte. Lucy hatte das Gefühl, dass das stimmte. Sie hatte sich stets für einen starken Menschen gehalten, doch mit jeder Stunde, die verging, während ihr Teile dieser Briefe durch den Kopf schwirrten und sie die ganze Tragweite der Geschehnisse begriff, fiel es ihr schwerer, sich zusammenzureißen. Sie befürchtete, geradewegs auf einen Nervenzusammenbruch zuzusteuern, und wünschte, sie hätte etwas, woran sie sich festklammern konnte, bevor es so weit war. Jemanden, der sie fest in die Arme nahm und ihr ein Gefühl der Geborgenheit gab. Jemanden, der ihr sagen würde, dass alles wieder gut würde, auch wenn es eine Lüge war.

Doch da war niemand. Und ganz bestimmt nicht Quinn. Er war der Letzte, der ihr das Gefühl von Geborgenheit vermitteln konnte, und der Letzte, der die Leere ausfüllen konnte, die er höchstpersönlich verursacht hatte.

Lucy fuhr den Wagen in die Garage, und Quinn folgte ihr ins Haus. »Wir sehen morgen wieder nach«, sagte er, als er nach seinem Matchbeutel griff.

Sie wollte nicht noch einmal zur Post fahren. Sie wollte nicht rumstehen, zusehen und abwarten. Sie lief zum Küchenfenster und schaute hinaus auf Mrs. Rileys falsche Tulpen. Einige davon waren blau. Sie erinnerte sich nicht, je blaue Tulpen gesehen zu haben, doch wer war sie schon, die Realität eines anderen in Frage zu stellen, wo sie selbst das Gefühl hatte, den Verstand zu verlieren? »Was passiert jetzt?«, fragte sie, obwohl sie genug Bücher geschrieben hatte, um eine sehr gute Vorstellung davon zu haben. Sie wusste, dass die Polizei sie als Verbindung zu der Serienmörderin sah. Diese Ironie entging ihr nicht.

»Die Briefe werden im Labor auf Fingerabdrücke und DNA-Spuren analysiert. Kurt und ich werden jedes Wort genauestens studieren und nach Anhaltspunkten oder Verbindungen suchen, die uns in die richtige Richtung weisen können. Ich glaube, diese Briefe werden uns helfen, sie zu finden.« Lucy hörte, wie er durchs Zimmer ging, und spürte, dass er direkt hinter ihr stehen blieb. »Hast du noch meine Handynummer und die von zuhause?«

»Wahrscheinlich ja. Irgendwo.«

»Rufst du mich an, wenn du irgendwas brauchst?«

»Ich brauch nichts. Mir geht's gut.«

»Du siehst aber nicht gut aus.«

»Danke.« Sie lachte ironisch und schaute auf ihre weißen Hände, mit denen sie sich am Thekenrand festklammerte.

»Ich meinte damit nur, dass du ziemlich mitgenommen aussiehst. Diese Briefe würden jeden mitnehmen.«

»Glaubst du wirklich, dass sie wieder schreiben wird?«, fragte Lucy und betete, dass er nein sagen würde.

»Ja. Es wäre vielleicht besser, wenn du mir den Schlüssel gibst und ich zu deinem Postfach fahre. Du musst die Briefe nicht mal sehen. Denk drüber nach.«

Lucy hatte sich stets für so mutig gehalten. So clever.

Doch im Moment wusste sie gar nicht mehr, was sie war. Sie wusste nur, dass ihr Leben ihr irgendwie entglitt.

»Okay.« Sie trug die Handtasche immer noch auf der Schulter. Sie griff hinein und zog den Postfachschlüssel heraus. Dann löste sie ihn vom Ring und drehte sich zu ihm um. »Kannst du mir einen Gefallen tun? Bringst du mir die normale Post vorbei?«

»Klar.«

Sie legte den Schlüssel auf seine flache Hand, und er fasste zu und hielt ihre Finger in seinem warmen Griff. Sie schaute auf in sein Gesicht. Sein Blick berührte ihre Stirn und ihre Wangen und landete auf ihrem Mund. Er sah sie wieder so an wie vorher. Diesmal wusste sie, dass das Verlangen, das sie dort zu sehen glaubte, nur Illusion war.

Sie zog ihre Hand weg, bevor sie der Illusion erlag und in etwas sank, das größer und stärker war als sie. »Glaubst du, sie weiß, wo ich wohne?«

Er hob den Blick wieder, und seine braunen Augen schauten in ihre. »Deine Telefonnummer ist nicht verzeichnet und im Internet gibt es nicht genügend Informationen über dich, um jemanden direkt zu deiner Haustür zu führen. Da sie die Briefe an dein Postfach geschickt hat statt an deine Privatadresse, vermute ich mal, nein.« Er steckte den Schlüssel in die Hosentasche. »Aber ich werde es nicht riskieren, dich in Lebensgefahr zu bringen.«

Das klang fast so, als wäre sie ihm wichtig. Sie verschränkte die Arme unter der Brust und sah auf ihre Sandalen hinab. Auch Lucy würde lieber kein Risiko eingehen, aber sie war sich nicht sicher, warum sie ihm plötzlich wichtig war. Ja klar, sie war jetzt nützlich für seinen Fall.

»Wir verstärken die Polizeistreifen in der Gegend, und ich komme so oft wie möglich vorbei. Wir können bei dir ein Überwachungssystem und eine Sicherheitsbeleuchtung installieren. Ich hab ein paar Kollegen, die nebenbei beim Sicherheitsdienst jobben. Die können bei dir bleiben, wenn du möchtest.«

Sie schüttelte den Kopf, und ihr Blick glitt von ihren Sandalen zu den Spitzen seiner braunen Halbschuhe. Sie hatte genug Familie und Freunde in der Gegend und brauchte keine fremden Aufpasser im Haus.

Er hob mit den Fingerspitzen ihr Kinn, um ihr in die Augen sehen zu können. Seine leichte Berührung durchströmte sie und verbreitete Wärme über ihren Hals bis zu ihrer Brust. Wieder musste sie gegen das Bedürfnis ankämpfen, sich an ihn zu lehnen und sich an etwas Sicherem festzuhalten, in einem Leben, das mehr und mehr aus den Fugen geriet.

»Sag mir, was du willst.«

So vieles. Nichts davon konnte er ihr geben. Außer: »Die Sicherheitsbeleuchtung klingt gut.«

»Ich werde das sofort veranlassen. Sie fangen gleich morgen damit an.« Er ließ die Hand wieder sinken. »Was ist mit heute?«

»Ich übernachte bei meiner Mutter. Und morgen kommt eine Freundin zu mir.«

»Eine von den Schriftstellerinnen?«

»Ja.« Er hatte es sich gemerkt. Vor ein paar Tagen hätte sie noch geglaubt, dass es etwas zu bedeuten hatte. Jetzt wusste sie es besser.

»Wir kriegen sie, Lucy. Ich versprech's, aber bis dahin geh nach Möglichkeit nirgendwo allein hin.«

Sie hätte ihn gern gefragt, wann die ganze Sache seiner Meinung nach vorbei wäre, doch sie wusste, dass er das nicht beantworten konnte.

»Halt den Elektroschockstift und das Pfefferspray griffbereit.« Er zog einen Mundwinkel hoch und lächelte fast.

Erst viel später, als sie in ihrem alten Zimmer im Haus ihrer Mutter im Bett lag, wunderte sie sich, woher Quinn wusste, dass sie Pfefferspray bei sich trug.

12. Kapitel

WAZCOOKIN: SUCHT MUSKELMANN …

»Oh mein Gott!«

»Lucy, komm und sieh dir das an.«

»Was denn?« Lucy schob die Glaskanne unter die Eisteemaschine und ging zur Hintertür. Sie reckte sich hinter ihren Freundinnen auf die Zehenspitzen, die sich in die Tür gezwängt hatten, um den Elektriker in ihrem Garten zu begaffen.

»Nicht jeder sieht in Carhartt-Arbeitshosen so gut aus«, schwärmte Maddie, die mit dem Gesicht förmlich an der Scheibe klebte.

Der fragliche Mann beugte sich gerade vor und zog etwas von der Ladefläche seines Lieferwagens. Seine braune Carhartt-Arbeitshose saß wie angegossen an seinem strammen Hintern. Sein Name war Randy, und Quinn hatte ihn an diesem Vormittag zu Lucy geschickt.

»Er muss spezielle Po-Übungen machen«, spekulierte Adele.

»Kniebeugen mit Gewichten«, fügte Clare hinzu. »Ich wünschte, er würde sich mal bücken.«

Maddie nickte. »Ja, vielleicht verlier ich im Vorbeigehen einen Dollar und sehe, ob er ihn aufhebt.«

Lucy stellte sich wieder normal hin. »Ihr seid doch alle

pervers.« Vollkommen synchron drehten sie sich um, und drei Augenpaare starrten sie an, als wäre ihr mitten auf der Stirn ein Horn gewachsen. Lucy hob abwehrend die Hände und wich zurück. »Ich sage ja nur, er ist jung.«

»Na und?«

Meine Güte, sie klang schon wie Quinn. »Ich weiß nicht.« Sie legte verwirrt die Hand an die Wange und schüttelte den Kopf. »Ich glaube, ich verliere noch den Verstand.« Sie wandte sich ab und ging zurück in die Küche. Trotz allem sah sie sich immer noch am liebsten Quinns Hintern an. Ja, sie verlor echt den Verstand.

Ihre Freundinnen folgten ihr besorgt. »Du stehst unter großem Druck.« Clare griff in den Schrank und holte vier Gläser heraus. »Und wir sind eigentlich hier, um dir zu helfen, und nicht, um den Handwerker anzustarren.«

Adele füllte Eiswürfel in die Gläser, und die vier Freundinnen setzten sich mit einem Krug Tee an den Küchentisch und diskutierten Lucys Problem. Am Abend zuvor hatte Lucy bei ihrer Mutter übernachtet. Das würde nicht das letzte Mal sein, bevor der Albtraum vorbei war. Doch bei ihrer Mom fühlte sie sich immer wie ein Kind, deshalb wollte sie dort nicht dauerhaft bleiben.

»Ich hasse es einfach, Angst zu haben«, sagte sie und führte ihr Teeglas zum Mund. Sie trank einen Schluck und fügte hinzu: »Ich hab mich immer für einen starken Menschen gehalten. Jemanden, der in jeder Situation auf sich aufpassen kann.« Sie stellte das Glas auf dem Tisch ab. »Jemand, der sinkenden Schiffen und Haiattacken furchtlos die Stirn bietet, aber diese Psychopathin macht mir Angst.« Sie schüttelte den Kopf, während draußen ein Elektrowerkzeug surrte.

»Und gleichzeitig weiß ich gar nicht, ob ich überhaupt Angst haben *sollte*. Schließlich bin ich nicht direkt bedroht worden, und diese Frau ermordet Männer. Keine Krimiautorinnen.«

»Trotzdem.« Maddie schob ihr Glas beiseite und legte die Unterarme auf den Tisch. »Eine Serienmörderin hat dich kontaktiert, und das musst du sehr ernst nehmen.« Maddie wusste, wovon sie redete. Sie sprach ständig mit Serienmördern.

»Ich nehm es ja auch ernst. Ich frage mich nur, ob ich paranoid bin«, antwortete Lucy.

»Nicht alles ist eine paranoide Wahnvorstellung.« Adele rührte mit dem Finger in ihren Eiswürfeln. »Manchmal passieren auch irrsinnige Dinge.«

»Was hat Dwayne denn jetzt wieder auf deiner Veranda deponiert?«, fragte Clare interessiert.

»Einen Socken und meinen ›Liebe ist‹-Kaffeebecher.«

»Was für ein Psycho!«

»Das ist echt gruselig.«

»Du hast einen ›Liebe ist‹-Kaffeebecher?«

Als der Teekrug leer war, hatten die vier Frauen beschlossen, dass Lucy entweder abwechselnd bei ihnen übernachtete oder sie ihr zu Hause Gesellschaft leisten würden. Auch wenn sie ihr versicherten, dass das keine Belastung sei, wusste Lucy genau, dass es eine war. Sie hoffte nur, dass Quinn Breathless so schnell wie möglich schnappte.

Adele stand vom Tisch auf und schnappte sich den leeren Krug. »Ich geh freiwillig«, trällerte sie und schlenderte zur Spüle. Als sie an der Hintertür vorbeikam, schaute sie nach draußen. Sie blieb abrupt stehen und trat ein paar Schritte zurück. »Mein lieber Schollie!«

»Was macht Randy denn jetzt wieder?«, fragte Lucy entnervt.

»Es ist nicht Randy. Ein Neuer ist zum Spielen rausgekommen.«

Clare erhob sich und stellte sich neben Adele. »Na, das nenn ich einen Prachtkerl.«

Lucy und Maddie standen auf und gesellten sich dazu. »Das ist ein Cop«, sagte Maddie. »Ich seh's an seiner Wölbung.«

»Du kannst seine Wölbung erkennen? Von hier aus? Du bist echt gut.«

»Seine Kanone. Man kann den Umriss seines Dienstrevolvers unter der Anzugjacke sehen.«

Lucy brauchte ihren Blick nicht von Quinns Gesicht nach unten gleiten zu lassen, um alles über seine Wölbungen zu wissen, ob nun vom Revolver oder sonstwie. Er stand neben Randy, unterhielt sich mit ihm und deutete auf den Dachvorsprung. Er trug einen schokoladenbraunen Anzug und ein beigefarbenes Hemd. Eine leichte Brise wirbelte sein Haar durcheinander, und dunkle Brillengläser verdeckten seine Augen. »Das ist Quinn.«

»Hardluvnman?«

»Ja.«

»Wow.« Clare schüttelte ungläubig den Kopf. »Ich meine, was für ein Arsch.«

Quinn ließ die Hand sinken und lief schnurstracks auf Lucys Hintertür zu. Er klopfte zweimal und öffnete sie, ohne auf eine Antwort zu warten. Beim Anblick der vier Frauen blieb er wie angewurzelt stehen und griff nach seiner Sonnenbrille. »Ach, hallo«, sagte er, und Lucy konnte praktisch hören, wie ihre Freundinnen dahinschmolzen. Vielleicht war es auch sie selbst. Quinn steckte die Brille in die Innentasche seiner Jacke. »Sie müssen Lucys Schriftsteller-Freundinnen sein. Ich habe in ihrem Arbeitszimmer Bilder von Ihnen gesehen.«

Lucy stellte ihm ihre Freundinnen vor, die es ziemlich gut hinbekamen, dem Mann gegenüber kühl zu bleiben, der sie angelogen hatte – bis er den Kopf senkte und Lucy in die Augen schaute. »Wie fühlst du dich, Sonnenschein?«

Sonnenschein? Sie war sich ziemlich sicher, dass sie ihm verboten hatte, sie Sonnenschein zu nennen. »Ganz gut.«

»Ich bring dir deine Post.« Er griff in seine Anzugjacke und zog einen Restaurant-Prospekt hervor.

»Das ist alles?«

»Ja.« Er legte den Kopf schief und fixierte sie weiter mit seinen braunen Augen. »Ich muss mit dir reden.«

Er meinte, allein. Sie ging zur Hintertür hinaus, und er folgte ihr. Im Schatten einer alten Eiche sagte er: »Auf den Breathless-Briefen waren keine Fingerabdrücke.« Ein Ast über ihren Köpfen warf einen Schatten auf seine obere Gesichtshälfte. »Die Umschläge werden jetzt auf DNA-Spuren untersucht. Wir haben es dringend gemacht, aber ich rechne erst in ein paar Tagen mit den Ergebnissen. Wenn wir Glück haben.«

Das war schrecklich enttäuschend, aber Polizeiarbeit war nie so unkompliziert wie in Romanen oder Fernsehfilmen.

»Wie fühlst du dich wirklich?«

Verängstigt. Verwirrt. Geschockt. »Mir geht's wirklich gut. Meine Freundinnen werden abwechselnd bei mir Babysitter spielen.«

Sein Blick glitt über ihr Gesicht und blieb an ihrem Mund hängen. Eine leichte Brise blies Haarsträhnen über ihre Lippen, und Quinn hob die Hand, als wollte er sie ihr hinters Ohr streichen. Lucy presste ihren Rücken gegen die unebene Rinde und wartete auf seine Berührung.

Er runzelte die Stirn und trat einen Schritt zurück. »Ruf mich an, wenn du was brauchst«, sagte er, wandte sich ab und ging.

In den nächsten drei Tagen kontrollierte Quinn wieder Lucys Postfach, fand darin jedoch nichts als Werbeprospekte. Wie versprochen lieferte er sie bei ihr ab, und mit jedem Tag, der verging, kam sie ihm ein wenig nervöser vor. Sie versuchte, es zu verbergen, aber es war offensichtlich, dass der Stress ihr zusetzte. Er sah es in ihren Augen, und er hatte Angst, dass sie zusammenbrach, bevor es vorbei war. Er fürchtete, nichts anderes tun zu können, als tatenlos zuzusehen. Schließlich hatte sie an ihren Gefühlen für ihn keinerlei Zweifel gelassen. Die wenigen Male, als er die Hand nach ihr ausgestreckt hatte, war sie zurückgewichen, als könnte sie seine Berührung nicht ertragen.

Seit dem Vorfall in ihrem Garten, als sie versucht hatte, sich gegen einen Baum zu pressen, um seiner Berührung zu entgehen, hatte er die Hände lieber bei sich behalten. Die Leerung des Postfachs sollte er besser Kurt überlassen. Ja, sollte er wohl, aber würde er nicht. Vielleicht wollte Lucy ihn nicht jeden Tag sehen, aber er wollte sie sehen. Warum, konnte er nicht erklären, nicht mal sich selbst. Es war mehr als Lust, obwohl er auch massenhaft davon verspürte. Er fühlte sich durch Dinge von ihr angezogen, die nichts mit Sex zu tun hatten, dafür alles mit ihr. Gefährliche Dinge, die ihn an mehr denken ließen als nur seine Karriere und einen Hund, der ihm Gesellschaft leisten sollte. Und dieses Denken hatte ihm nie etwas anderes eingebracht als großen Schmerz.

Sergeant Mitchell und die anderen Detectives hatten Methoden diskutiert, wie man Lucy benutzen konnte, um Breathless aus der Reserve zu locken, und dabei an einen auf Video aufgezeichneten öffentlichen Auftritt gedacht. Quinn hatte die Idee überhaupt nicht gefallen. Trotzdem hatte er sie Lucy gestern dargelegt, als er bei ihr vorbeigefahren war, um ihr die neuesten Werbeprospekte zu überreichen. Ihre kategorische Absage war eine Erleichterung gewesen.

Das Einzige, was er jetzt für Lucy tun konnte, war, die Serienmörderin zu schnappen. Es war Samstag kurz nach neun, und er war ins Büro gefahren, um genau das zu tun.

Er und Kurt hatten bereits die Hälfte der Peacock-Society-Vorsitzenden befragt, und er hatte gerade von den Ortsgruppen-Vorsitzenden die letzten fünf Mitgliederverzeichnisse erhalten. Leider hatten nicht alle die Mitgliederprofile mitgeschickt. Deshalb musste er dort anrufen und ein zweites Mal darum bitten. Während er wartete, verglich er die Namen mit denen der Krimifrauen. Keine der Peacock-Damen gehörte zu der Krimi-Autorinnengruppe, doch einige der Peacock-Ortsgruppen hielten ihre Treffen in Buchläden im ganzen Tal ab. Er hatte das Gefühl, dass Breathless auf einer der Listen stand. Quinn beugte sich auf seinem Schreibtischstuhl vor und legte das Mitgliederverzeichnis der Krimifrauen ganz oben auf einen Stapel Schreibarbeit. Er las sich alle fünfunddreißig Namen durch. Sie war dabei; er fühlte es.

Er griff nach den aktuellen Laborberichten und studierte

sie noch einmal. Da gab es nicht viel gute Neuigkeiten. Abgesehen von den zwei brauchbaren Abdrücken, die sie vom ledernen Beifahrersitz in Robert Pattersons Lieferwagen genommen hatten, gab es keine sicheren Beweise. Am linken Rand des Sitzes, wo man sich instinktiv festhielt, hatten sie den Abdruck von einer Handfläche und vier Fingern gefunden. Die Abdrücke ließen sich niemandem aus Roberts Familie oder Freundeskreis und auch nicht dem Opfer selbst zuordnen. Zu den Abdrücken aus dem Hotelzimmer passten sie auch nicht, was Quinn nicht überraschte. Wie befürchtet, hatte es in diesem Zimmer nur so von Fingerabdrücken und DNA gewimmelt, und er bezweifelte, dass sich irgendwas davon als brauchbar erweisen würde.

Er hielt eine Kopie der Fingerabdruckkarte hoch und betrachtete die hübschen Rippen des Kleinfingerballens und die zeltförmigen Bögen und Windungen aller vier Finger. INDENT hatte die Abdrücke bei AFIS, dem Automatischen Fingerabdruckidentifizierungssystem, eingegeben, aber leider keinen Treffer gelandet. Doch genau wie bei der Namensliste wusste Quinn aus dem Bauch heraus, dass er die Hand einer Serienmörderin betrachtete.

Sein Handy, das an seinem Gürtel hing, klingelte, und er ging ran, ohne auf die Anrufernummer zu achten. »Detective McIntyre.«

»Quinn. Er ist hier.«

Er richtete sich ruckartig auf und ließ die Kopie der Abdrücke auf den Schreibtisch fallen. »Lucy?«

»Ja.« Es folgte eine Pause, als könnte sie nur mit Mühe schlucken. »Er ist hier.«

»Wer?«

»Der Brief. Er ist zu mir nach Hause gekommen. Sie weiß, wo ich wohne.«

Scheiße. »Hast du ihn aufgemacht?« Er sammelte die Papiere auf seinem Schreibtisch zusammen und schob sie in sein Notizbuch.

»Nein.« Ein Schluchzen brach aus ihrer Kehle.

»Du bist doch nicht allein im Haus, oder?«

»Doch. Adele hat hier übernachtet, aber sie musste weg. Ich dachte, ich käme allein klar. Es ist helllichter Tag und ich dachte …«

»Sind deine Fenster und Türen verschlossen?« Er schnappte sich Notizbuch und Laptop und lief zur Tür.

»Ja.«

»Ich bin schon unterwegs.« Er eilte zur Haustür hinaus und steuerte auf seinen Zivilwagen zu. »Ich bin in zehn Minuten da.«

»Die Fahrt dauert fünfundzwanzig Minuten.«

Er schloss die Wagentür auf und legte Laptop und Notizbuch neben ein Dutzend rosafarbener Rosen auf den Sitz. »Für mich nicht.« Für sie wahrscheinlich auch nicht.

Quinn legte auf und rief Sergeant Mitchell und Kurt auf dem Handy an. Keiner ging ran. Statt eine Nachricht zu hinterlassen, beschloss er, noch einmal anzurufen, wenn er mehr Informationen hatte. Breathless hatte den Brief an Lucys Privatadresse geschickt, und das änderte alles.

Er brauchte fünfzehn Minuten. Er parkte den Wagen am Straßenrand und schnappte sich seinen Beweisaufnahme-Matchbeutel aus dem Kofferraum. Den Matchbeutel in einer, Laptop und Akten in der anderen Hand, rannte er zum Haus. Während er immer zwei Treppenstufen auf einmal nahm, öffnete sich die Tür. Er blieb auf der Veranda stehen und sah sie in ihrem dunklen Haus, in dem Gardinen und Jalousien vor der Sonne zugezogen waren. Der weiße Pyjama, den sie trug, war über und über mit roten Lippen bedruckt und bildete einen starken Kontrast zu den grauen Schatten. Ein Schluchzen drang durch die Hand, die sie sich vor den Mund presste, und – schwupp – lag sie in seinen Armen. Er wusste nicht so recht, wie das passiert war. Vor einer Sekunde hatte er noch auf der Veranda gestanden und darauf gewartet, von ihr hereingebeten zu werden, und in der nächsten war er drin, die Tür hinter ihm geschlossen und der Matchbeutel zu seinen Füßen.

Sie vergrub das Gesicht an seinem Hals. »Ich dachte, ich käme damit klar«, weinte sie und klammerte sich an sein schwarzes Polohemd.

»Schscht. Jetzt ist alles gut.« Er streichelte ihr über den Rücken und zerknitterte dabei ihr Flanelloberteil. »Ich bin jetzt hier. Ich kümmere mich darum.« Er drückte ihr einen Kuss auf die Schläfe, während seine Hand zu ihren Schultern strich. »Keine Sorge. Ich kümmere mich um alles.« Unter dem weichen Pyjamastoff spürte er keine BH-Träger. Er versuchte, nicht darüber nachzudenken.

»Ich dachte immer, ich könnte alles bewältigen.« Sie schüttelte fassungslos den Kopf und klammerte sich fester an sein Hemd, so, als wollte sie in ihn kriechen. »Ich dachte immer, ich gehörte zu den furchtlosen Menschen, die einen Tsunami überleben und einem Bär davonlaufen können. Zu den Schlauen, die ins Rettungsboot springen und nicht mit dem Schiff untergehen. Aber ich hab solche Angst, dass ich kaum klar denken kann.«

Er lächelte in ihr Haar. »Schätzchen, niemand rennt schneller als ein Bär.«

»Ich weiß, aber ich dachte immer, wenn ich müsste, könnte ich es. Ich hab mich für so clever gehalten, für so stark, aber diese Sache hat mich total aus der Bahn geworfen. Ich bin nicht mutig oder stark oder Herrin der Lage.«

Sein Blick fiel auf den grellweißen Briefumschlag, der auf dem Couchtisch lag. Später wäre noch massenhaft Zeit, sich damit zu befassen. »Ich helfe dir.«

»Wie denn?«

Ja, wie? Er zog sich so weit zurück, dass er ihr ins Gesicht sehen konnte. Dunkle Ringe verunstalteten die Haut unter ihren Augen, und sie war sehr blass. »Wann hast du zum letzten Mal was gegessen?«

»Gestern Abend. Adele ist bei mir geblieben, und wir haben uns was kommen lassen.«

Er wischte Lucy mit dem Daumen eine Träne von der Wange. »Ich meine eine richtige Mahlzeit.«

Sie runzelte nachdenklich die Stirn, und er musste gegen das Bedürfnis ankämpfen, einen Kuss darauf zu drücken. »Richtig selbst gekocht?«

»Ja.«

»Am Mittwoch. Maddie hat Lasagne gemacht, aber ich hatte keinen Appetit.«

»Du wirst noch krank.« Er legte Laptop und Akten auf den Tisch, nahm sie bei der Hand und zog sie in die Küche. Auf dem Weg zum Kühlschrank knipste er den Lichtschalter an. Er ließ ihre Hand los, öffnete die Tür und entdeckte mehrere alte Lieferservice-Schachteln und eine halbe Packung Hühnchen-Salat, der aussah wie mit Unkraut und Blumen verziert.

Außerdem fand er zwei Liter Milch, drei Rinderwürstchen und ein großes Stück Cheddar-Käse. »Du hast nicht viel da.«

»Außer gestern Abend war ich auch nicht viel hier. Nur tagsüber ein paar Stunden, um ein bisschen zu schreiben und auf dich mit der Post zu warten.«

Er schloss die Kühlschranktür und öffnete ein paar Schränke. »Deine Freundin hätte dich heute nicht allein lassen dürfen.«

»Adele ist Schriftstellerin und sehr beschäftigt. Alle meine Freundinnen müssen dringende Abgabetermine einhalten und können nicht rund um die Uhr bei mir sein.«

Sein Blick schweifte über Suppen- und Gemüsedosen, Olivengläser und zwei Packungen Käsemakkaroni. »Du hättest mich anrufen sollen.« Er zog die Käsemakkaroni heraus und wandte sich ihr zu.

Sie zuckte mit den Achseln und antwortete nicht. Das brauchte sie wohl auch nicht. Sie wussten beide, warum sie ihn nicht angerufen hatte. »Willst du etwa kochen?«

»Klar. Ich koche dir ein Gericht, das meine Mom mir früher immer gemacht hat, wenn ich krank war und nicht zur Schule konnte. Wo sind deine Töpfe und Pfannen?«

Die Sohlen ihrer Hausschuhe machten ein leises Rutschgeräusch, als sie über den Fliesenboden lief. Sie ging zum Schrank neben dem Herd und beugte sich vor, sodass Quinns Blick zwangsläufig auf die roten Lippen auf ihrem Hintern fiel. Er fragte sich, was sie tun würde, wenn er sie packen und überall küssen würde, wo die Lippen aufgedruckt waren.

»Das sollte gehen«, murmelte sie, als sie sich mit einem Topf in der Hand wieder aufrichtete. Sie kam auf ihn zu, und sein Blick senkte sich auf die aufgedruckten Lippen auf ihren Brusttaschen. Er dankte Gott, dass sie keine Gedanken lesen konnte, sonst hätte sie wahrscheinlich versucht, ihm eine zu scheuern wie an dem Morgen, als er ihr gebeichtet hatte, dass er kein Klempner war.

Sie reichte ihm den Topf, und er füllte ihn mit Wasser. »Weenie Mac and Cheese ist genau das, was du brauchst.« Er riss den Deckel von der blauen Schachtel und warf die Nudeln ins Wasser. »Gutes, altmodisches Trostessen.«

Während die Nudeln kochten, rieb er den Cheddar und schnitt die Würstchen klein. Sie stand mit der Hüfte an die Theke gelehnt daneben, die Arme unter den Brüsten verschränkt. Um die Wartezeit zu überbrücken und Lucy von dem Brief im Wohnzimmer abzulenken, erzählte Quinn ihr von dem Deluca-Fall. Gestern war Mr. Deluca wegen Mordes an seiner Frau und ihren drei Kindern verurteilt worden, und Quinn schilderte ihr den Fall und die Beweise, die ihm die Todesstrafe eingebrockt hatten.

»Ich erinnere mich noch an den Fall«, sagte Lucy, die zusah, wie er die Makkaroni abgoss. »Und an die Gesichter der kleinen Kinder in der Zeitung.«

Während Quinn die Käsesauce mischte, den Cheddar und die Würstchen in den Topf warf und den Herd auf »Niedrig« stellte, deckte Lucy den Tisch und goss Milch in zwei Gläser. »Normalerweise wird das noch mit Käse und kleinen Croutons überbacken«, erklärte er, während er zwei Teller füllte, »aber du siehst zu hungrig aus, um so lange zu warten.«

»Vielleicht hab ich doch mehr Hunger, als ich dachte«, gestand Lucy, als er ihr den Stuhl hinhielt. Er nahm ihr gegenüber Platz, und sie aßen schweigend.

Lucy griff nach ihrem Glas Milch. »Das ist besser, als ich dachte.«

Quinn spießte mit der Gabel ein paar Nudeln und ein Stück Wurst auf. »Hast du etwa noch nie Weenie Mac gegessen? Das war ein Hauptnahrungsmittel im Haus McIntyre.«

Als Lucy das Glas absetzte, zierte ein weißes Milchbärtchen ihre Oberlippe. Sie schüttelte den Kopf und leckte es mit ihrer rosafarbenen Zungenspitze ab. »Bei uns zu Hause habe ich meist gekocht. Meine Mutter musste oft lange arbeiten, deshalb hab ich das Abendessen für mich und meinen Bruder gemacht. Dadurch bin ich zu einer echt guten Köchin geworden.«

Quinn erinnerte sich lebhaft an die Schokoladentorte, die sie für ihn gebacken hatte, und an ihre Behauptung, Schokolade sei besser als Sex. Zugegeben, die Torte war toll gewesen, aber so toll nun auch wieder nicht.

Sie gähnte hinter ihrer Hand, bis ihre Augen tränten.

»Langweile ich dich?«, fragte er.

Sie schüttelte den Kopf. »Ich bin nur müde.«

»Kannst du nicht schlafen?«

»Es ist eher so, dass ich lange aufbleibe und versuche zu arbeiten. In vier Wochen muss ich ein Buch abgeben und habe noch kein Wort geschrieben, seit ich diese Briefe gefunden habe. Der Abgabestress lässt mich auch nicht gerade besser schlafen. Ich sehe unmöglich aus.«

Das stimmte allerdings. Ihre Haare könnten mal wieder eine Bürste vertragen, doch das hielt ihn nicht davon ab, sie zu begehren. Aufgebrezelt oder angeschmuddelt, ihm war es egal. »Warum machst du nicht ein Nickerchen? Ich kann hier ein bisschen arbeiten, während du schläfst.« Sie wussten beide, welche Arbeit er meinte, doch keiner von ihnen wollte jetzt schon darüber reden.

»Ich glaube nicht, dass ich schlafen kann, aber ich wüsste es zu schätzen, wenn du hierbleibst, während ich schnell mal in die Dusche springe.«

Quinn stellte sie sich nackt, nass und von Kopf bis Fuß eingeseift vor. »Kein Problem«, murmelte er, während er seinen Teller nahm und damit zur Spüle ging. Es fiel ihm nicht schwer, sie sich nackt vorzustellen. Er wusste, wie sie aussah. Schließlich hatte er sie mit bloßem Oberkörper gesehen, und dieser Anblick hatte seine Welt durcheinandergewirbelt. Sie auf den Kopf gestellt, bis er seinen verdammten Verstand verloren hatte.

Quinn spülte das Geschirr vor und Lucy räumte es in die Maschine. Die späte Morgensonne flutete goldenes Licht auf Lucys Haar. Es fiel auf ihre Wimpern und strömte über ihre Wangen auf ihre leicht geöffneten Lippen. Mit Amanda hatte er zwar zusammengelebt und den Rest seines Lebens verbringen wollen, doch er erinnerte sich nicht, je gemeinsam mit ihr den Abwasch erledigt zu haben.

Er reichte Lucy einen nassen Teller, und ein Wassertropfen glitt über ihre Hand unter den langen Ärmel ihres Pyjamas. Erst als die Spülmaschine fertig eingeräumt war, schnitt er das Thema an, das sie beide gemieden hatten.

»Willst du wissen, was in dem Brief steht?«, fragte er, während er sich die Hände mit einem Geschirrtuch abtrocknete.

»Ich weiß nicht so recht.« Sie schnappte sich das andere Ende und rieb sich ebenfalls die Hände trocken. »Einerseits ja, aus reiner Neugier. Aber ich weiß, dass ich es danach bereuen werde. Deshalb, nein.« Ihre Finger streiften seine, und zwischen ihren Augenbrauen erschien eine Falte, als wäre sie über etwas verwirrt. »Danke für das Essen.«

»Gern geschehen.«

»Und äh … wenn Schnucki dich anmiaut, gib ihm kein Futter. Er ist auf Diät.« Sie lief durch die Küche zur Tür, die zu den Schlafzimmern führte. »Und wenn du weg musst –«

»Ich gehe nicht weg.«

Sie sah ihn ein letztes Mal an und verschwand.

Quinn warf das Handtuch auf die Theke und ging ins Wohnzimmer. Statt die Lampen anzuschalten, zog er die Gardinen auf und ließ die Sonne herein. Er schnappte sich seinen Matchbeutel vom Boden und warf ihn auf die Couch. Dann holte er ein Paar Gummihandschuhe heraus und zog sie über. Er nahm den Brief, der auf dem Tisch lag, und schlitzte eine Seite mit dem kleinen Universalmesser auf, das er in der Hosentasche trug. Er zog den Brief aus dem Umschlag und setzte sich auf die Couch. Diesmal war kein Zeitungsausschnitt dabei.

Irgendwo im Haus wurde das Wasser angedreht. Er faltete das Papier auseinander und las:

Tja, ich bin sehr enttäuscht, Lucy. Ich hab Sie mit ihm gesehen. Mit dem Cop. Der mit den dunklen Haaren und Augen. Er hat sie angegafft, als würde er Sie sich nackt vorstellen. Mieses Schwein.

Ich dachte, wir hätten eine Abmachung. Ich dachte, ich könnte Ihnen vertrauen. Ich habe durch Ihre Bücher eine so tiefe Verbindung zu Ihnen verspürt. Ich dachte, Sie fühlten es auch. Durch Ihre Bücher habe ich gelernt, mich selbst zu verstehen. Ihre Worte sprechen zu mir und geben mir Kraft. Als Gegenleistung habe ich Ihnen ein paar meiner Geheimnisse erzählt und meine geheimsten Gedanken mitgeteilt. Quid pro quo – wissen Sie noch? Sie haben mich verraten. Ich weiß, dass Sie ihm meine privaten Briefe an Sie gezeigt haben.

Was wird jetzt? Ich weiß nicht. Ich muss darüber nachdenken. Sie haben mich so enttäuscht. Sie haben mir ein Messer in den Rücken gejagt.

Soll ich mich revanchieren?

Seine Nackenhaare sträubten sich, was ihm nicht mehr sehr oft passierte. Quinn ließ Brief und Umschlag in eine durchsichtige Beweistüte gleiten, versiegelte sie und zog die Handschuhe von seinen Händen. Er pfefferte sie auf den Couchtisch und überflog den Brief noch einmal. Er musste Lucy darüber informieren. Er durfte es ihr nicht verschweigen. Sie musste wissen, dass Breathless sie offen bedrohte.

Als Lucy ihn wegen des letzten Briefes anrief, hatte er gewusst, dass sich die Spielregeln geändert hatten; nur nicht, in welchem Maße. Jetzt war er schlauer. Lucy musste eine Weile woanders wohnen oder einwilligen, zwei verdeckte Ermittler in ihrem Haus zu dulden, die sie rund um die Uhr bewachten. Es gab bloß diese zwei Möglichkeiten – er konnte nur hoffen, dass sie einer davon zustimmte.

Er schlug sein Notizbuch auf und fuhr den Laptop hoch. Breathless hatte ihn und Lucy zusammen gesehen. Sie wusste, dass Quinn ein Cop war. Entweder kannte sie ihn aus einer Pressekonferenz im Fernsehen oder er hatte sie persönlich befragt. Quinns Bauchgefühl sagte ihm, dass Letzteres der Fall war.

Als Erstes schrieb er alle Orte auf, an denen er gemeinsam mit Lucy gewesen war. Die Liste begann mit Starbucks und enthielt diverse Restaurants und »Barnes and Noble«. Sie endete mit seinem letzten Besuch bei ihr zu Hause.

Als Nächstes blätterte er in seinen Notizen und schrieb die Namen aller auf, die er seit dem ersten Mord befragt hatte. Er zog die Profile und das Mitgliederverzeichnis der Krimifrauen aus dem Notizbuch und umkringelte die drei Mitglieder, die bei »Barnes and Noble« arbeiteten und die Opfer möglicherweise getroffen hatten. Dann umkringelte er die vier Peacock-Ortsgruppen, die sich in Buchläden trafen, und die Vorsitzenden der Gruppen, die er bereits befragt hatte. Er verglich die drei Angestellten und Peacock-Mitglieder mit den Telefonaufzeichnungen und E-Mails der Opfer. Das Ergebnis war eine dicke, fette Null.

Irgendwo im Haus wurde das Wasser abgestellt, und er kramte die Fotokopien des anderen Briefes heraus und legte sie nebeneinander auf den Couchtisch, um nachzuprüfen, ob ihm irgendwas entgangen war. Fehlanzeige. Seine Stirn war vor Frustration ganz angespannt. Eine eindeutige Verbindung nachzuweisen, wäre zu einfach gewesen. Und an diesem Fall war nichts einfach. Er blätterte in seinem Notizbuch, bis er auf die Befragungen stieß, die er mit den Angestellten der Buchläden durchgeführt hatte, in denen alle vier Opfer Kunden gewesen waren.

Die einzige Verbindung zwischen allen vier Opfern waren Bücherquittungen. Es gab zwar noch andere, aber die Quittungen schienen einen größeren Teil des Puzzles auszumachen, als Quinn ursprünglich geglaubt hatte. Wenn Breathless nicht online mit Männern kommunizierte, riss sie sie wahrscheinlich in Buchläden auf. Klapperte die Gänge nach Opfern ab.

Quinn hatte noch nicht alle persönlichen Profile der Peacock-Ladys gesehen und wusste nicht, ob Buchhändlerinnen dabei waren. Vor einer Woche waren ihm mehrere Mitglieder in der »Barnes and Noble«-Filiale aufgefallen, in der Lucy den Vortrag gehalten hatte. Möglicherweise wussten sie, dass er ein Cop war. Auch wenn kein Peacock-Mitglied in einem Buchladen arbeitete, so lasen sie doch alle, hielten sich dort auf und konnten daher nicht ausgeschlossen werden.

»Herrgott«, fluchte er und rieb sich mit den Handflächen die Augen. Er drehte sich im Kreis. Jeder Durchbruch in dem Fall warf mehr Fragen auf, als er beantwortete. Jedes Mal, wenn er einen Verdächtigen strich, schien es, als kämen zehn neue hinzu. Doch Breathless stand auf einer dieser Listen. Er wusste es. Wenn er mit dem Ausschlussverfahren weitermachte, würde er sie finden. Er hatte genug Indizien und Verdächtige. Es brauchte nur Zeit, sie alle durchzugehen. Leider war Zeit das Einzige, was er nicht hatte. Sobald er den letzten Brief übergeben hatte, wäre der Sergeant entschlossener denn je, Lucy als Köder zu benutzen.

Scheiße! Wenn jemand anders betroffen wäre als Lucy, wäre Quinn der Erste, der darauf drängen würde, durch sie mehr Kommunikation mit Breathless herzustellen. Man könnte sich der Medien bedienen, um Breathless zu provozieren, damit sie etwas Dummes tat, wie zum Beispiel bei einer inszenierten Veranstaltung aufzutauchen. Oder sie in eine körperliche Konfrontation locken. Doch es war niemand anders betroffen, und das Letzte, was er wollte, war, Lucy in noch größere Gefahr zu bringen.

Bei dem Gedanken, dass ihr etwas zustoßen könnte, drehte sich ihm der Magen um. Er dachte an Merry und die pinkfarbenen Rosen in seinem Wagen. Heute war der dreißigste April. An dem Tag legte er immer Blumen auf Merrys Grab.

Quinn wollte auf keinen Fall die Schuld am Tod zweier Frauen auf sich laden. Er würde auf keinen Fall zulassen, dass Lucy etwas zustieß. Ihm war vollkommen egal, ob er sie dafür an Händen und Füßen fesseln und in einen Wandschrank sperren müsste. Seinen Wandschrank. Der in seinem Schlafzimmer war groß genug.

Natürlich kam das nicht in Frage. Mitchell würde einen Anfall kriegen. Außerdem würde ihre ständige Anwesenheit Quinn wahnsinnig machen. Er konnte sie nicht besitzen, aber genauso wenig die Finger von ihr lassen. Klar, er hätte die besten Vorsätze, seine Hände bei sich zu behalten, doch irgendwas würde vorfallen, und – schwupps – würde sie wieder in seinen Armen landen und sich fest an ihn schmiegen. Und er würde nach BH-Trägern tasten, ins Schwitzen kommen und an alle Körperstellen denken, auf die er sie küssen wollte. Und dabei die ganze Zeit wissen, was sie für ihn empfand, und dass es nie passieren würde.

Er war jetzt siebenunddreißig. Ein erwachsener Mann. Wenn er sich wirklich zusammenriss, konnte er seine Hände unter Kontrolle halten. Das größere Problem war, dass er seinen Körper anscheinend nicht unter Kontrolle hatte, und das Letzte, was er wollte, war ununterbrochen mit einem Ständer durch sein eigenes Haus zu staksen.

Solchen Qualen war er einfach nicht gewachsen.

13. Kapitel

FREEFALLIN: SUCHT SOLIDEN LANDEPLATZ …

Lucy betrachtete sich im Badspiegel und bürstete ihr nasses Haar. So ungern sie es auch zugab, bei Quinn fühlte sie sich sicher. Sicherer als seit Tagen. Es ärgerte sie, dass sie einen Mann brauchte, um sich sicher zu fühlen. Und nicht nur irgendeinen. Sondern Quinn. Was sie vorhin zu ihm gesagt hatte, war die Wahrheit. Sie hatte immer geglaubt, problemlos mit allem fertig zu werden. Schlangenbiss? Kein Problem, einfach einen Stauschlauch anlegen und das Gift selbst heraussaugen. Haiangriff? Null Problemo, man musste das Biest nur aufs Auge hauen. Von Killerbienen verfolgt? Pippifax, rasch in einen See springen oder ins Haus rennen und eine Dose Cola holen. Ein Brief von einer Durchgeknallten? Heulen wie ein Schlosshund und einen großen, starken Mann anrufen!

Lucy putzte sich die Zähne, hielt den Kopf nach unten und föhnte ihr Haar trocken. Sie fragte sich, was Quinn gerade machte, und dachte an das Mittagessen, das er für sie gekocht hatte. Es war zwar kein kulinarisches Meisterwerk gewesen, aber genau das, was sie brauchte. Warm und sättigend. Ein richtig schönes Trostessen. Und eine sehr nette Geste von Quinn.

Nein, diesmal interpretierte sie nicht zu viel in jede seiner

Gesten und Handlungen hinein. Sie wollte nichts in die Art hineinlesen, wie er sie festgehalten hatte, als sie vorhin die Haustür geöffnet und sich in seine Arme geworfen hatte. Auch nicht in die Art, wie er sie gestreichelt oder ihr einen Kuss auf die Schläfe gedrückt hatte. Und erst recht nicht in sein Angebot, ein Mittagessen für sie zu kochen und dazubleiben, während sie duschte. Er hatte seinen Job getan, und mehr hineinzulesen war ein gefährlicher Abgrund, in den sie nicht noch tiefer stürzen wollte.

Als ihr Haar trocken war, ging sie ins Schlafzimmer und zog sich einen weißen BH und einen blauweiß getupften Slip an, darüber eine Jeans und eine weiße Bluse. Dann schlüpfte sie in ihre Pinguin-Plüschpantoffeln und tapste durch die Küche ins Wohnzimmer. Als sie verstohlen um die Ecke lugte, sah sie Quinn auf dem Sofa sitzen, die Unterarme auf den Oberschenkeln, die Hände zwischen den Knien baumelnd. Auf Couchtisch und Sofa waren ein Notizbuch und ein Laptop ausgebreitet, und er starrte ratlos auf den Bildschirm seines Computers.

Eigentlich hätte er deplatziert wirken müssen, ein großer Mann auf ihrem Sofa, der seinen Krempel auf ihrem antiken Couchtisch verteilt hatte. Fehlanzeige. Er sah aus wie ein sicherer Landeplatz in einer ins Wanken geratenen Welt. Als könnte er allein ihr Sicherheit garantieren. Bei seinem Anblick ging ihr das Herz auf, doch sie wusste, dass er alles andere war als sicher. Nicht für sie.

Quinn drehte den Kopf, als hätte er ihre Anwesenheit gespürt, und sein Blick traf ihren. Er richtete sich auf, und eine dunkle Haarlocke fiel ihm in die Stirn. »Fühlst du dich besser?«

»Ja«, antwortete sie und betrat den Raum.

Sein Blick folgte ihr. »Du siehst gut aus.«

Sie rief sich ins Gedächtnis, dass Quinn sie gekränkt und gedemütigt hatte, und dass er, hätte eine Durchgeknallte nicht beschlossen, ihr Briefe zu schreiben, jetzt nicht in ihrem Haus sitzen und so tun würde, als wäre sie ihm wichtig. Er wäre über alle Berge und würde Interesse an der nächsten Verdächtigen heucheln. Sie um seines Jobs willen küssen und berühren. Sie ging ans Fenster und sah nach draußen. Auf dem Bürgersteig fuhren zwei Mädchen auf rosafarbenen Fahrrädern ihre Babypuppen spazieren. Es war Samstag. Heute übernachtete sie bei ihrer Mutter.

»Lucy?«

Sie sah über ihre Schulter. »Was denn?«

Quinn warf ihr einen langen Blick zu. Dann sagte er: »Wir müssen über den Brief reden, der heute kam. Du hast zwar gesagt, du willst ihn nicht lesen, aber du musst.«

Sie drehte sich um. »Ist es schlimm?«

Er fixierte sie weiter und hielt einen Brief in einer durchsichtigen Plastikfolie hoch. »Ich denke ja.«

Lucy kam auf ihn zu und nahm ihm den Brief aus der Hand. Während sie las, lief sie um den Couchtisch herum und setzte sich neben ihn aufs Sofa. Nach der Lektüre war sie froh, dass sie saß. Ihr drehte sich der Magen um, und sie fürchtete, sich gleich übergeben zu müssen.

»Wer hat deine Privatadresse?«, fragte Quinn und schaute sie über seine breite Schulter an.

»Ich weiß nicht. Sie ist nirgendwo verzeichnet.« Nach kurzem Grübeln fielen ihr mehrere Möglichkeiten ein. »Vielleicht jemand bei der Zulassungsstelle oder bei der

Post. Sie steht auf meinen Schecks, deshalb … Wer weiß?« Lucy legte den Brief auf ihren Couchtisch und rieb sich ratlos die Schläfen.

»Was ist mit Buchläden?«

Buchläden? »Amazon hat sie. Ich lasse mir ständig Bücher schicken.«

Er schüttelte den Kopf. »Buchläden hier in der Nähe.«

»Ich weiß nicht.« Sie überlegte. »Ich habe eine Hastings-Karte. Dafür musste ich einen Antrag ausfüllen, deshalb haben sie ganz sicher meine Adresse.«

Er griff nach einem Stift. »Welche Filiale?« Sie sagte es ihm, und er notierte es in fetten Großbuchstaben. »Lass uns über die Krimifrauen reden.«

»Ich hab Detective Weber schon alles gesagt, was ich weiß.«

»Du weißt wahrscheinlich mehr, als du denkst.« Er nahm ein Blatt Papier in die Hand und reichte es ihr. Es war das Mitgliederverzeichnis der Krimifrauen. »Ist irgendjemand auf der Liste besonders merkwürdig oder übertreibt es vielleicht mit seiner Verehrung?«

»Tja, mehrere dieser Frauen sind merkwürdig.« Sie deutete auf einen Namen. »Betty schreibt schon, seit ich sie kenne, an ein- und derselben Szene, in der sie ihren Vater umbringt. Aber ich glaube nicht, dass sie im wahren Leben eine Mörderin ist.«

»War das die weißhaarige Frau mit der Brille, die am dreiundzwanzigsten bei dem Treffen bei ›Barnes and Noble‹ war?«

Verdammt, der Mann erinnerte sich an alles. Aber schließlich war er ein Cop. »Genau.«

»Erzähl mir von Cynthia Pool und Jan Bright.«

Lucy zuckte mit den Schultern. »Da gibt's nicht viel zu erzählen. Jan ist momentan Vorsitzende der Krimifrauen und bei ›Barnes and Noble‹ für die Organisation von Veranstaltungen zuständig. Ich weiß, dass auch Cynthia bei den Krimifrauen ist, aber ich weiß nicht, wie ernst es den beiden mit der Schreiberei ist oder ob sie nur Dilettantinnen sind. Alles, was ich mit Sicherheit über sie weiß, ist, dass sie sich beide sehr für Autoren aus der Gegend einsetzen.«

»Wie sehr?«

»Sie sorgen dafür, dass unsere Bücher stets vorrätig sind. Sowas in der Art.«

»Was meinst du mit Dilettantinnen?«

»Leute, die ständig übers Schreiben sprechen, aber nie mehr als ein paar Kapitel zustande bringen.«

Er wandte sich um und sah ihr in die Augen. Dann sagte er: »Aus den Breathless-Briefen an dich wissen wir, dass sie eine Möchtegern-Autorin ist. Sie liebt Krimis, besonders deine.« Er griff nach dem zweiten Brief und legte ihn oben drauf. »Was bedeutet der Satz: ›Sie wissen ja, wie es so schön heißt: Schreib über das, was du kennst‹? Wer sagt das?«

»Damit könnte jeder gemeint sein. Jeder im Verlagswesen. Sie könnte es auch in einem Ratgeber übers Schreiben gelesen haben. Das ist der branchenübliche Rat.«

»Jan wusste, dass du über eine Serienmörderin schreibst, die ihre Opfer im Netz findet.« Er blätterte in seinem Notizbuch und beugte sich vor, um nach etwas zu suchen. Dabei rutschte sein Hemd aus der Hose und ließ sie einen Blick auf seine blauweiß gestreiften Boxer-Shorts erhaschen.

Lucy beugte sich vor und legte den Brief auf den Tisch. Dabei streifte ihre Schulter versehentlich Quinns, und seine Hände hielten beim Blättern inne. Ein leichtes, verräterisches Kribbeln breitete sich über ihren Arm und ihre Brust aus, und einen kurzen Moment dachte sie an etwas anderes als die Psychopathin, die ihr Briefe schickte. Sie kannte dieses Kribbeln; jedes Prickeln enthielt einen kleinen Funken Verlangen und Sehnsucht und schickte einen heißen Blitz zu ihrem Herzen. Diese Reaktion hatte er bei ihr schon ausgelöst, als sie sich beide als jemand ausgegeben hatten, der sie nicht waren. Sie lehnte sich wieder zurück, weg von der Bedrohung für ihr Herz. »Ich muss mal bei einem ihrer Treffen erwähnt haben, worüber ich schreibe. Oder in einem Live Online-Chat.«

»Was meinst du damit?« Er blätterte weiter, als würde er nichts empfinden. »Was für ein Online-Chat?«

»Da bitten mich irgendwelche Gruppen, ihre Online-Gastrednerin zu sein«, antwortete sie und schob ihre Gefühle für Quinn beiseite, damit sie sich ihnen später widmen konnte. Oder auch nicht. »Das ist ganz unterschiedlich. An einem Abend kann das eine Gruppe sein, die Krimis liebt, und an einem anderen eine Gruppe Geschäftsfrauen.« Sie strich sich das Haar aus dem Gesicht und raffte es im Nacken zusammen. »Ich werde ständig gefragt, woran ich arbeite und wann das nächste Buch erscheint. Diese Frage kommt immer. Ich hab bestimmt Dutzende Male über erotische Asphyxiation gesprochen und dass ich über eine Serienmörderin schreibe, die ihre Opfer im Netz jagt, und weiß es einfach nicht mehr. Glaub mir, ich wünschte, ich wüsste, wer diese Frau sein könnte.« Sie ließ die Hände in den Schoß sinken, und ihr Blick fiel auf den neuesten Brief. »Es ist klar, dass sie uns zusammen gesehen hat und weiß, wer du bist.«

»Ja. Ich hab sie wahrscheinlich selbst befragt.«

»Oder sie könnte dich von einer Pressekonferenz kennen.«

»Daran hab ich auch schon gedacht. Aber es ist weniger wahrscheinlich, dass sie mein Gesicht aus einer Pressekonferenz kennt, als durch eine Befragung unter vier Augen.«

»Nicht, wenn sie persönlich von der Pressekonferenz betroffen ist, was definitiv der Fall ist.« Lucy atmete tief durch und stellte die Frage, vor der sie die größte Angst hatte: »Glaubst du, sie ist hinter mir her?«

Quinn drehte sich zu ihr um. Seine braunen Augen sahen sie direkt an, und sein Mund war ein grimmiger Strich. »Ich wünschte, ich könnte das verneinen, aber das kann ich nicht. Ich halte es durchaus für möglich.«

Genau das hatte Lucy befürchtet. In den letzten fünf Tagen hatte sie versucht, die Furcht, die sie auffraß, zu kontrollieren. Jetzt ging das nicht mehr. Sie stieg in ihr hoch, bis sie nicht mehr klar denken konnte. Ihre Augenhöhlen brannten, und das Atmen fiel ihr schwer. Sie sprang auf und stürzte hinter dem Couchtisch hervor. Sie durchquerte den Raum und starrte aus ihrem großen Aussichtsfenster in die schwarzen Schatten nackter Baumäste, die über den Bürgersteig zu schleichen schienen. Was sollte sie bloß tun? Sie konnte Freunde und Familie nicht einer Gefahr aussetzen, die immer größer wurde.

»Was soll ich nur tun?« Sie zog ihre weinroten Seidengardinen zu, während sie fieberhaft nach möglichen Lösungen suchte. »Ich könnte in ein Hotel gehen. Ich könnte meinen

Laptop mitnehmen und versuchen zu arbeiten.« Sie atmete tief durch. Ein Hotelzimmer klang beengend. Zwar sicher aber beengend. »Oder mir einen Revolver besorgen. Ich kann zwar nicht schießen, aber so schwer kann das ja nicht sein. Man zielt einfach und drückt ab.« Ihre Stimme zitterte, als sie hinzufügte: »Oder? Oder … oder ich kann Schnucki ins Auto packen und mich auf den Weg nach Cancun machen.«

Quinn stellte sich hinter sie und zog sie an seine Brust. »Du brauchst keinen Revolver, und du musst auch nicht nach Mexiko.« Er fühlte sich so solide an. Warm und sicher, und sie ließ seine Nähe zu, weil es besser war als zusammenzubrechen. »Du hast doch mich.«

Sie wünschte, es wäre so. »Was willst du denn machen?« Sie lachte ironisch. »In mein Gästezimmer ziehen?« Sie machte Witze, auch wenn sie zugeben musste, dass die Vorstellung himmlisch war, einen großen bösen Cop im Haus zu haben.

»Nein, aber ich kann dir helfen, eine Weile unterzutauchen.« Er ließ die Hände an ihren Armen herabgleiten und umfasste ihre Taille.

»Wo denn?«

»Bei mir.«

Sie drehte sich zu ihm um und sah in seine dunkelbraunen Augen. Er sah ganz normal aus. Er wirkte vollkommen ernst. »Was hast *du* denn geraucht?«

»Das ist die perfekte Lösung.« Sie wollte sich ihm entziehen, doch er umfasste sie fester. »Ich hab ein Gästezimmer. Da kannst du unterkommen.«

»Verstößt das nicht gegen irgendwelche Vorschriften?«

»Nein. Du bist nicht mehr verdächtig, und außerdem

muss ja keiner wissen, wo du steckst. Für deine Sicherheit wäre es sogar am besten, wenn keiner davon wüsste.«

Das Angebot klang verlockend, doch mit Quinn in einem Haus zu wohnen, kam überhaupt nicht in die Tüte. Nicht nach dem letzten Mal, als sie plötzlich ohne Klamotten dagestanden und seine Hände an sehr interessanten Stellen gespürt hatte. Nicht, solange sie trotz allem versucht war, ihn vollenden zu lassen, was er an jenem Abend begonnen hatte. »Ich halte das für keine gute Idee.«

»Da hast du Unrecht.«

Sie verschränkte trotzig die Arme unter den Brüsten und antwortete nicht. Ihr Schweigen sprach Bände.

Er neigte den Kopf und sah auf sie herab. »Ach so. Du hast Angst davor, was passieren könnte, wenn du wieder mit mir allein bist. Du glaubst, dass du dich nicht beherrschen kannst.«

»Du bist *echt* high.« Sie schlug seine Hände von ihrer Taille und trat mehrere Schritte zurück. »Ich kann mich sehr wohl beherrschen. Ich kann mich super beherrschen. *Du* bist doch derjenige, der angefangen hat, mich auszuziehen.«

»Du hast dich nicht gerade beschwert.«

»Konnte ich ja nicht. Deine Zunge steckte in meinem Hals.«

Er lächelte. »Bevor oder nachdem du die Hände in meine Hose geschoben hast?«

Ihre Augen wurden zu Schlitzen, und er dachte, ihr Kopf würde gleich rotieren.

»Ich weiß nicht, wieso du so sauer bist«, fügte er hinzu und verschränkte die kräftigen Arme vor der breiten Brust. »Das war doch kein großer Akt.«

Sie hob entrüstet die Hand und fuchtelte mit dem Zeigefinger vor seiner Nase herum. »Du hast mich für eine Serienmörderin gehalten!« *Und gesagt, du wolltest eine Beziehung mit mir, obwohl es nicht stimmte.* Fuchtel. Fuchtel »Hätte ich dein wahres Ich gekannt, wäre das nie passiert.« *Und du hast mir den Kopf verdreht und bloß deinen Job getan.*

Er stieß ihre Hand weg. »Wenn das so ist, solltest du jetzt, wo du mein wahres Ich kennst, kein Problem damit haben, übers Wochenende bei mir zu bleiben, bis wir dein Haus ausreichend gesichert haben. Bitte lehn mein Angebot nicht aus Wut ab. Es ist die beste Lösung für alle. Du fühlst dich sicherer, und ich mache mir weniger Sorgen, wenn ich dich in Sicherheit weiß.«

Lucy ließ die Hand kraftlos sinken. Auch wenn ihr völlig schnurz war, ob er sich Sorgen machte oder nicht, musste sie zugeben, dass er Recht hatte. Sie würde sich bei ihm sicherer fühlen und bräuchte zudem ihre Freundinnen und ihre arme alte Mutter nicht in Gefahr zu bringen. Zwar würde sie Quinn wahrscheinlich am liebsten erwürgen, bevor das alles vorbei war, aber Wut war allemal besser, als sich vor Angst in die Hosen zu machen. »Okay, ich wohne bei dir, aber du musst deine Hände unter Kontrolle halten.«

Er lachte, als fände er ihre Bemerkung urkomisch. »Bloß meine Hände?«

»Alle Körperteile.«

»Das wird kein Spaß.« Seine Mundwinkel verzogen sich ironisch nach unten. »Aber ich denke, ich kann mich beherrschen. Und du?«

»Kein Problem.« Sie schlug einen Bogen um ihn und fügte hinzu: »Ich kann mich super beherrschen.« Sie ging nach oben in ihr Arbeitszimmer und packte ihren Laptop und ein paar Sachen zusammen. Dann warf sie ein paar Klamotten in einen Koffer und stellte Schnuckel eine Schüssel voll Futter hin.

Als sie zum Aufbruch bereit war, trug Quinn ihre Habseligkeiten zu seinem Wagen und deponierte sie auf dem Rücksitz. Wahrscheinlich beging sie einen Riesenfehler. Einen, der ihrem gebrochenen Herzen die Heilung erschweren würde. Aber Quinn gab ihr ein sicheres Gefühl. Sie wusste nicht warum, aber es war so. Er gab ihr das Gefühl, als sei er das einzig Solide, das zwischen ihr und einer psychotischen Mörderin stand.

Auf der Fahrt durch die Stadt zu ihm nach Hause war Lucy ganz fasziniert von der Ausstattung des Wagens, von der Sirene und dem Polizeifunkgerät am Armaturenbrett. Sie blickte hoch zu den rotweißen Lampen, die an der Sonnenblende des Beifahrersitzes festgehakt waren, und fragte sich, wozu das alles gut war. Sie hatte diese Dinge zwar akribisch recherchiert, aber bisher nie selbst in einem Polizeiwagen gesessen. Dann fiel ihr Blick auf die pinkfarbenen Rosen, die neben ihr auf dem Sitz lagen, und sie vergaß Recherchen und Ausstattung.

»Heißes Date?«, fragte sie, als wäre es ihr gleichgültig. Als würde der Gedanke an ihn mit einer anderen ihr nicht ins Herz schneiden.

Er sah sie mit zusammengezogenen Augenbrauen an, als wäre ihm gerade erst aufgefallen, dass er nicht allein im Wagen saß. »Was?«

»Die Blumen. Hast du heute Abend ein heißes Date?«

Er richtete den Blick wieder auf die Straße und bog in die Broadway Avenue ein. »Kein Date. Nur dich, Sonnenschein.«

Er hatte den Verstand verloren. Das war die einzige Entschuldigung, die Quinn dafür einfiel, dass er Lucy dazu überredet hatte, bei ihm zu wohnen. Das würde ihm noch leid tun. Irgendwann würde er sich selbst dafür in den Arsch treten wollen, aber ihr waren Tränen in die Augen gestiegen und sie hatte so verängstigt und einsam gewirkt. Bevor er sich's versah, hatte er nach ihr gegriffen und sie an sich gezogen. Sein Körper hatte auf den Duft ihres Haares und ihrer Haut reagiert, und er hatte hinter ihr gestanden und gegen das Bedürfnis ankämpfen müssen, sein Gesicht in ihrem Nacken zu vergraben. Die Berührung hatte ihn an das letzte Mal erinnert, als er sie angefasst hatte – überall. Das Verlangen in seinen Lenden erinnerte ihn daran, wie sehr er sich damals zu ihr hingezogen fühlte, obwohl er sie für eine mordgierige Durchgeknallte hielt. Wie sehr er sich immer noch zu ihr hingezogen fühlte.

Die Nachmittagssonne strömte durch die Windschutzscheibe, und er klappte die Blende herunter. Was er zu ihr gesagt hatte, war die Wahrheit. Er hätte viel Zeit und Energie damit verschwendet, sich wegen ihr Sorgen zu machen. Selbst wenn er ihr einen Sicherheits-Sondertrupp zuwies, würde er sich Sorgen machen. Aber er musste konzentriert arbeiten, und wenn er abgelenkt war, konnte er keine Mörderin fassen.

Natürlich kam er durch dieses Arrangement vom Regen in die Traufe, doch er würde beruhigter schlafen, wenn sie bei ihm und Millie war, wo er sie besser im Auge behalten konnte. Millie mochte jung und unreif sein, aber sie hatte ein ausgeprägtes Revierverhalten und bellte verdammt laut.

Er bog von der Broadway Ave in seine Straße. Wenn Sergeant Mitchell herausfand, dass Quinn Lucy in sein Haus geschafft hatte, wäre die Kacke gewaltig am Dampfen. Es gab zwar keine zwingende Vorschrift dagegen, eine ehemalige Verdächtige, die inzwischen Kronzeugin war, bei sich wohnen zu lassen, aber das hieß nicht, dass es dem Sergeant gefiel. Nach dem jüngsten Brief war es so sicher wie das Amen in der Kirche, dass der Sergeant sich nach ihrem Aufenthaltsort und den Sicherheitsmaßnahmen erkundigte, die zu ihrem Schutz ergriffen worden waren, und Quinn musste wahrheitsgemäß Auskunft geben.

Er drückte auf den Garagentoröffner und parkte den Crown Victoria neben seinem Jeep. Die beste Vorgehensweise wäre wohl, den Sergeant so schnell wie möglich zu informieren. Auf diese Weise würde alles korrekt ablaufen.

Er schaltete den Motor aus und schnappte sich Notizbuch und Laptop vom Beifahrersitz. Mit der freien Hand trug er Lucys Koffer, und sie folgte ihm ins Haus. Er deponierte seine Akten und den Computer auf dem Küchentisch und schaltete die Lichter an, während sie durch den Flur zum Gästezimmer gingen. Er warf ihren Koffer auf das breite Doppelbett, das mit einer roten Bettdecke zurechtgemacht war, die er bei Costco erstanden hatte, als er Millies Hundekorb kaufte. Die Decke war zwar schön weich, aber nicht besonders schick, wahrscheinlich nicht das, was eine Frau, die einen BMW fuhr, für ihr Zuhause kaufen würde.

»Hier drin hab ich den Holzboden neu lackiert«, erklärte

er, als er zur Tür ging und sich mit der Schulter an den Türpfosten lehnte.

»Der ist hübsch«, murmelte sie, als sie ihren Laptop auf die Kommode stellte. Sie ging ans Fenster und zog die Jalousie hoch. Er fragte sich, was sie von dem Zimmer hielt, und warum ihm das wichtig war. Dann traf es ihn wie ein Schlag, und er war entsetzt. Er wollte, dass sie sein Haus *mochte.* Als würde das eine Rolle spielen. Er wollte, dass sie *ihn* mochte. Als ob das je geschehen würde. Sie war nur hier bei ihm, weil ihre Angst wegen der Breathless-Briefe größer war als ihre Abneigung gegen ihn.

»Wenn du doch nicht hierbleiben willst, kann ich dich auch an einen anderen sicheren Ort bringen«, fühlte er sich gezwungen zu sagen.

Sie sah ihn mit ihren blauen Augen an und antwortete länger nicht. Ein Teil von ihm wünschte sich, sie würde sich für einen anderen Ort entscheiden – der vernünftige Teil von ihm, der wusste, dass er die reinsten Höllenqualen durchleiden würde, wenn er sie am anderen Ende des Flurs wusste.

»Ich bleibe bei dir«, antwortete sie.

»Ich muss jetzt meinen Hund abholen«, verkündete er und stieß sich vom Türrahmen ab.

Ihre Augen wurden zu Schlitzen, wie er es schon öfter bei ihr gesehen hatte. »Die berühmte Millie?«

»Ja.« Die Schlitzaugen waren ihm tausendmal lieber als der verängstigte Blick, den er vorhin bei ihr gesehen hatte. »Mach es dir gemütlich.«

Ohne einen Blick zurück verließ er das Haus und fuhr zu seiner Mutter. Auf der Fahrt dorthin nahm er das Telefon und rief Kurt an. Er erzählte ihm von dem Brief und wo er Lucy untergebracht hatte.

»Ich dachte, sie mag dich nicht«, wunderte sich Kurt.

»Tut sie auch nicht, aber aus irgendeinem Grund fühlt sie sich bei mir sicher.«

»Dem Sergeant wird das nicht gefallen. Vielleicht kannst du dir bis morgen früh was Besseres überlegen.« Sie sprachen über die Option, verdeckte Ermittler bei ihr einziehen zu lassen, doch je mehr Quinn darüber nachdachte, desto weniger gefiel ihm die Vorstellung, zwei Männer bei Lucy einzuquartieren. Vor seiner Beförderung zum Detective hatte Quinn einige Male als Personenschützer gearbeitet, und damals hatte es grundsätzlich nur zwei Alternativen gegeben. Entweder hatte er den Zeugen gehasst wie die Pest oder sehr zu schätzen gelernt, und es stand außer Frage, wie zwei junge Polizisten zu Lucy stehen würden.

Als er in die Auffahrt seiner Mutter fuhr, legte er auf. Er wusste, dass Kurt Recht hatte, aber er würde Lucy trotzdem bei sich behalten. Schließlich war er ein erwachsener Mann. Er war seit sechzehn Jahren Cop und hatte so einiges über Selbstbeherrschung gelernt. Er konnte sich in Lucys Gegenwart durchaus beherrschen. Er konnte die Finger von ihr lassen. Kein Problem.

Er verfrachtete Millie hinten in seinen Jeep und verabschiedete sich von seiner Mutter, bevor sie zu viele neugierige Fragen stellen konnte. Er hatte noch etwas zu erledigen, bevor er nach Hause fuhr.

Der Morris-Hill-Friedhof lag genau über den Julia-Davis- und Katheryn-Albertson-Parks. Uralte Bäume warfen Schatten auf die Gruften und hohen Grabsteine auf den älteren

Abschnitten des Friedhofs. Quinn fuhr durch die Eisentore und schlängelte sich über schmale Wege, bis er vor einem schlichten weißen Grabstein hielt. Er legte die Rosen unter Merrys Namen und setzte seine Sonnenbrille auf. Die Erinnerung an ihr Gesicht verblasste langsam und machte seine Schuldgefühle noch schlimmer. Er wischte ein paar Zweige von dem weißen Stein und blieb so lange am Grab stehen, bis er Merry vor sich sah. Wenigstens das war er ihr schuldig. Dann stieg er wieder in den Wagen und fuhr weg von dem Mädchen, das er nicht hatte retten können, zu der Frau, die er unter allen Umständen beschützen wollte, und wenn er selbst dabei draufging.

Er fand Lucy schlafend auf dem Bett vor. Sie lag zur Tür gewandt zusammengerollt auf der Seite. Durch die Lamellen der Jalousie strömte Sonnenlicht auf ihr Gesicht und ihr blondes Haar. Eine Hand lag mit der Handfläche nach oben neben ihrer Nase, der andere Arm umschlang ihren Bauch. Sie war barfuß, und ein Lichtstrahl fiel auf ihre roten Fußnägel.

Millie schob den Kopf zwischen Quinn und den Türrahmen, und er hielt sie am Halsband fest, bevor sie ins Zimmer stürmen konnte. Gemeinsam betrachteten sie die schlafende Lucy, das leichte Heben und Senken ihrer Brust, während sie durch leicht geöffnete Lippen atmete.

»Wie gefällt es dir, noch ein weibliches Wesen im Haus zu haben?«, fragte er seine Hündin.

Millie stieß ein lautes Jaulen aus, als hätte sie durchaus Beschwerden vorzubringen, und zerrte an ihrem Halsband. Quinn wusste, was Millie wollte. Wahrscheinlich roch sie an Lucys Klamotten den Stubentiger und wollte den Geruch genauer untersuchen. Doch das Letzte, was Lucy jetzt brauchte, war, von einem leicht erregbaren Hund aus dem Tiefschlaf gerissen zu werden. »Du kannst sie morgen kennen lernen«, versprach er Millie, als er sie von der Tür wegzog und über den Flur in sein Schlafzimmer verfrachtete. Sie protestierte mit mehr Gejaule, als er sie dort einsperrte. »Schluss jetzt«, befahl er. Dann ging er an den Wäscheschrank und holte noch eine Decke heraus. Mehrere Holzdielen knarrten unter Quinns Füßen, als er sich ins Gästezimmer schlich. Er legte die Decke über Lucys Beine, und als er sie über ihre Hüften zog, schnappte sie entsetzt nach Luft und packte ihn am Arm. Sie saß kerzengerade im Bett und erschreckte ihn fast zu Tode.

»Gütiger Himmel. Keine Panik, Lucy. Ich bin's nur.«

»Quinn?« Lichtstreifen glitten über ihren Mund und ihre Wangen. Sie starrte ihn mit weit aufgerissenen Augen an.

»Ja.«

»Was tust du da?«

Das Haar fiel ihr auf die Schultern, und an ihrer Halsschlagader konnte er sehen, wie ihr Puls raste. Ihre Brüste hoben und senkten sich unter dem weißen Blusenstoff und stießen mit jedem Atemzug gegen das dünne Material. »Du bist eingeschlafen, während ich weg war, und ich wollte dich nur zudecken.«

»Ach so.« Erleichtert ließ sie sein Handgelenk los und strich sich das Haar hinter die Ohren. »Wie spät ist es?«

Er sah auf seine Uhr. »Kurz nach fünf.«

Sie runzelte die Stirn. »Du warst ganz schön lange weg.«

»Ich hatte etwas Wichtiges zu erledigen.«

»Für den Breathless-Fall?«

Er schüttelte den Kopf. »Nachdem ich Millie abgeholt hatte, musste ich noch Blumen auf den Friedhof bringen.«

»Wer ist denn gestorben?«

»Nur ein Mädchen.« Er verlagerte das Gewicht auf einen Fuß und verschränkte die Arme vor der Brust. Lucy sah abwartend zu ihm auf. »Sie war eine vertrauliche Informantin und wurde umgebracht, weil sie für mich gearbeitet hat.«

Lucy kniete sich auf dem Bett hin, und die Sonnenstrahlen strömten über ihre Schulter und ihren Hals. »Tut mir leid. Hast du den Mörder geschnappt?«

»Ja. Er sitzt lebenslang.«

»Und du bringst ihr Blumen ans Grab?« Sie schüttelte den Kopf. »Das ist süß.«

»Nein, ist es nicht.« Er senkte den Blick auf ihre weiße Bluse. Bei jedem Atemzug glitten die Lichtstreifen über ihre Brust. Nein, er war nicht süß, aber ehrenhaft konnte er sein. Auch wenn es ihn umbrachte. »Wenn ich es nicht tue, tut es niemand«, erklärte er und sah ihr fest in die Augen. »Ich tue es, weil ich ein schlechtes Gewissen habe. Weil ich meinen Job nicht erledigt habe und ein Mädchen deshalb umkam. Sie war zwar ein Junkie und eine Hure, aber auch ein sehr netter Mensch. Als sie umgebracht wurde, konnte ich an nichts anderes denken als an die Auswirkungen, die das auf meinen Fall haben würde. Ich hatte nur meine Arbeit im Kopf.«

Lucy setzte sich in die Hocke. »Bin ich nur deshalb hier? Damit ich in Sicherheit bin und du weiterhin an die Briefe kommst?«

Er sollte lügen und ja sagen. Dass sie ihm total egal war. Doch er hatte sie seit dem ersten Tag, als er sie online kontaktiert hatte, angelogen, und vielleicht konnte er es deshalb nicht. »Ich will, dass du in Sicherheit bist, aber das ist nicht der einzige Grund. Ich werde hundert Pro zusammengeschissen, wenn mein Sergeant dahinterkommt.«

»Warum denn dann?«

Ein lautes Krachen im Flur ersparte ihm die Antwort.

»Was ist das?«

Quinn sah zur Tür, dann wieder in Lucys Gesicht. »Millie, die sich gegen meine Schlafzimmertür wirft. Sie weiß, dass du hier bist, und sie ist nicht an Frauen im Haus gewöhnt.«

Lucy legte den Kopf leicht in den Nacken, und ein dünner Schatten glitt von ihrer Nase zu ihrem Mund. »Wie viele Frauen gab es denn?«

»Hier? Abgesehen von meiner Schwester und meinen Nichten? Nur eine, aber Amanda ist gegangen, als Millie noch ein Welpe war, deshalb bezweifle ich, dass sie sich an sie erinnert.«

»Wer ist Amanda?«

Er ließ die Hände sinken. »Sie war meine Verlobte.«

»Was ist vorgefallen?«

Er zuckte mit den Achseln. »Sie hat beschlossen, meinen besten Freund lieber zu mögen als mich.«

Lucy zuckte zusammen. »Autsch.«

»Ja. Ich hab sie zusammen im Bett erwischt.«

»Ich bin auch schon mit Weiberhelden ausgegangen, aber wenigstens musste ich es nie mit eigenen Augen ansehen. Was für ein Miststück! Das muss furchtbar gewesen sein.«

In dem Moment hätte er sie am liebsten hochgezogen und auf den Mund geküsst. Doch er hatte ihr versprochen, seine Hände und alle Körperteile bei sich zu behalten. Er war ein

Mann, der zu seinem Wort stand, und er wollte es halten. Auch wenn es ihn umbrachte, ständig geil durch die Gegend zu laufen. Im allergünstigsten Fall würde es ihn Jahre seines Lebens kosten. »Stimmt. Besonders, als sie nackt in meinem Bett saß und mir die Schuld an ihrem Seitensprung gab.«

»Wow, das ist dreist.« Lucy lächelte. Ein leichtes Verziehen des Mundes, das er sofort in den Lenden spürte. Er sollte lieber gehen. Einfach zur Tür zurückweichen.

»So kann man es auch nennen.« Zurückweichen von der Blondine, die auf seinem Bett saß und vom Schlaf ganz verwuschelt und warm aussah. »Aber da war was dran. Manchmal muss ich viele Überstunden machen.«

Lucy schüttelte den Kopf, und das Licht glitt über ihre Lippen. »Das ist Unfug, Quinn. Wir müssen alle manchmal lang arbeiten. Das ist keine Entschuldigung für Untreue.«

Wieder musste er gegen das Bedürfnis ankämpfen, sie zu packen und auf den schönen Mund zu küssen.

»Ich hatte auch schon Freunde, die mich betrogen haben«, fuhr sie unbeirrt fort. »Die haben auch immer versucht, mir die Schuld in die Schuhe zu schieben, aber es war nicht mein Fehler.« Sie legte den Finger zwischen ihre Brüste und zeigte auf sich. »Ich hab ihnen massenhaft Sex gegeben. Tollen Sex. Das waren einfach Verlierertypen. Und ich fand schon immer, dass man sowas besser herausfindet, bevor man heiratet. Sonst hast du im Nu drei Kinder am Hals, während dein Mann in Bars irgendwelche Schlampen aufreißt. Und Gott weiß was für Krankheiten mit nach Hause bringt.«

Quinn schluckte. Heftig. »Massenhaft?«

Sie ließ die Hand in ihren Schoß sinken. »Was?«

»Massenhaft tollen Sex?«

»Tja, nicht mit vielen verschiedenen Männern. So viele Freunde hatte ich nun auch wieder nicht. Aber wenn schon, denn schon.« Sie zuckte mit einer Schulter. »Welchen Sinn hat es sonst?«

Er musste hier weg. Ehrenhaft bleiben, wie er es vorhatte. Einfach die Flucht ergreifen, solange er noch laufen konnte.

»Ich fand immer, wenn ich mir schon die Mühe mache, mit jemandem ins Bett zu gehen, muss es sich auch lohnen.«

Er schluckte – heftig. Vor seinem geistigen Auge blitzte ein Bild auf, wie er sie gegen die Wand drängte, sein Mund auf ihrer Brust. »Grundgütiger«, presste er heiser hervor. Seine Hände und alle Körperteile bei sich zu behalten, war das Schwerste, das er je getan hatte.

»Stimmt was nicht?«

»Du folterst mich.«

Mehrere Herzschläge lang sah er auf ihren Mund. Dann verzog ein wissendes Lächeln ihre Lippen, als hätte sie erst in dem Moment kapiert, wovon er sprach. »Soll ich lieber die Klappe halten, Quinn?«

»Zur Hölle, nein«, sagte er fast flüsternd. Er war ein Masochist. »Ich will, dass du mir erzählst, wie du Männern tollen Sex gibst.«

14. Kapitel

GOODSTUFF: SUCHT UNEHRENHAFTEN MANN …

Lucy hatte nicht aufgepasst und Quinn an sich herangelassen. Ihre einzige Entschuldigung lautete, dass sie müde war. Es müde war, verängstigt und verletzt zu sein. Zu müde, um weiter gegen ihre Gefühle für ihn anzukämpfen.

Sie sah die dunkle Lust in Quinns Augen, das Versprechen heißer Sünde. Sie sah es nicht nur, sondern hörte und spürte es auch im samtenen Timbre seiner Stimme. Es strich über ihre Haut, eine warme, sinnliche Liebkosung, die sie erst wahrnahm, als es zu spät war. Ihr wurde ganz heiß davon. »Guter Sex beginnt immer mit einem Mann, der weiß, was er tut. Der mir genauso viel Lust bereiten will wie sich selbst. Der die richtige Stelle kennt und sich ihr die ganze Nacht widmet.« Sie strich sich eine Haarsträhne hinters Ohr. »Und jetzt musst du mir eine Frage beantworten.«

»Schieß los.«

Bevor sie den nächsten Schritt wagten, musste sie es wissen. »War ich für dich bloß ein Job?«

»Manchmal.« Sie runzelte irritiert die Stirn, doch sein leises Lachen überbrückte die Distanz zwischen ihnen. »Wenn du wüsstest, wie schwer du mir meinen Job gemacht hast, würdest du jetzt nicht die Stirn runzeln. Schon am ersten Abend bei Starbucks fand ich dich schön und clever, und vergaß ständig, dass ich nicht dort war, um mir zu überlegen, wie es wäre, dich zu küssen.«

»Du machst Witze.« Das hatte sie nicht gewusst. Nicht einmal geahnt.

»Nein. Und dann hab ich dich wirklich geküsst und mich gefragt, wie es wäre, dich am ganzen Körper zu küssen. Mich von der Stirn bis zu den Zehenspitzen vorzuarbeiten. Und an den interessanten Orten und weichen Stellen dazwischen Halt zu machen.«

Ihr war ganz flau im Magen, und ihr Mund wurde trocken. »Aber du dachtest doch, ich könnte dich umbringen.«

Er lachte leise. »Ja, man sollte meinen, das würde etwas ändern, aber so war es nicht. Selbst als wir relativ sicher waren, dass du die Mörderin warst, wollte ich dich trotzdem, Lucy. Das ging so weit, dass ich irgendwann fand, in dir zu sterben, könnte es wert sein.« Sein dunkler Blick verbrannte sie bei lebendigem Leib, doch er griff nicht nach ihr. Stattdessen trat er ein paar Schritte zurück, weg von ihr.

Kein Mann hatte je gefunden, dass sie es wert war, für sie zu sterben. Entgegen aller Vernunft liebte sie ihn mehr als je einen Mann zuvor. Ihr war immer hitziger und unruhiger zumute, und sie stieg vom Bett und ging auf ihn zu. Sie legte die Hand an seine Wange, und er drehte den Kopf und küsste ihre Handfläche, worauf sich das leichte Kribbeln, das er stets bei ihr auslöste, über ihren Arm und ihre Brust ausbreitete.

Er schloss die Augen und wich noch einen Schritt zurück. »Ich wollte dich mehr, als ich je etwas in meinem Leben wollte.« Sie ließ die Hand sinken, und er öffnete die Augen und sah sie an. »Das tue ich immer noch.«

Sie kannte das Gefühl. »Warum gehst du dann von mir weg?«

»Weil ich dir versprochen habe, dich mit keinem Körperteil zu berühren. Ich habe dich die ganze letzte Woche belogen und dich dadurch verletzt. Aber das war mein Job. Das hier ist mein Leben, und da möchte ich, dass du weißt, dass ich Wort halten kann.«

Jetzt? Darüber machte er sich *jetzt* Sorgen? »Das ist sehr ehrenhaft.« Sie biss sich auf die Lippe, um nicht zu lächeln.

»Lachst du mich etwa aus?«, fragte er leicht amüsiert.

Sie trat einen Schritt auf ihn zu und strich über seinen Hals. »Ich frage mich nur, ob ich *deine* Körperteile anfassen darf.«

»Klar, verdammt.«

»Und du glaubst dann nicht, ich könnte mein Wort nicht halten?«

»Nein.« Er schüttelte den Kopf, wobei sein Kinn ihren Daumen streifte. »Fass an, was du willst. Ich hab ein paar Ideen, womit du anfangen kannst.«

Sie reckte sich auf die nackten Zehenspitzen und fuhr mit den Lippen über sein Kinn. »Ich hab selbst schon ein paar Ideen, aber ich lasse es dich wissen, wenn ich deine Vorschläge brauche.« Sein Geruch berauschte ihre Sinne, und sie öffnete den Mund und küsste ihn am Hals. Sie hörte, wie er scharf den Atem einzog. Sie strich über seine Schultern und Brust, um sein Herz zu fühlen. Es schlug heftig unter ihrer Berührung, und sie hob das Gesicht zu ihm und gab ihm einen aufreizenden, flüchtigen Kuss, der seinen Mund dazu bewog, ihre Lippen zu verfolgen, bis er es nicht mehr ertrug und sie am Hinterkopf festhielt. Dann tauchte er in sie ein und gab ihr einen heißen, nassen Kuss, der sie innerlich aufwühlte.

Sie machte sich los. »Quinn. Du berührst mich.«

»Was?« Er holte zitternd Atem und zog sie an sich. Er wollte mehr.

»Du darfst mich nicht anfassen«, murmelte sie an seinem Mund, während sie sein Hemd hochzog. Sie zerrte es aus dem Bund seiner Jeans und schob es hoch. »Ich will auf keinen Fall deine Ehre kompromittieren.«

»Den Kampf hab ich schon mit sechzehn verloren, Sonnenschein.«

»Angeber.« Lucy zog ihm das Hemd über den Kopf und warf es hinter sich auf den Boden.

»Alles reine Tatsachen.«

Sie stellte sich wieder normal hin und strich über seine Brust, wobei sie mit den Fingern durch das kurze feine Haar fuhr und seine harten Muskeln unter ihren Handflächen spürte. »Wie alt bist du denn?«

»Siebenunddreißig.«

»Dann hast du zwanzig Jahre Übung.«

»Mehr, wenn man die Jahre mitzählt, in denen ich allein geübt habe.«

Sie lachte, küsste seinen Hals und biss ihn leicht in die Schulter. »Ich bin vierunddreißig.«

»Ich weiß, wie alt du bist«, sagte er fast flüsternd. »Ich weiß alles über dich.« Unter ihren Händen blieb er ganz ruhig, doch sein Atem ging vor Anstrengung rau und unregelmäßig.

Sie wollte auch alles über ihn wissen, und ihn nackt zu sehen, war ein guter Anfang. An dem Abend, als sie einander die Kleider vom Leib gerissen hatten, hatte sie ihn nicht besonders gut gesehen. Doch jetzt schaute sie genau hin. Sie trat einen Schritt zurück und fing mit den Schuhen an. Ihr Blick glitt über die langen Beine in der abgetragenen Levi's und hielt an der ernstzunehmenden Wölbung in seinem Schritt inne. Dann zwang sie ihn weiter zu der leichten Rundung seiner Taille und der feinen Haarspur, die aus dem zugeknöpften Hosenstall stieg und seinen Nabel umgab. Sein Bauch war flach wie ein Waschbrett, und kurze, dunkle Locken überzogen die harten, gut definierten Muskeln seiner Brust. Sie schaute über die breiten Schultern und den kräftigen Hals in sein Gesicht. Sein Fünf-Uhr-Bartschatten hatte sich pünktlich eingestellt, sodass dunkle Stoppeln sein Kinn überzogen und den Umriss seines Mundes nachzeichneten.

Auch wenn er sie nicht anfasste, verrieten seine Augen, wie sehr er sie wollte. In seinem Blick brannte das Begehren, sie am ganzen Körper zu berühren. Sie hob die Hand an ihre Bluse und schaute ihm fest in die Augen. Sie knöpfte sie gemächlich auf, ließ sie von den Schultern gleiten und zu Boden fallen. Sein Blick folgte ihren Händen zum Druckknopf ihrer Jeans. Sie ließ ihn aufspringen und zog den Reißverschluss Zahn für Zahn auf. Quinns Blick wurde so heiß, dass es sie überraschte, dass ihre Hose kein Feuer fing, als sie sie herunterrutschen ließ. Dabei rutschte auch ihr Slip auf einer Seite nach unten, doch sie zog ihn wieder hoch, während sie ihre Hose beiseite kickte.

Seine Hände ballten sich zu Fäusten. »Du bringst mich noch um.«

Die Frustration in seinen Augen verriet ihr genau, wie

sehr er gegen das Bedürfnis ankämpfen musste, sie zu packen und aufs Bett zu werfen. »Stirb noch nicht.« Sie hob die Hände zur Mitte ihres BHs und hakte ihn auf. »Schließlich sind wir noch nicht bis zum besten Teil gekommen«, meinte sie und hielt die Körbchen mit den Handflächen fest.

»Ich weiß nicht, ob ich es bis zum besten Teil schaffe.«

Sie lächelte und nahm die Hände weg. Dann schob sie die weißen Träger an Schultern und Armen hinab, und der BH gesellte sich zur Bluse auf dem Boden.

Er stieß einen kehligen Laut aus. »Du hast so tolle Brüste. Ich könnte dich den ganzen Tag anschauen. Jeden Tag, und mich nie sattsehen.« Er griff nach ihr. »Komm her, Lucy.«

Sie schüttelte den Kopf. »Du hast versprochen, deine Hände bei dir zu behalten.«

Er fixierte sie mit einem Blick, in dem die Lust glühte, und ließ die Hand wieder sinken. »Vorerst.«

Sie tänzelte um ihn herum und presste sich an die glatten Ebenen und harten Muskeln seines Rückens. Der weiche Stoff seiner Jeans streifte ihren Bauch, und seine Haut wärmte ihre nackten Brüste, wodurch sich ihre Brustwarzen zusammenzogen. Sie legte die Wange an sein Schulterblatt und ließ die Hand nach vorn zu seinem Unterleib und dem Haar gleiten, das in der Mitte wuchs. Sie steckte die Finger unter den Bund seiner Jeans und küsste ihn im Nacken. Er erschauderte, als sie die Hand zwischen seine Jeans und Boxershorts schob. »Was ist denn das?«, neckte sie ihn, während sie seine Erektion streichelte.

Er versuchte zu sprechen, brachte jedoch nur ein tiefes Stöhnen hervor.

Sie stellte sich wieder vor ihn und zog an den fünf Knöpfen seiner Levi's. Als der Hosenschlitz offen stand, zog sie seinen Penis aus der Boxershorts und fuhr mit der Hand an dem langen heißen Schaft auf und ab. Mit dem Daumen verteilte sie die klare Flüssigkeit, die sie in der tiefen Spalte über der angeschwollenen Eichel fand. Sie hob das Gesicht und küsste ihn, bis er sich so weit zurückzog, um an ihrem Mund sagen zu können: »Vorsicht. Der ist geladen.«

»Ist das Polizeihumor?«

»Nein. Eine Warnung. Ich könnte in deiner Hand explodieren.«

»Das dürfen wir nicht zulassen«, raunte sie und kniete sich vor ihn. Sie blickte zu ihm auf, öffnete die Lippen und nahm ihn in den Mund.

Er schnappte nach Luft. »Lucy!« Er strich ihr zärtlich das Haar aus dem Gesicht und legte den Kopf in den Nacken.

Sie streichelte ihn mit der Zunge und saugte ihn weit in sich hinein. Er stöhnte, und sie zog seine Jeans und Boxershorts über Hintern und Oberschenkel. Dann packte sie seinen festen Hintern und bereitete ihm Lust.

Ehe sie sich's versah, hatte er sie von den Knien hochgezogen. »Ich will nicht in deinem Mund kommen. Diesmal nicht«, keuchte er und küsste sie mit all der Leidenschaft, die er bisher zurückgehalten hatte. Er presste sie an seine nackte Brust und verschlang ihren Mund, während er sie mit Küssen fütterte, die in ihr das Verlangen auslösten, rittlings auf ihn zu steigen. Sein Brusthaar kratzte an ihren Nippeln, und sein angeschwollener Penis drückte hart an ihren Bauch.

Schwer atmend zog er sich zurück und kickte Hose und Schuhe von sich. Dann zerrte er sich die Socken von den Füßen und bückte sich, um die Brieftasche aus der Gesäßtasche seiner Jeans zu holen. Er schmiss sie auf ein Kissen, packte Lucy und warf sie daneben.

»Was tust du da?«, lachte sie und stützte sich auf die Ellenbogen. »Ich dachte, du wolltest die Hände bei dir behalten.«

»Scheiß drauf.« Er stieg auf sie, die Knie an den Außenseiten ihrer Schenkel, und stützte sich mit den Händen auf dem Kissen neben ihrem Kopf ab. »Jetzt bin ich dran.«

»Was hast du vor?«

Er zerrte an ihrem Slip und zog ihn an ihren Beinen herunter. Dann schleuderte er ihn von sich und schob die Hand zwischen ihre Schenkel. »Ich bring dich zum Schreien wie eine Porno-Queen.«

Sie hätte vielleicht gelacht, wenn er nicht seinen heißen, nassen Mund auf ihren gelegt hätte, während er sie zwischen den Beinen streichelte. Er berührte und lockte sie, bis sie das Gefühl hatte, sterben zu müssen, wenn er aufhörte. Doch sie wollte nicht ohne ihn zum Orgasmus kommen. Nicht schon wieder.

»Halt«, befahl sie, und er kniete sich hin und griff nach seiner Brieftasche. Er zog ein Präservativ heraus und warf die Brieftasche hinter sich. Sie stieß seine Hände weg und nahm ihm das Kondom ab.

»Ich mach das.« Sie zog es aus der Verpackung, legte es auf seine Penisspitze und rollte es bis zum Fuß seines dicken Schafts.

Er stützte sich auf einen Unterarm und brachte sich in Position. Dann schob er sich in sie, und sie keuchte vor Lust. »Das«, verkündete sie, während sie nach Luft schnappte, »ist der beste Teil.«

Er zog sich zurück. Dann vergrub er sich mit zwei kräftigen Stößen seiner kraftvollen Hüften tief in ihr. »Lucy«, stöhnte er an ihrem Ohr. »Du fühlst dich so verdammt gut an.« Er zog ihn ganz heraus, um dann fester zuzustoßen. »Heiß. Ich kann dich durch das Kondom spüren. So gut.«

Gott, quatschte der viel. Wie sollte sie kommen, wenn sie sich auf sein Gequassel konzentrieren musste, statt … Das war ihr letzter zusammenhängender Gedanke, bevor er ihre Hüften anhob und tiefer zustieß. »Oh mein Gott!«, stöhnte sie.

Er zog ihn heraus und streichelte ihre Perle mit seiner prallen Eichel. »Fühlt sich das gut an?«

Sie schlang ein Bein um seine Taille. »Mehr«, keuchte sie und gab sich ganz den Gefühlen hin, die durch sie rauschten. »Genau da.«

»Da?«

»Ja.«

Er streichelte noch einmal. »Ja?«

»Hör nicht auf.«

Er lachte an ihrem Ohr. »An diesem Punkt kommt aufhören nicht in Frage.«

Er stützte sich mit den Händen neben ihrem Gesicht ab und bewegte sich in ihr, schaukelte mit einem langsamen, gleichmäßigen Rhythmus gegen sie. Er bremste sich. Mit dem Gesicht dicht vor ihrem schaute er ihr fest in die Augen, während er hinein und hinaus glitt. Sie hatte das Gefühl, er versuchte, behutsam zu sein oder sich zu beherrschen. Doch das war nicht, was sie wollte.

»Schneller«, presste sie hervor und bewegte sich mit ihm, passte sich jedem Stoß seiner Hüften an. Er wurde schneller, stieß fester und härter zu, trieb sie mit jedem kraftvollen Stoß näher und näher. Schon bald war er genauso kopflos wie sie, und sie jagten dem Ende entgegen. Sie kam zuerst an, und sie stöhnte seinen Namen, während intensive Orgasmuswellen durch ihren Körper rasten. Ihre Vagina zog sich um seine steinharte Erektion zusammen, während er wieder und wieder hart zustieß und sie mit sich nahm, bis auch er den euphorischen Höhepunkt und die überwältigende Lust spürte. Er fluchte und stöhnte aus tiefstem Herzen. Er stieß ein letztes Mal zu und brach auf ihr zusammen. Danach rührte er sich lange nicht. »Quinn?«

»Ja?«

»Alles okay?«

»Okay?« Ein tiefes, heiseres Lachen ließ seine Brust an ihrer erbeben. »Das«, seufzte er und holte Luft, »war wohl der beste beste Teil, den ich je erlebt habe.«

Sie nahm ihr Bein von seiner Taille und streichelte seine Schultern, bevor sie ihn freigab. Sie musste lächeln. Er hatte Recht. Es war der beste beste Teil gewesen.

Quinn stützte sich auf einen Ellbogen, und sie senkte den Blick aus Angst, dass er das, was sie tief im Herzen empfand, an ihren Augen ablesen konnte. Er küsste ihre zufriedenen Lippen und zog sich aus ihrem Körper zurück. »Bin gleich wieder da. Geh nicht weg.«

Er verschwand in dem Bad, das an sein Schlafzimmer grenzte, und Lucy stieg aus dem Bett. Sie schnappte sich ihre Bluse und einen frischen Slip aus dem Koffer und nutzte die Gelegenheit, sich in dem Bad im Flur frisch zu machen. Als sie fertig war, knöpfte sie die Bluse über ihren nackten Brüsten zu und schlüpfte in ihren pinkfarbenen Seidenslip. Sie betrachtete sich im Spiegel über dem Waschbecken. Derselbe Spiegel, in den sie beim letzten Mal geschaut hatte, als sie in seinem Haus gewesen war. Sie sah eine Frau, die ausschaute, als hätte sie gerade Sex gehabt, doch über die deutlich geröteten Wangen und das verwuschelte Haar hinaus sah sie genau das, wovor sie sich fürchtete. Eine Frau, die verliebt war. Wahnsinnig. Total. Mit Haut und Haaren. Sie fragte sich, ob er es auch gesehen hatte, aber sie hoffte nicht. Das Letzte, was sie wollte, war, dass er wusste was sie für ihn empfand. Er liebte sie nicht, und sie wollte ihn nicht vergraulen.

Sie strich sich das Haar aus dem Gesicht und hob das Kinn, um die gerötete Stelle zu begutachten, wo seine Stoppeln sie gekratzt hatten. Er wollte sie. Darin hatte sie sich nicht geirrt. Darin hattte sie sich nie geirrt, aber das war keine Liebe.

Er liebte sie nicht, und das schmerzte. Es schmerzte wie ein glühend heißer Stein an ihrem Herzen. Er wollte mit ihr zusammen sein. Er brachte sie zum Lachen und machte sie mit seinen Berührungen ganz verrückt. Er ließ sie den Grund vergessen, warum sie bei ihm wohnte, und für heute war das genug. Über das Morgen würde sie sich später Gedanken machen.

Als sie die Badtür öffnete, wartete er schon auf sie, mit dem Rücken an die Wand gelehnt. Sein Oberkörper war nackt, und er trug seine Levi's so tief auf den Hüften, dass eindeutig erkennbar war, dass er keine Boxershorts darunter trug. Zu seinen Füßen saß ein Irish Setter, und er hielt den Hund mit einer Hand am Halsband fest.

»Das ist Millie«, sagte er.

Sie war eine schöne Hündin, mit prächtigem rotbraunem Fell und strahlend braunen Augen. Sie ließ die Zunge seitlich heraushängen, während sie zu Lucy aufsah. »Du bist also die berühmte Millie.« Lucy bückte sich und kraulte der Hündin den Kopf. »Wenigstens hat Quinn über deine Haarfarbe die Wahrheit gesagt.«

»Ich fürchte, wenn ich sie loslasse, will sie an dir schnuppern.« Lucy hielt dem Hund die Hand vor die Nase. »Das ist nicht der Körperteil, den sie beschnuppern will.«

Sie blickte auf in Quinns Gesicht. »Genau aus dem Grund hab ich eine Katze.«

»Aber Katzen holen keine Stöcke oder springen in Teiche, um Vögel zu apportieren.«

»Was nur zeigt, wie schlau sie sind.«

Er schüttelte den Kopf. »Komm und sieh dir das an.« Sie folgte ihm über den Flur und beobachtete, wie die Schatten über seinen glatten Rücken glitten. In der Küche holte er einen Hundekuchen aus dem Schrank. »Sitz, Millie«, befahl er. Sobald die Hündin gehorchte, legte er ihr das Leckerli auf die Nasenspitze. »Bleib.« Die arme Millie starrte schielend darauf, bis Quinn sagte: »Okay.« Daraufhin warf sie den Hundekuchen in die Luft und fing ihn mit dem Maul auf.

»Katzen können sowas nicht.«

»Wenn Schnucki wollte, könnte er das auch.«

Er sah sie skeptisch an und kraulte seine Hündin am Ohr. »Dein Kater kann sich gar nicht so schnell bewegen.«

Da hatte er wahrscheinlich Recht. »Machst du etwa Schnuckel schlecht?«

»Er ist fett.«

»Stämmig.«

»Das ist dasselbe.« Millie stand auf und lief einen engen Kreis um Lucy. Dann schnüffelte sie an ihrem Knie. »Pfui. Sitz, Millie«, befahl Quinn, und die Hündin gehorchte aufs Wort.

Lucy stemmte entrüstet die Hände in die Hüften. »Schnucki hat eine Essstörung. Er kann nichts dafür.«

Quinn lachte, schlang die Arme um ihre Taille und zog sie an seine Brust. »Du bist süß, wenn du dich wegen dieses fetten Fellknäuels aufregst.«

»Hey –« Sie hätte Schnuckels Ehre verteidigt, wenn sie an der Innenseite ihres Schenkels nicht eine nasse Schnauze gespürt hätte. »Wow.« Sie zuckte zusammen und stellte sich auf die Zehenspitzen. »Deine Hündin hat mich grade belästigt.«

»Ich wusste, dass es zu schön war, um wahr zu sein.« Er ließ Lucy los und ging zur Hintertür. »Raus«, befahl er.

Millie trottete auf Quinn zu und warf Lucy über die Schulter einen letzten anklagenden Blick zu. »Friert sie da draußen nicht?«

»Nein.« Quinn schloss die Tür hinter seiner Hündin. »Sie hat in der Garage eine Hütte und eine Hundeklappe zum Garten. Ihr geht's gut.« Das Deckenlicht in der Küche strömte auf seinen nackten Rücken, während er zum Kühlschrank schlenderte. »Hast du Hunger?«, fragte er.

»Kommt drauf an, was du hast.« Sie fürchtete, einer weiteren Überdosis Kohlenhydrate nicht gewachsen zu sein.

Er öffnete den Kühlschrank. »Ich hab Himbeersorbet.«

»Sorbet kann ich immer essen.«

Er zog eine Packung aus dem Eisfach und schloss die Tür

wieder. »Es ist nicht mehr viel. Wir müssen es uns teilen.« Er schnappte sich eine Schüssel und einen Löffel und begann, das Eis herauszuschaufeln.

Es gab vieles an Quinn, das Lucy brennend interessierte und weit über seinen Job und darüber hinaus ging, wie er eine Verrückte schnappen wollte, die Männer umbrachte und Lucy Briefe schrieb. Wichtige Dinge wie: »Erzähl mir von Amanda.«

Er schaute von der Packung auf. »Warum?«

»Ich mache nur Konversation.« Sie schlenderte zum Küchentisch und lehnte sich mit dem Hintern dagegen. »Du weißt schon, ich erzähl dir was und du mir.«

»Amanda war klein und dunkelhaarig. Grüne Augen und große Titten … äh Brüste.«

»Klar«, meinte Lucy trocken.

Er lachte und ließ den Rest Sorbet in die Schüssel fallen. »Sie hatte die nervtötende Angewohnheit, überall ihre langen Haare zu verlieren.« Er kam auf Lucy zu und fütterte sie mit einem großen Löffel Eis.

Es war kalt, schmeckte irgendwie scharf und fühlte sich gut an, als es ihre Kehle hinabglitt. »Wie stellt man das denn an?«

»Keine Ahnung.« Er kostete ebenfalls und zog den Löffel wieder aus dem Mund. »Sie hatte eine Wahnsinnsmähne, und sie verlor die Haare überall im Haus.«

Eine Frau mit großem Busen und Löwenmähne. Lucy hasste sie schon aus Prinzip. »Hattest du seit Amanda eine Freundin?«

»Nein.«

»Affären?«

»Ich erinnere mich nicht.«

Toll. Er wusste alles über ihre früheren Beziehungen, wollte aber nur ungern über seine reden. »Wirst du dich denn an mich erinnern, wenn ich weg bin?«, fragte sie.

Er fütterte sie mit mehr Eis und zog den Löffel wieder aus ihrem Mund. »Du gehst nirgendwohin.« Er strich mit der Rückseite des Löffels über ihre rechte Brustwarze, die sich unter dem kalten Metall zusammenzog.

Sie sah auf sich hinunter. »Was tust du da?«

»Ich bringe deine Nippel dazu, durch den Stoff zu lugen. Das ist echt sexy.«

Sie bemühte sich, die Augen nicht zu verdrehen. »Wie lange hast du das schon vor?« Sie hob den Blick, doch seine Aufmerksamkeit war auf ihre Bluse gerichtet.

»Seit du aus dem Bad gekommen bist.«

»Das ist pervers! Die ganze Zeit, während wir über deinen Hund, meine Katze und deine Ex-Verlobte gesprochen haben?«

»Klar, das nennt man Multitasking.« Er schaute auf und zuckte mit einer nackten Schulter. »Ich kann mit dir über etwas reden und dabei an etwas völlig anderes denken.«

»Muss ein Polizisten-Talent sein.«

Er lachte und steckte den Löffel mitten ins Sorbet. »Eher ein Männertalent. Wir reden über die Scheiße, über die ihr reden wollt, doch in Wahrheit versuchen wir nur, euch ins Bett zu kriegen. Wieder mal.«

»Und deine früheren Beziehungen sind dir nicht wichtig?«

Er zog den Löffel wieder heraus und stellte die Schüssel neben sie auf den Tisch. »Nur du bist mir wichtig.« Er strich mit dem rosa verfärbten Löffel über ihre linke Brustspitze. »Und ich. Und wie ich dich aus deinem Slip rauskriege.«

Sie schnappte empört nach Luft. »Du hast Sorbet auf meine Bluse geschmiert.«

Ein sinnliches Lächeln umspielte seine Lippen. »Ist das nicht schade? Das muss ich wohl wieder säubern.« Er senkte den Kopf und saugte durch die Bluse an ihr. Die Mischung aus kaltem Sorbet und heißem Mund sandte ein Kribbeln über ihre Brust direkt in den Unterleib. Sie krümmte den Rücken und fuhr mit den Fingern durch sein dunkles Haar, während er ihre Bluse sauberleckte. Als er fertig war, ließ er ein paar Knöpfe aufspringen und schob den Stoff beiseite, um an ihren entblößten Brüsten zu saugen. Ohne den Mund von ihr zu lösen, legte er die Hände auf ihre Hüften, hob sie hoch und setzte sie hin. Genau auf die Schüssel mit dem Eis. Sie kippte um, und Himbeer-Sorbet glitt zwischen ihre Schenkel.

»Mist!« Sie schnappte sich die Schüssel und schaufelte damit das Sorbet wieder auf. »Das ist kalt!«

»Anscheinend hab ich schon wieder eine Schweinerei gemacht. Diesmal auf deinem Slip.« Er nahm ihr die Schüssel ab und stellte sie neben sie auf den Tisch. Dann schlang er den Fuß um ein Stuhlbein und zog den Stuhl heran.

»Stell deine Füße auf meine Schultern, während ich dich saubermache«, befahl er, während er sich setzte und mit dem Stuhl noch näher heranrückte.

Das ließ sie sich nicht zweimal sagen.

»Mmm.« Er leckte mit der nassen Zunge an der Innenseite ihres Schenkels. »Du schmeckst gut. Wie Himbeeren auf warmer Haut.« Er legte bis zum Rand ihres Slips eine Kuss-

Spur. »Wenn ich hier fertig bin, widme ich mich wieder deiner Perle.«

Sie lehnte sich erwartungsvoll zurück und stützte sich mit den Händen ab. »Vorhin hast du versprochen, mich zum Schreien zu bringen wie eine Porno-Queen.«

Er senkte lächelnd den Kopf. Und da er ein Mann war, der des Multitaskings fähig war, schaffte er beides.

15. Kapitel

GOODTIMES: SUCHT BÖSEN BUBEN ...

Am nächsten Morgen erwachte Lucy von etwas Nassem an ihrer Wange. Als sie die Augen aufschlug, schaute sie in ein Gesicht mit rotem Fell und großen braunen Augen. Millie schleckte sie ab, und Lucy rollte sich von ihr weg auf den Rücken. »Igitt«, murmelte sie, während sie sich den Hundesabber aus dem Gesicht wischte. Sie schaute zu dem leeren Kissen neben ihr und setzte sich auf, wobei sie das blauweiß-gestreifte Bettlaken über ihre nackten Brüste zog.

Nach einer heißen Nummer auf dem Küchentisch hatten sie und Quinn sich Abendessen kommen lassen und *Cold Case Files* geguckt. Sie hatte erfahren, dass Quinn auch auf *NYPD Blue*-Wiederholungen stand, doch während der Folge hatte er ständig auf den Fernseher gedeutet und »Das würde nie passieren!« oder »Niemand führt neben einer Leiche eine Zeugenbefragung durch!« geschimpft.

Nach den Zehn-Uhr-Nachrichten hatten sie geduscht. Sie hatten sich gegenseitig eingeseift und sich an der Duschkabinenwand geliebt. Danach waren sie in Quinns Bett gefallen und vor Erschöpfung eingeschlafen. Sie wenigstens. Gegen drei Uhr morgens hatte er sie schon wieder geweckt, um sie noch einmal zu lieben. Dabei war er so süß und sanft, dass ihr vor Glück fast das Herz zersprang, weil darin nicht genug Platz für alle Gefühle war. Sie hatten insgesamt viermal Sex gehabt. Vier wunderbare Male, die dadurch noch wunderbarer waren, weil sie ihn liebte.

Sie liebte ihn, hatte aber keinen Schimmer, was er für sie empfand. Klar, sie wusste, dass er sich zu ihr hingezogen fühlte und sie mochte. Doch sie war sich nicht sicher, was das auf lange Sicht bedeutete. Zum Teufel, sie war sich nicht mal auf kurze Sicht sicher, wie es nach dieser Nacht mit ihnen weiterging. Vielleicht war die letzte Nacht für ihn nur ein Abenteuer.

In der Ferne hörte sie ein leises, stetes Stapfen und etwas das ein bisschen wie ein Förderband klang. Sie sah sich suchend nach ihren Klamotten um und erinnerte sich, sie zuletzt auf dem Badezimmerboden gesehen zu haben. Lucy schlüpfte nackt aus dem Bett. »Denk nicht mal dran«, warnte sie Millie, während sie ins große Bad tapste. Dort waren ihre Klamotten nicht, deshalb wickelte sie sich in ein Handtuch und tippelte über den Flur zum Gästezimmer. Dort tauschte sie das Handtuch gegen ihren pinkfarbenen Morgenrock ein und folgte dem Stapfgeräusch in ein drittes Schlafzimmer, das mit einem Schreibtisch, einer Hantelbank und der Lärmquelle eingerichtet war. Quinn, der weite graue Shorts trug, sich einen iPod an den Arm geschnallt und Kopfhörer in die Ohren gestöpselt hatte, joggte auf einem Laufband. Sein Haar klebte verschwitzt im Nacken, und mit jedem Schritt seiner Laufschuhe bauschten sich die Beine seiner Shorts auf.

Lucy trat ein und setzte sich auf die Trainingsbank, auf der eine Stange mit schwarzen Gewichten lag. Sie schlug die Beine übereinander und bewunderte Quinns glatte Haut, sein

Muskelspiel und die leichte Krümmung seines Rückgrats. Über das Schnarren des Laufbands hinweg klang es, als führte er Selbstgespräche. Sie hörte genauer hin und lächelte.

Gütiger Himmel. Er *sang*. Und nicht besonders gut. Es war sogar ziemlich furchtbar. So furchtbar, dass sie den Song nicht mal annähernd wiedererkannte. Es schien darum zu gehen, dass er über irgendwas herfiel, und als er einen ganz besonders falschen Ton traf, lachte Lucy los. Sie konnte nicht anders.

Die Kabel seines iPod schwangen mit, als er über die Schulter hinter sich blickte. »Herrgott«, fluchte er, hielt sich an den Haltegriffen fest und stellte die Füße auf die Ränder des Laufbands, das ohne ihn weiterlief. Er zog die Kopfhörer aus seinen Ohren. »Wie lang sitzt du da schon?«

»Lange genug.«

Er stellte das Laufband ab und schnappte sich das weiße Handtuch, das über dem Haltegriff hing. Er wischte sich das Gesicht ab und murmelte: »Schöne Scheiße.«

Sie bemühte sich, nicht zu lächeln. Das tat sie wirklich. »Zum Glück siehst du wenigstens gut aus.«

Er rubbelte sich mit dem Handtuch die Haare trocken und schlang es sich um den Hals, während er auf sie zukam und vor ihr stehen blieb. »Willst du damit sagen, ich kann nicht singen?«

»Ja.« Sie wackelte mit dem Fuß, während sie seine harten Brustmuskeln bewunderte. »Was hast du da gehört?«

Sein Blick glitt von ihrem Gesicht in den tiefen V-Ausschnitt ihres Morgenrocks. »Velvet Revolver. In ein paar Monaten spielen sie hier in der Stadt.« Er schaute auf in ihr Gesicht. »Willst du mitkommen?«

Ihr Fuß hielt inne. »Mit dir?«

»Nein.« Er runzelte die Stirn. »Mit Millie. Klar mit mir.«

»Ein richtiges Date?«

Er zuckte mit den nackten Schultern. »Ja. Wieso nicht?«

Das Konzert war in ungefähr drei Monaten, was bedeutete, dass er sie in drei Monaten noch zusammen sah. Letzte Nacht war für ihn also nicht nur ein Abenteuer gewesen. »Gern. Wann hattest du das letzte Mal ein richtiges Date?«

Er trocknete sich mit dem Handtuch die Brust ab. »Die Internet-Dates nicht mitgezählt, war das wohl, als Kurt vor vier Monaten ein Blind Date für mich arrangiert hat.«

»Ich hasse Blind Dates.«

Er hängte das Handtuch über die Hantelstange. »Sie war ganz okay. Es hat nur nicht gefunkt.« Er machte seinen iPod los und schlenderte zu dem Schreibtisch, mit seinem Laptop und den aufgeschlagenen Akten.

»Ich hasse es, mich für ein Date aufzubrezeln, das sich dann doch nur als reine Zeitverschwendung erweist.«

Er legte den iPod ab und nahm einen Kaffeebecher in die Hand. »Ihr Kater war noch nervtötender als deiner.«

Lucy machte den Mund auf, um Schnuckel zu verteidigen, klappte ihn aber wieder zu. »Wie lange warst du bei ihr zu Hause?«

Er hob den Becher an die Lippen. »Eine Weile.«

»Ich dachte, es hätte nicht gefunkt.«

Er trank einen großen Schluck. Dann sagte er: »Hat es auch nicht. Aber als ich sie zu Hause absetzte, hat sie mich auf einen Kaffee reingebeten, und da bin ich mit reingegangen.«

Lucy stand auf. »Als ich dich auf einen Kaffee reingebeten habe, hast du mir einen Korb gegeben.«

»Das liegt daran, dass ich dich in jeder Position aus dem Kamasutra und noch ein paar selbst erfundenen nehmen wollte.« Er stellte den Becher ab und ging auf sie zu. »Aber ich war verkabelt und durfte nicht zulassen, dass du mich berührst.«

»Was?« Lucy hob die Hand wie ein Verkehrspolizist. »Du warst verkabelt? Wann?«

»Wenn wir uns getroffen haben.«

»Jedes Mal?« Entgeistert ließ sie die Hand wieder sinken.

Er blieb einen Meter vor ihr stehen. »Ja. Aber du hast keine peinlichen Beichten abgelegt, falls dir das Sorgen macht.«

Sie ging in Gedanken alle Dates durch und landete bei dem Zwischenfall im Flur. Da hatte sie ihn am ganzen Körper berührt. »Und wo war das Kabel an dem Abend, als ich dich eigentlich umbringen sollte?«

Er verschränkte die Arme vor der nackten Brust, und sein Gesicht nahm den sturen Ausdruck an, den sie inzwischen nur allzu gut kannte. Den, der ihr sagte, dass er keine Lust hatte, ihr zu antworten. Sie verschränkte die Arme und wartete ab. Schließlich sagte er: »An dem Abend hatte ich keins am Körper.«

»Wo war es dann?«, fragte Lucy, obwohl sie schon so eine Ahnung hatte. Sie glaubte keine Sekunde, dass sich die Polizei die Mühe gemacht hätte, ihr etwas anzuhängen, ohne das Haus abzuhören. Sie wusste nicht, wieso sie nicht schon früher darauf gekommen war – es war so klar wie Kloßbrühe. Vielleicht, weil sie zu sehr mit anderen Dingen beschäftigt gewesen war.

»In der Küche, im Wohnzimmer und im Schlafzimmer waren Digital-Aufnahmegeräte versteckt.«

Sie versuchte vergeblich, sich daran zu erinnern, was sie an jenem Abend alles gesagt hatte. Entsetzt wandte sie sich ab und fasste sich an die Stirn. Ihr Herz schlug schneller, und ihr Gesicht wurde glühend heiß. Was hatte die Polizei mitgehört? »Mein Gott, an dem Abend … als du mir die Bluse ausgezogen hast und deine Hand … was wir gesagt haben … was –«

»Niemand konnte etwas hören.« Quinn packte sie am Arm und zwang sie, ihn anzusehen. »Deshalb hab ich dich auch in den Flur getragen. Ich wollte nicht, dass uns jemand hört. Ich wollte dich ganz für mich allein, ohne irgendwelche Zuschauer.«

Lucys rasendes Herz blieb stehen. »Zuschauer?«

Er legte den Kopf in den Nacken und vergrub das Gesicht in den Händen. »Scheiße.«

»Da waren Videokameras?«

»Ja.« Er ließ die Hände wieder sinken.

»*Oh Gott!*« Sie hielt das Revers ihres Morgenrocks am Hals zu und schlang den Gürtel fester um sich. »Wo waren sie?«

»Die Audio- und Videoüberwachungsgeräte waren in der Abzugshaube in der Küche, in einer falschen Uhr auf dem Kaminsims im Wohnzimmer und in einem Radiowecker an meinem Bett.«

Sie dachte an den Abend zurück. Sie hatten es nicht bis in sein Schlafzimmer geschafft. Sie hatten in der Küche gegessen, und im Wohnzimmer hatten sie geknutscht und er hatte ihr den Pullover ausgezogen. Schockiert schnappte sie nach Luft und versetzte ihm einen Stoß gegen die nackte Brust. »Wie konntest du mir das antun?«

»Lucy.« Er packte sie an den Oberarmen. »Tut mir leid. Wir dachten … Ich dachte, du wärst Breathless. Wir dachten, wenn du –«

»Wie viele Leute haben zugesehen?«

»Zwei. Kurt und Anita haben draußen im Van gesessen.«

Lucy dachte zurück und erinnerte sich, einen Van gesehen zu haben, der auf der anderen Straßenseite parkte. In jenem Van hatten also zwei Personen gesessen und zugesehen, wie er sie auszog und ihre Brüste streichelte. Sie war entsetzt. »Oh Gott. Oh Gott, und davon gibt's ein Band?«

»Ja.«

»Wo?«

»Im Beweisraum, denke ich.«

»Wie viele Leute haben es gesehen?«

Er schüttelte den Kopf. »Keine Ahnung.« Sie wollte sich von ihm losreißen, doch sein Griff wurde nur fester. »So schlimm ist es gar nicht.«

»Hast *du* es denn gesehen?«

»Nein, aber die Kameras konnten nicht bis in den Flur sehen.«

Als sie sich diesmal losreißen wollte, ließ er sie los. Lucy schaute in sein gutaussehendes Gesicht und spürte, dass Tränen in ihren Augen brannten. Sie wollte um keinen Preis weinen. In ihrem Herzen gingen Wut und Demütigung in ein tieferes Gefühl über, das des totalen Verrats. Es spielte keine Rolle, dass Quinn keine Wahl gehabt hatte. Er hatte ihr etwas anhängen wollen, und jetzt existierte ein Videoband, auf dem er ihre Brüste berührte. Es war da draußen. Irgendwo. Und fremde Männer konnten sich daran aufgeilen. »Ich muss hier raus«, presste sie hervor und ließ ihn stehen. Trotz ihrer abgrundtiefen Enttäuschung wollte sie nicht leichtfertig handeln. »Ich nehme dein Angebot an, mir Aufpasser ins Haus zu schicken.« Total benommen verließ sie den Raum. Vielleicht konnte sie irgendwie an die Bänder kommen. Vielleicht konnte sie einen Anwalt einschalten und die Polizei zur Herausgabe zwingen.

Sie stolzierte ins Gästezimmer und feuerte ihren leeren Koffer aufs Bett. Morgen früh würde sie gleich als Erstes ihren Anwalt anrufen.

»Lucy.«

Sie drehte sich um und sah ihn in der Tür stehen. Eine Locke fiel ihm in die Stirn, während seine dunklen Augen sie fixierten. Trotz allem hätte ein Teil von ihr sich am liebsten an seine nackte Brust geworfen und vergessen, was er getan hatte. In den kurzen Momenten, wenn er sie in den Armen hielt, ließ er sie alles vergessen. Sie liebte ihn und wünschte gleichzeitig, ihn nie getroffen zu haben.

»Versprich mir, dass du nicht gehst, bevor ich zurück bin.«

Und wieder fühlte sie sich gedemütigt und todunglücklich, und alles nur, weil sie den Fehler gemacht hatte, Quinn zu lieben.

»Versprich es mir«, wiederholte er.

Wahrscheinlich musste er die Sicherheitsvorkehrungen in ihrem Haus organisieren, bevor sie dorthin zurückkehrte. »Na schön.«

»Versprich es«, beharrte er.

»Ehrenwort.« Wieder hatte sie sich wegen ihm zum Narren gemacht.

Lucy wandte ihm den Rücken zu und zog den Reißverschluss des Koffers auf, den sie am Abend zuvor erst ausgepackt hatte. Sie hörte, wie Quinn sich über den Flur entfernte. Wenige Augenblicke später wurde das Wasser in der Dusche angestellt. Sie schloss die Tür und setzte sich aufs Bett. Sie sah nur noch verschwommen und wischte sich die Augen mit dem Ärmel ihres Morgenmantels. Sie wollte nicht weinen. Quinn sollte sie nicht weinen sehen.

Sie dachte an den gestrigen Abend und an seine Liebkosungen. Sie verglich die Gefühle, die er gestern in ihr ausgelöst hatte, mit denen heute. Sie ließen sich einfach nicht miteinander vereinbaren. Sie passten nicht zueinander. Die Freude und der Schmerz, Quinn zu lieben, von einem Extrem ins andere zu fallen, waren einfach zu viel für sie.

Sie horchte, ob das Wasser noch lief, und als es abgedreht wurde, trat sie an die kleine Frisierkommode. Sie öffnete die oberste Schublade und entdeckte darin die weiße Bluse und den pinkfarbenen Slip, die sie in der Nacht zuvor verloren hatte. Beides war gewaschen, zusammengelegt und ordentlich in der Schublade verstaut worden. Sie nahm die Bluse und schnupperte daran. Sie duftete wie Quinns Hemden. Wieder verschwamm alles, und sie wischte sich mit dem Handrücken die Augen. Trotz der anderen Dramen in ihrem Leben nahmen Quinn und ihr gebrochenes Herz in ihren Gefühlen den größten Raum ein. Es war verrückt, aber nicht zu leugnen.

Vor ihrer geschlossenen Tür hörte sie Quinns Schritte. Er blieb kurz stehen und lief dann weiter den Flur entlang. Kurze Zeit später hörte sie, wie sich das Garagentor öffnete und sein Jeep wegfuhr. Sobald er zurück war, wäre sie abfahrbereit.

Lucy legte ihren schwarzen BH mit passendem Slip, eine

khakifarbene Bluse und ein schwarzes T-Shirt auf die Frisierkommode und schmiss den Rest ihrer Klamotten zurück in den Koffer. Dann öffnete sie die Tür, und Millie folgte ihr ins Bad.

»Raus«, befahl sie. Millie legte sich hin und sah mit traurigen Augen zu ihr auf. »Na schön«, murmelte Lucy. Sie sprang unter die Dusche und wusch sich von Kopf bis Fuß. Als sie fertig war, stieg sie über Millie und putzte sich die Zähne und föhnte ihre Haare. Sie band sich einen Pferdeschwanz, und als Quinn zurückkam, saß sie gestiefelt und gespornt auf seiner Ledercouch und wartete auf ihn.

Sein Gesicht wirkte starr und entschlossen, und sein Kinn sah so angespannt aus, als würde es gleich zerspringen. Er trug eine Jeans und ein weißes Hemd. Sie sprang auf, weil sie glaubte, über die neuen Sicherheitsvorkehrungen in Kenntnis gesetzt zu werden. Stattdessen nahm er ihre Hand und legte zwei kleine Kassetten hinein. »Was ist das?«

»Die Videobänder, die in der Nacht aufgenommen wurden, als das Haus verkabelt war.«

Überrascht blickte sie auf. Er hatte sein Cop-Gesicht aufgesetzt, die ausdruckslose, unbewegliche Miene, die ihn hart wirken ließ. Abgesehen von seinen dunklen Augen. Aus seinem Blick konnte er seine Emotionen nicht tilgen. Sie flackerten unter der Oberfläche, heiß und lebendig, und dazu noch etwas, das er nicht so kontrollieren konnte wie sein starres Kinn. »Woher hast du die?«

»Frag nicht.« Er ließ die Hand wieder sinken.

»Hast du sie offiziell mitgenommen oder so?«

Er schaute sie eine Ewigkeit an, bevor er sagte: »Nein.«

»Quinn?« Er starrte sie nur an, und diesmal wusste sie,

dass er ihr nicht antworten würde. Warten hatte keinen Zweck, aber das brauchte sie auch nicht. Sein Schweigen sprach Bände. Er hatte sie aus dem Beweisraum gestohlen. Für sie. »Und wenn sie vermisst werden? Kriegst du dann keinen Ärger? Oder wirst gar gefeuert?«

Er starrte sie nur weiter an.

»Wird keinem auffallen, dass sie weg sind?«

»Wahrscheinlich schon. Je weniger du darüber weißt, desto besser.«

»Was soll ich damit anstellen?«

»Was du willst. Aber ich würde dir empfehlen, sie zu vernichten und zu vergessen, dass du sie je gesehen hast.«

»Ist das nicht Vernichtung von Beweisen?«

Er zuckte mit einer Schulter. »Streng genommen ja.«

Sie schaute entgeistert auf die Kassetten. »Bist du auch sicher, dass es die richtigen Bänder sind?«

»Sie waren beschriftet, deshalb bin ich mir ziemlich sicher.«

»Aber nicht hundertprozentig.«

»Willst du sie sehen?«

Eigentlich nicht, aber sie wollte sichergehen, dass die richtigen Bänder in ihrem Besitz waren. Sie gab sie ihm zurück. »Ja.«

Er deutete auf die Couch. »Rühr dich nicht vom Fleck.« Er verließ den Raum und kam mit einer Videokamera zurück. Er schloss sie an den Fernseher an und legte eine der Kassetten ein.

Sie wollte wissen, ob er gefeuert würde. Die Antwort lautete *Und ob*. Wenn es rauskam, hatte er eine Anklage wegen

Diebstahls am Hals. Doch da die Bänder für die Breathless-Ermittlungen nutzlos waren, würden die Vorwürfe wahrscheinlich fallen gelassen, wenn er einwilligte, seine Entlassung nicht anzufechten.

Quinn startete das Band, durchquerte den Raum und setzte sich neben Lucy auf die Couch. Auf dem Bildschirm erschienen ihre Schwarzweißbilder, und Lucy beugte sich vor, um zuzusehen, wie sie gemeinsam zu Abend aßen und sich über alles Mögliche unterhielten, beim Wetter angefangen bis hin zu Kommunalpolitik.

Bisher hatte er es mit den Vorschriften zwar nicht so genau genommen, aber noch nie dagegen verstoßen. Er liebte seine Arbeit, und wenn ihm je jemand prophezeit hätte, dass er Beweise verschwinden lassen würde, hätte er ihn für verrückt erklärt. Wenn derjenige ihm prophezeit hätte, dass er es für eine Frau tun würde, hätte er ihn für *total verrückt* erklärt. Doch dann hatte er Mist gebaut und Lucy von den Videobändern erzählt, und sie hatte ihn angesehen, als hätte er ihren Kater totgetreten. Gerade noch hatte sie ihn angesehen, als wollte sie ihn bespringen und sein Fitness-Programm fortsetzen, und im nächsten Moment, als hätte er ihr einen Dolch ins Herz gestoßen. Er hätte alles dafür getan, damit sie ihn wieder so ansah wie zuvor.

Als er gegangen war, hatte er den neuesten Breathless-Brief gleich mitgenommen und im Labor abgegeben, damit die Kriminaltechniker ihn sich morgens ansehen konnten. Das hatte er sowieso vorgehabt. Was er nicht vorgehabt hatte, bis er in ihre Augen sah, die sich mit Tränen füllten, war ein Diebstahl, doch als er das Haus verließ, wusste er, was er zu tun hatte.

Er war ein Trottel. Er hatte seinen Job für eine Frau riskiert, die ihm nie verzeihen würde, dass er sie vor einer versteckten Kamera ausgezogen hatte. Er hatte seine Entlassung für eine Frau riskiert, die steif wie ein Brett neben ihm saß. Eine Frau, die in ihm das Bedürfnis nach etwas auslöste, das er schon lange aufgegeben hatte. Etwas, von dem er sich überzeugt hatte, besser dran zu sein, wenn er es nicht besaß.

Quinn beobachtete auf dem Fernsehschirm, wie sie gemeinsam zu Abend aßen und sich unterhielten, als wären sie nur zwei Menschen, die sich gerade kennen lernten. Er erinnerte sich nicht mehr so gut an das Essen, sondern mehr an ihren Pulli und den Lederrock. Dann packte sie den Schokoladenkuchen aus, und ihm fielen seine Gefühle wieder ein, als er ihr dabei zugesehen hatte, wie sie die Gabel in den Mund steckte.

»Manchmal ist Schokolade besser als Sex«, verkündete sie auf dem Bildschirm.

»Sonnenschein, nichts ist besser als Sex«, hatte er geantwortet. Sie legte die Gabel auf ihren Teller und schob ihn beiseite. »Das hängt vermutlich von den Vergleichsmöglichkeiten ab.«

Er stand auf und sagte mit einer Stimme, die so stark sexuell aufgeladen war, dass er sie kaum wiedererkannte: »Komm her.« Vom Sofa aus schaute Quinn auf den Bildschirm, wo er die Arme um Lucy schlang. »Dann geb ich dir mal was Gutes zum Vergleich.« Dann küsste er sie, und es war genauso heiß wie in seiner Erinnerung. Sexuelle Energie floss in Wellen vom Fernsehbildschirm, und Quinn wurde bei dem Anblick ein bisschen scharf. Er warf Lucy einen

Blick zu, um festzustellen, ob es ihr ähnlich erging, doch sie hatte die Augenbrauen zusammengezogen und kam ihm eher stocksauer vor als erregt.

»Ich muss mal dein Bad benutzen«, sagte sie auf dem Band, und Quinn richtete seine Aufmerksamkeit wieder auf den Bildschirm. Sie verschwand aus dem Bild, und Quinn folgte ihr. Das bewegungsempfindliche Band schaltete sich ab, und Quinn erhob sich von der Couch, um die zweite Kassette in die Videokamera einzulegen. Er drückte auf Play und kehrte an seinen Platz zurück.

Auf dem Band eilte er ins Wohnzimmer, griff nach ihrer Handtasche und kippte sie auf der Couch aus.

»Du hast meine Handtasche durchsucht?«

Er sah sie an. »Ja, und du schleppst ganz schön viel Scheiß mit dir rum.«

Sie verschränkte die Arme unter den Brüsten. »*Daher* wusstest du also von meinem Pfefferspray.«

Auf dem Bildschirm warf Quinn wieder alles in die Handtasche und bezog mitten im Wohnzimmer Stellung. Als sie hereinkam, schaute er auf, und sein dunkler Blick folgte ihr. Selbst auf dem Schwarzweißfilm konnte er das Verlangen in seinen Augen sehen. Er hatte sie für eine Mörderin gehalten und sie trotzdem begehrt.

Sie schaute direkt in die Kamera und sagte ihm, dass sie noch keinen Sex haben sollten. Auch sein Blick war auf die Kamera gerichtet, obwohl er wusste, dass sie eigentlich in den Spiegel über dem Kamin geschaut hatten.

Er sah zu, wie seine Hände an ihren Armen herabglitten und sich um ihre Taille legten. »Sag mir, wann ich aufhören soll«, raunte er und zog ihren Rücken an seine Brust. »Ist es dir unangenehm, wenn ich dich hier küsse?« Er küsste sie am Hals, und sie schüttelte den Kopf.

»Das ist gut. Ich küsse dich gern dort. Wo deine Haut weich ist und dein Haar nach Blumen duftet und aussieht wie die Sonne.« Er schob die Finger in den Bund ihres Rockes und zog ihn ein Stück herunter. Sie neigte den Kopf nach rechts, und er saugte an ihrem Hals. Er schob die Hände unter ihren Pullover und streichelte ihre Brüste. Seine Augenlider waren auf Halbmast, und sein Verlangen war auf dem Band unverkennbar.

Quinn wusste nicht so recht, ob er eher verlegen oder geil war. Was er sagte, war ihm peinlich. Aber dabei zuzusehen, wie seine Hände nach oben wanderten und seine Daumen über ihre harten Nippel strichen, war gleichzeitig das Erotischste, was er je getan hatte. Hundertmal erotischer als ein Porno. Auf dem Bildschirm stockte ihr der Atem, und ihre Augenlider schlossen sich, als seine Hände ihre Brüste umfassten.

»Deine Nippel sind hart«, flüsterte er an ihrem Hals. »Wie bei einer Frau, die Liebe machen will.«

Sie drehte sich um und schlang die Arme um seinen Hals. Als sie sich küssten, fuhr er mit einer Hand unter den Bund ihres Rockes und drückte sie in ihr Kreuz. Mit der anderen Hand strich er ihren Rücken hinauf. Dann raffte er ihren Pulli zusammen und zog ihn ihr über den Kopf.

»Ich liebe Frauen mit Spitzendessous«, flüsterte er und berührte den Spitzenrand ihres BHs. »Du bist so schön, dass ich alles vergesse.«

»Was denn?«

»Dass ich es langsam angehen lassen sollte. Dass ich es

nicht vermasseln will, indem ich es überstürze«, antwortete er, während er ihre Brüste drückte. »Aber es ist so lange her.« Er schob ihre Brüste zusammen, beugte sich nach vorn und küsste ihr tiefes Dekolletee. »Warum musstest du so gut aussehen? Es wäre einfacher, wenn du nicht so schön wärst. Wenn ich dich nicht so sehr wollte, dass ich an nichts anderes mehr denken kann, als dich nackt zu sehen.«

Er küsste sie und strich mit den Händen über ihren Hintern zu den Rückseiten ihrer Oberschenkel. Dann hob er sie hoch und schlang ihre Beine um seine Taille. Er verschwand mit ihr aus dem Bild, und das Band lief weiter, auf den leeren Raum gerichtet. Auch der Ton lief weiter und füllte den Raum mit leisem Stöhnen, und Quinn war fassungslos, wie gut die Wiedergabe war. »Verdammt. Ich dachte nicht, dass das Tonaufzeichnungsgerät aufnehmen kann, was im Flur vor sich geht«, murmelte er.

Lucy antwortete nicht. Sie ließ die Hände in den Schoß sinken, während sie Quinns Stimme vom Band hörten. »Nichts hier außer Lucy«, hörte er sich sagen. »Du willst mich, und ich will dich ficken, bis du eine Woche nicht mehr laufen kannst. Bis du dich nicht mehr bewegen kannst. Nicht mehr denken kannst. Nichts mehr tun kannst als stöhnen. Willst du das, Lucy?«

Okay, das war ein bisschen peinlich. Vom Band kam ein gehauchtes: »Ja.«

Mehr Schweigen, und dann sein gestöhntes: »Ich werde dir helfen, Lucy.« Was sie antwortete, war nicht zu verstehen, und dann hörte man wieder Quinn. »Ja, fass mich da an, genau so. Du bist nicht allein. Oh Gott, das fühlt sich gut an. Ich besorge dir Hilfe. Ich besorge dir alle Hilfe, die du benötigst.«

Gütiger Himmel, das war mehr als nur ein *bisschen* peinlich, und er spürte, wie sein Nacken zu brennen begann. Er wusste nicht mehr, dass er ihr Hilfe angeboten hatte. Er war so in sie versunken gewesen, so im Augenblick gefangen, dass er geglaubt hatte, sie heilen zu können. Als wären überwältigende mörderische Impulse heilbar.

Auf dem Band vermischte sich das Klingeln des Telefons mit den Geräuschen aus dem Flur – sein tiefes Stöhnen und das Seufzen, das tief aus ihrer Kehle kam.

Während er dort saß und zusah, wurde Quinn so hart, dass er fast ebenfalls kam. Er drehte den Kopf, um Lucy anzuschauen, doch sie hielt den Blick starr auf den Fernseher gerichtet.

»Tut mir leid«, sagte sie auf dem Band. »Das wollte ich eigentlich noch nicht.«

»Das machst du schon wieder gut.« Das Telefon verstummte, nur um von Neuem loszuschrillen. »Scheiße! Bin gleich wieder da.« Quinns Fernsehbild lief ins Wohnzimmer. Er nahm das schnurlose Telefon an der Couch ab und klemmte es zwischen Schulter und Wange. »Ja?«

»Weil ich beschäftigt war«, schnauzte er ins Telefon, während er seine Hose zuknöpfte. »Was?« Seine Hände hielten eine Sekunde inne, dann griff er nach dem Hörer. »Verarschst du mich?« Er drehte sich zum Flur. »Sag mir, dass du mich verarschst.«

Kurz danach sah man, wie Quinn Lucy aus dem Haus komplimentierte. Dann stellte sich das Band ab, und der Bildschirm füllte sich mit atmosphärischen Störungen.

Mit gerunzelter Stirn wandte Lucy sich ihm zu. »Warum hast du das getan, Quinn?«

Er dachte, er hätte es ihr verständlich gemacht. Anscheinend nicht. »Es gab Grund zu der Annahme, dass du Breathless warst. Und wir waren –«

»Nein«, unterbrach sie ihn. »Warum hast du zu mir gesagt, dass du mir Hilfe besorgst?«

Er schaute weg.

»Es gibt keine Hilfe für Serienmörder«, stellte sie fest.

»Ja. Ich weiß.« Er spürte, wie seine Ohren heiß wurden.

»Hast du den anderen Verdächtigen, mit denen du ausgegangen bist, auch Hilfe angeboten?«

»Nein. Mit den anderen ist es nie so weit gekommen.« Er sah ihr wieder ins Gesicht. »Ich hab sie nicht so berührt wie dich.« Was spielte das jetzt noch für eine Rolle? Wahrscheinlich wollte sie ihn nochmal richtig demütigen, bevor sie ihm noch einen letzten Tritt verpasste. Dann würde sie die Bänder Sergeant Mitchell übergeben und ihn feuern lassen.

Stattdessen tat sie etwas, das ihn sehr verblüffte. Sie kletterte auf seinen Schoß und ließ sich auf seiner Erektion nieder. Rittlings auf ihm sitzend, nahm sie sein Gesicht in die Hände und sagte: »Ich glaube, du mochtest mich sogar, als du dachtest, ich wollte dich umbringen.«

Er sah hoch in ihre blauen Augen. »Ein wenig.«

Sie lächelte und strich ihm über die Brust. »Ich dachte, du wolltest mich nicht mehr anlügen.«

Er packte ihre Beine und presste die Finger in sie. Er wusste, was sie hören wollte, doch er konnte sie nicht anlügen. Auch nicht, wenn ihr Unterleib seinen Hosenschlitz wärmte. »Ich mag dich wirklich, Lucy. Ich mag dich sehr. Wenn ich nicht mit dir zusammen bin, denke ich ständig an dich.

Ich hab dich gern um mich. Wir sind unglaublich zusammen. Der Sex ist heiß, und du löst in mir Sehnsüchte nach etwas aus, das ich nie für möglich gehalten hätte.«

»Wonach?«

»Nach dir.« Er sah ihr in die Augen und gestand: »Ein Leben neben der Arbeit.«

Ihre Hände streichelten seinen Hals. »Warum kannst du das nicht haben? Gestern Nacht hast du gesagt, dass ich nicht weggehen soll.«

»Das hätte ich nicht sagen dürfen. Und ich kann auch nicht glauben, dass ich das jetzt sage, aber du wohnst nur hier bei mir, weil du keine große Wahl hast. Ich habe schon viele Beziehungen gesehen, die sich aus Krisensituationen und Tragödien entwickelt haben, und manchmal überdauern sie die Krise nicht.«

Sie zog ihm das Hemd aus der Jeans und schob es hoch über seine Brust. »Wenn wir uns unter normalen Umständen getroffen hätten, könnte es trotzdem nicht halten.«

Er packte ihre Hände, bevor es so weit ging, dass er vermutlich nicht mehr aufhören konnte. »Stimmt, aber diese Situation hier ist weit davon entfernt, normal zu sein.«

»Versuchst du wieder, den Ehrenhaften zu spielen?«

»Ja.«

»Tu das nicht.« Sie zog ihm das Hemd über den Kopf und warf es zu Boden. »Ich glaube, ich mag dich am liebsten, wenn du nicht ganz so tugendhaft bist. Wenn du die Kontrolle verloren hast. Wenn du willens bist, alles für eine Frau zu riskieren, von der du glaubst, dass sie dich vielleicht umbringt. Mir gefällt es, wenn du einfach unanständig sein musst.«

Er lachte und schob ihren Rock über ihre Oberschenkel. Sie mochte ihn am liebsten, wenn er nicht versuchte, das Richtige zu tun?

Verdammt, ein anständiger Kerl zu sein war schwer. Unanständig ging einfach.

16. Kapitel

BIGGESTFAN: SUCHT OBJEKT DER LEIDENSCHAFT ...

Am nächsten Morgen stand Quinn vor seinem Schlafzimmerspiegel und machte sich wie in den letzten vier Jahren für die Arbeit fertig. Nur dass er heute Publikum hatte. Lucy saß im Schneidersitz auf seinem Bett, trank Kaffee und trug sein T-Shirt. Nach ihrer gestrigen Liebesnacht hatte sie ihm die Bänder übergeben, die jetzt wieder im Beweisraum lagerten.

Vor einer Stunde war er aufgewacht, ihr fester kleiner Hintern an seinen Unterleib gepresst und seine Hand an ihre volle Brust geschmiegt. Das war keine schlechte Aufwach-Methode. Besonders an einem Montagmorgen. Besonders weil er wusste, dass heute in der Arbeit der Teufel los sein würde.

Er stopfte sich die Zipfel des blauen Oberhemds in die graue Hose und sah Lucy im Spiegel an. Sie ließ seine Hände nicht aus den Augen, während er den Reißverschluss zuzog. »Ich muss was mit dir besprechen«, sagte er, um das Gespräch einzuleiten, vor dem ihm gegraut hatte, seit er am Samstag den neuesten Breathless-Brief gelesen hatte.

Sie schaute auf, und ihre Blicke trafen sich im Spiegel. »Was denn?«

»Wenn Sergeant Mitchell und die anderen Detectives den aktuellen Brief erst einmal gelesen haben, werden sie dich als Köder benutzen wollen, um die Verdächtige aus der Reserve zu locken. Ich weiß, dass wir letzte Woche schon darüber gesprochen haben, und wenn du jemand anders wärest, würde ich zustimmen. Ich würde alles daran setzen, dich zu einem Arrangement mit den Medien oder zu einer Signierstunde zu überreden. Aber du bist nicht irgendwer. Nicht für mich, und deshalb sollst du wissen, dass du zu nichts verpflichtet bist.«

Sie löste sich aus dem Schneidersitz, und Quinn beobachtete fasziniert, wie sein T-Shirt hochrutschte und den Blick auf ihre nackten Oberschenkel und ihren Hintern freigab, als sie vom Bett sprang. Sie stellte ihren Kaffee auf seiner Kommode ab und stellte sich vor ihn. »Ich hab lange darüber nachgedacht«, sagte sie und knöpfte sein Hemd zu. »Ich will alles Notwendige tun, um mein Leben so schnell wie möglich zurückzubekommen.« Sie schaute zu ihm auf und richtete den Blick wieder auf die Knöpfe. Ihr Scheitel befand sich genau unter seinem Kinn. »So gern ich auch hier bei dir wohne, ich will mein altes Leben zurück. Ich will, dass du und ich zusammen sein können wie normale Leute.«

»Wie normal?«, fragte er ihren Scheitel.

»Du bittest mich um ein Date, nicht weil es dein Job ist, sondern weil du mit mir zusammen sein willst. Wenn du mich abholst, lasse ich dich warten, weil ich noch Schuhe anprobiere.« Sie sah verschmitzt zu ihm auf. »Sachen, die Leute zu Beginn einer Beziehung eben so machen. Das haben wir alles übersprungen. Ich weiß, es klingt altmodisch, besonders wenn man bedenkt, wie schnell ich mit dir im Bett gelandet bin, aber ich glaube, ich wünsche mir, dass du mich, nun ja, umwirbst.«

Er lachte. »Ich erinnere mich gut daran, wie intensiv ich dich gestern Nacht umworben habe.« Sie machte ein böses

Gesicht, und er schlang die Arme um ihre Taille und zog sie an seine Brust. »Okay.« Er drückte ihr einen Kuss auf den Scheitel. »Wenn das alles vorüber ist, komm ich vorbei und hol dich ab, und du kannst mich meinetwegen warten lassen und eine Million Schuhe anprobieren. Du kannst mich sogar foltern, indem du tausend Klamotten anprobierst und mich nach meiner Meinung fragst, obwohl wir beide wissen, dass meine Meinung irrelevant ist. Und obwohl ich dich nicht anlügen muss, um dich ins Bett zu kriegen, sag ich dir trotzdem, dass du eine gute Autofahrerin bist.«

Sie verkniff sich ein Grinsen. »Und du bist auch nett zu Schnucki?«

Gestern, als sie zu Lucy nach Hause gefahren waren, um den Kater zu füttern, war Quinn dem verdammten Stubentiger auf den Schwanz getreten. Es war ein echtes Versehen gewesen, doch er war sich nicht ganz sicher, ob Lucy ihm das abnahm. »Ich schwöre, dass es ein Unfall war«, erinnerte er sie. »Ich hab ihn nicht gesehen.«

»Wie kann man einen neun Kilo schweren Kater übersehen, der einem genau vor der Nase sitzt?«

Weil er von Lucys Brüsten abgelenkt war, die ein bisschen wippten, während sie Katzenfutter in seinen Napf schüttete. Quinn drückte sie fester an sich. »In Zukunft pass ich auf, wo ich hintrete.«

Sie legte den Kopf an seine Schulter und sagte: »Ich will mein Leben zurück, Quinn. Ich will stinknormal sein. Wenn das heißt, dass ich eine Pressekonferenz oder eine Signierstunde abhalten muss, lass es uns so bald wie möglich machen.«

»Bist du sicher?«

Sie nickte und trat einen Schritt zurück. »Ja. Meine Wut ist größer als meine Angst.« Ihre Augen verengten sich zu Linda-Blair-Schlitzen und bekamen jenen bösen Schimmer, den er zum letzten Mal gesehen hatte, als er in ihrem Auto gesessen und ihr gebeichtet hatte, dass Millie sein Hund war. Er war froh, diesen Blick wieder zu sehen. »Sie ist fällig.«

Er war heilfroh, dass der Blick nicht ihm galt.

Quinn kam zehn Minuten zu früh zur Arbeit, bereit, Sergeant Mitchell über die neuesten Entwicklungen zu informieren, erfuhr jedoch, dass der Sergeant eine Besprechung hatte und erst am Nachmittag wieder im Büro war. Quinn spürte, wie die Anspannung in seinen Schultern nachließ. Er hatte noch ein paar Stunden Gnadenfrist.

Um zehn nach neun kam der Fingerabdrucktechniker in den Einsatzbesprechungsraum und grinste von einem Ohr zum anderen. »Wir haben auf dem letzten Briefumschlag einen Daumenabdruck gefunden«, triumphierte er. »Er passt zum Daumenabdruck auf dem Sitz in Robert Pattersons Lieferwagen.«

Erleichtert legte Quinn den Kopf in den Nacken und schloss die Augen. »Gott sei Dank!« Endlich hatten sie eine eindeutige Verbindung zwischen Breathless und den Morden. Derjenige, der die Briefe an Lucy schrieb, hatte auch im Patterson-Lieferwagen gesessen. Und derjenige, der den letzten Brief geschrieben hatte, hatte Quinn und Lucy zusammen gesehen und wusste, dass er ein Cop war. Breathless fing an, Fehler zu machen.

Quinn sah Kurt an, und sie wussten beide, dass das ein Volltreffer war. Endlich hatten sie den ersehnten Durchbruch, und Quinn musste Lucy nicht als Köder einsetzen. Jedenfalls noch nicht. Sie konnte bei ihm bleiben. Bei Millie.

»Wir haben sie befragt, Kurt«, sagte er mit Bezug auf Breathless.

»Wahrscheinlich hast du Recht«, antwortete sein Kollege, während er sich eine Kopie des neuesten Briefes ansah.

Quinn klappte sein Notizbuch auf und blätterte zur Verdächtigenliste. »Die Hälfte davon haben wir schon streichen können, deshalb – verdammte Scheiße!« Hastig blätterte er zu einer Fotokopie mit den Fotos der Opfer und wandte sich an den Fingerabdrucktechniker, der noch im Raum war. »Ich möchte, dass Sie das hier analysieren. Wenn uns das Glück hold bleibt, finden wir darauf einen passenden Fingerabdruck.«

»Wir haben das bestimmt zwanzig oder dreißig Leuten gezeigt«, wandte Kurt ein.

»Und die Hälfte davon ist raus.«

Der Fingerabdrucktechniker zog ein Taschentuch aus seiner Gesäßtasche und nahm damit die Kopie aus Quinns Notizbuch entgegen. Er verschwand, und Quinn begab sich in sein Büro, um Däumchen zu drehen und abzuwarten. Er rief im Labor an, doch was die Haare und Fasern von den Tatorten betraf, gab es nichts Neues. Dann meldete er sich bei den Familien der Opfer und informierte sie über die neuesten Erkenntnisse. Schließlich rief er bei sich zu Hause an.

»Residenz McIntyre«, meldete sich Lucy. »Zuhause von Quinn, Eins-A-Detective und -Liebhaber.«

Beim Klang ihrer Stimme spürte er einen überwältigenden Druck auf der Brust. »Und wenn das nun meine Mutter gewesen wäre?«

»Ich hab auf die Anrufernummer geachtet.«

Er spürte es nicht in der ganzen Brust, nur links am Herzen. Als sei es verstopft. »Langweilst du dich?«

»Nein. Ich versuche, ein bisschen zu arbeiten.«

»Du schreibst?« Gestern Abend hatte er ihr Einblick in die Breathless-Akten gewährt. Er hatte keine Ahnung von ihrer goldenen Lesebrille gehabt, bis sie sie aufsetzte. Sie hatte heiß ausgesehen. Doch schließlich war sie in seinen Augen immer heiß, egal ob sie etwas trug oder nicht.

»Ich gebe mir Mühe. Es läuft nicht gut, aber ich hoffe, dass der Knoten bald platzt.« Im Hintergrund schlug Millie so laut an, als wären Einbrecher am Werk.

»Was ist denn mit Millie los?«

»Moment.« Es folgte eine Pause. Dann: »In deinem Garten hockt eine Katze.«

»Ah, sie beschützt dich vor den Nachbarskatern.«

Lucy lachte. Ein sanftes, leises Geräusch, das ihm an sein verstopftes Herz ging. »Sie ist kein besonders guter Wachhund, Quinn. Wenn Einbrecher kommen, wird sie ihnen sofort zeigen, wo du deine Schätze aufbewahrst.«

Quinn lachte. *Lucy* war sein Schatz. »Vielleicht, aber sie wird dabei alles zusammenkläffen.« Er schob seine Manschette zurück und sah auf die Uhr. Es war jetzt über eine Stunde her. »Wir haben auf dem letzten Briefumschlag einen Fingerabdruck gefunden«, informierte er sie und musste nicht dazusagen, wie wichtig das war. Sie hatten bereits ausgiebig über den Fall gesprochen, deshalb unterhielten sie sich wie ein altes Ehepaar über ihre Pläne für den Abend. »Nach Feierabend«, kündigte er an, »fahr ich bei dir vorbei und fütterte dein Fellknäuel.«

»Er heißt Schnuckel.«

»Ja, ich weiß.«

Ein leidgeprüfter Seufzer drang durch die Leitung. »Ich möchte gern mitkommen, weil ich nach einer sehr wichtigen Mappe suchen muss. Ich hab sie irgendwo im Haus verlegt.«

»Ich helf dir beim Suchen«, bot er an, und der Fingerabdrucktechniker betrat sein Büro. Am zufriedenen Grinsen des Mannes erkannte Quinn, dass sie noch einen Treffer gelandet hatten. »Ich muss jetzt Schluss machen«, rief er ins Telefon und legte auf. »Und?«

»Wir haben am unteren Rand einen passenden Zeigefingerabdruck gefunden.«

Eine geschlagene Woche hatte Quinn die Abdrücke aus dem Lieferwagen angestarrt. Am liebsten hätte er sich in den Hintern gebissen, aber dazu war keine Zeit. Er stand auf und zog seinen Blazer über, der die Pistole an seinem Gürtel verdeckte. Die Verdächtigenliste war soeben auf ein Dutzend Namen reduziert worden, und er wusste, wo er als Erstes nachhaken musste.

Lucy starrte auf den blinkenden Cursor und versuchte mit der Kraft ihres Willens, den Schreibfluss in Gang zu bringen. Als das misslang, setzte sie ihre Brille ab und legte sie neben ihrem Laptop auf den Küchentisch. Millie saß neben Lucy, den Kopf auf ihrem Oberschenkel. Lucy kraulte sie hinterm Ohr.

Lucy hatte geglaubt, da sie sich heute sicherer fühlte, würde die Musenfee ihr mit dem Zauberstab auf den Kopf tippen und die Worte wieder zum Fließen bringen.

Fehlanzeige.

Sie stieß einen entnervten Seufzer aus und lehnte sich auf dem Stuhl zurück. Hätte sie bloß die Kritik von Maddie, dann könnte sie sich damit beschäftigen. Ein paar Kapitel zu überarbeiten, würde die Blockade vielleicht lösen. Sie stand auf und ging ins Wohnzimmer. Millie folgte ihr dicht auf den Fersen, und Lucy nahm die Fernbedienung und schaltete die Glotze an. Sie zappte zu den Sendern, die rund um die Uhr Nachrichten brachten, um zu sehen, was es auf der Welt Neues gab, seit ihr Leben außer Kontrolle geraten war. Nichts als deprimierende Nachrichten, deshalb schaltete sie zu City Confidential und vegetierte vor der Kiste vor sich hin. Was sie am Morgen zu Quinn gesagt hatte, war die Wahrheit. Sie war eher wütend als verängstigt. Sie verspürte eine ohnmächtige Wut auf die Frau, die sie in die schlimmste Schreibblockade ihrer gesamten Karriere getrieben hatte.

Sie schaltete die Flimmerkiste aus und pfefferte die Fernbedienung auf den Couchtisch. Sie dachte an Quinn und was er gestern über Beziehungen gesagt hatte, die in Krisenzeiten begannen. Sie musste zugeben, dass ihre nicht gerade konventionell begonnen hatte. Okay, *alles andere* als konventionell. Sie hatten sich die Hucke vollgelogen und sich unter Vorspiegelung falscher Tatsachen verabredet. Doch wenn es um die sexuelle Anziehungskraft ging, die sie beide vom ersten Abend an gespürt hatten, hatten sie einander nichts vorgemacht. Wie er sie angesehen hatte, war keine Lüge gewesen. Weder damals noch heute. Daran war etwas Überwältigendes. Etwas Überwältigendes und Berauschendes zugleich.

Er hatte ihr nicht gesagt, dass er sie liebte, erinnerte sie sich. Doch um fair zu sein, sie ihm auch nicht. Er hatte sie bei sich wohnen lassen, damit sie in Sicherheit war, und die Bänder aus dem Beweisraum entwendet. *Entwendet* war ein schöner Ausdruck für *gestohlen*. Er hatte es für sie getan. Nein, er hatte ihr nicht gesagt, dass er sie liebte, doch bisher hatte noch kein Mann so viel riskiert, um mit ihr zusammen zu sein.

Ihr Handy klingelte, und sie zuckte leicht zusammen.

»Hallo?«

»Hallo. Spreche ich mit Lucy Rothschild?«

»Ja.«

»Ich habe eine Mappe gefunden, von der ich glaube, dass sie Ihnen gehört.«

Quinn stand im Lager von »Barnes and Noble«. Er hatte die Hände in den Taschen und wirkte entspannt. In einem Nebenraum sprach Kurt mit der Filialleiterin und informierte sie darüber, dass alle Angestellten noch einmal befragt werden mussten.

»Lucy Rothschild hat Briefe bekommen«, sagte Quinn nach fünf Minuten Smalltalk. Normalerweise gelang es ihm, die Verdächtigen aufzutauen und dazu zu bringen, sich ein bisschen zu entspannen, aber die hier war so kalt, als hätte sie einen Eisberg im Arsch. »Wir glauben, dass die Person, die die Briefe schickt, für die jüngsten Morde verantwortlich ist, über die wir bei unserem letzten Besuch mit Ihnen gesprochen haben.«

Jan Bright sah Quinn an. Dann hob sie den Blick zu dem Bücherbord über seiner linken Schulter und schwieg.

»Wissen Sie irgendetwas über diese Briefe?«

Sie schüttelte den Kopf, und ihr langes, welliges Haar schwang über ihre Schultern.

»Wären Sie bereit, für eine Befragung mit aufs Revier zu kommen?«

»Wann denn?«

»Jetzt gleich.«

»Ich denke schon.« Sie schaute Quinn an und richtete den Blick wieder auf einen Punkt hinter ihm. »Wenn ich Lucy Rothschild damit helfen kann, tue ich es gerne. Ich unterstütze unsere Autoren hier aus der Gegend sehr.«

»Ms. Rothschild wird das sicher zu schätzen wissen.«

Die Fahrt zur Polizeiwache dauerte zehn Minuten, und als er Jan in den Vernehmungsraum bugsiert hatte und die Kamera lief, reichte er ihr einen Becher mit Wasser. Quinn lächelte und bemühte sich erneut, ihr die Befangenheit zu nehmen. Er stellte ihr Fragen über die Krimifrauen und ob ihres Wissens eine von ihnen einen Groll gegen Lucy hegte.

»Oh nein. Sie unterstützen sie alle sehr.« Sie trank ihr Wasser aus, und er bot ihr an, Nachschub zu holen. Er nahm den Becher am Henkel und reichte ihn an den Fingerabdrucktechniker weiter, der schon vor der Tür wartete. Er ließ Jan eine Weile allein, und als er zurückkam, brachte er ihr frisches Wasser mit.

»Bitte sehr«, sagte er und stellte das Glas auf den Tisch.

»Vorhin hatte ich einen Becher.« Sie sah ihm in die Augen und hielt seinen Blick fest.

»Der Becher ist mir hingefallen.«

Sie runzelte die Stirn, als glaubte sie ihm nicht. Dann fixierte sie einen Punkt über seinem Kopf. »Vermutlich lassen Sie ihn auf Fingerabdrücke untersuchen.«

Sie war schlauer, als er gedacht hatte. Aber Breathless war keine Idiotin. »Wie kommen Sie darauf?«

»Weil ich von der Polizei verhört werde, und Sie mir gerade meinen Becher weggenommen haben. Ich bin Mitglied in einer Gruppe von Frauen, die selbst Krimis schreiben und die von anderen analysieren, und ich lese auch sonst viele Krimis.«

Sinnlos, sie zu verscheißern. Entweder passten ihre Fingerabdrücke oder nicht. »Wo waren Sie in der Nacht zum dreiundzwanzigsten April?«

Ihre Augenbrauen zogen sich zusammen. »Am dreiundzwanzigsten?«

»Tagsüber waren Sie bei einem Krimifrauen-Treffen bei ›Barnes and Noble‹. Ich hab Sie dort gesehen. Wohin sind Sie danach gegangen?«

»Ein paar Frauen und ich sind zu ›Macaroni Grill‹ gegangen. Ich hab ein paar Gläser Wein zu viel getrunken und wurde ziemlich lustig. Da hab ich meinen ältesten Sohn angerufen, und er hat mich abgeholt.«

Er konnte sich Jan Bright nicht lustig vorstellen. Sie war so verkrampft, dass sie Diamanten kacken könnte. »Wie alt ist Ihr Sohn?«

»Sechzehn.«

Die Tür öffnete sich einen Spalt, und der Labortechniker stand dort und schüttelte den Kopf. *Verdammt.* Trotz ihres bizarren Verhaltens war Jan Bright keine Mörderin.

»Erzählen Sie mir von Ihren Kolleginnen. Geht eine von ihnen manchmal mit Kunden aus?«

»Einige vielleicht. Ich finde das anstößig.«

»Wie ist es mit Cynthia Pool?«

Jan schüttelte den Kopf. »Oh nein. Cynthia würde nie mit Männern ausgehen, die in den Laden kommen.«

Quinn schaute in sein Notizbuch auf dem Tisch und überflog die wenigen übrig gebliebenen Namen auf der Liste. »Warum?«

»Sie hält Männer für Schweine.«

Quinn blickte auf. »›Schweine‹? Sind das Ihre Worte oder Cynthias?«

»Ihre.«

»Glauben Sie, sie hasst Männer so sehr, dass sie sie umbringen würde?«

»Nein. Cynthia ist ein sehr liebenswürdiger Mensch. Sie hat eine äußerst schwierige Ehe und Scheidung hinter sich. Ihr Mann hat sie misshandelt und betrogen, aber sie ist keine Mörderin.« Jan lachte etwas gezwungen, bevor sie hinzufügte: »Und ich bin überzeugt davon, dass sie Lucy nie beleidigende Briefe schreiben würde. Sie ist ihr größter Fan.«

17. Kapitel

HARDLUVNMAN: SUCHT SONNENSCHEIN …

»Ich bin Ihr größter Fan.«

Lucy stand auf Cynthia Pools schattiger Veranda und lächelte. »Danke.« Ihr Blick glitt über Cynthias Mickey-Mouse-T-Shirt und die schwarze Stretchhose zu ihren leeren Händen. »Ich bin so froh, dass Sie die Mappe gefunden haben. Ich habe sie schon überall gesucht.«

»Kommen Sie doch rein. Ich hole sie Ihnen.«

Cynthias Haus lag in der Nähe des »Boise Town Square«-Einkaufszentrums, etwa anderthalb Kilometer von der Polizeiwache und Quinns Büro entfernt. Als Lucy durch die Stadt zu ihr fuhr, hatte sie ihn angerufen und eine Nachricht auf seiner Voicemail hinterlassen. Hoffentlich war er nicht sauer, dass sie sich seinen Jeep ausgeliehen hatte. Er sollte sich keine Sorgen machen, wenn er wieder zu Hause anrief und sie nicht erreichte.

Lucy trat aus der hellen Nachmittagssonne in Cynthias Haus. Die Vorhänge waren zugezogen, und Lucy setzte ihre Sonnenbrille ab, als sie die Tür hinter sich schloss. Sie steckte die Brille in ihre Handtasche, die sie über der Schulter trug, und sah sich in der Wohnung um. Das Wohnzimmer wurde von einer Ecklampe erhellt, und Lucy sprang sofort der Disney-Nippes ins Auge, der auf allen erdenklichen Flächen verteilt war. Alle Figuren von Mickey Mouse bis Cruella De Vil starrten sie mit tausenden lackierten Augen an.

»Wow! Ich wusste nicht, dass Sie Sammlerin sind.«

»Oh ja. Ich sammle schon fast mein ganzes Leben Disney-Memorabilien. Seit mein Vater mir meinen ersten Kaugummiautomaten geschenkt hat. Den habe ich immer noch.«

Lucy war keine große Sammlerin und wusste nicht, was sie erwidern sollte, außer: »Wow!«

Cynthia lächelte und faltete die Hände. »Setzen Sie sich doch, dann hole ich Ihnen die Mappe.«

Lucy schob ein Kissen beiseite, auf dem Donald Duck mit kurzer Hose und Matrosenhut abgebildet war, und setzte sich auf die Couch. Sie konnte es kaum erwarten, an die Mappe und hoffentlich bald wieder an den Schreibtisch zu kommen. Doch noch viel mehr sehnte sie sich danach, dass Quinn endlich nach Hause kam und sie über die neuesten Beweise informierte.

Cynthia kam mit der Mappe in der Hand zurück. Doch statt sie Lucy zu geben, durchquerte sie den Raum und setzte sich in einen Sessel. »Ich bin so froh, dass Sie hier sind. Das gibt uns die Gelegenheit, uns übers Schreiben zu unterhalten.«

Lucy stöhnte innerlich. »Kann ich Ihnen bei irgendwas helfen?«

»Eigentlich nicht.« Sie hielt die Mappe hoch. »Ich habe Ihre Kapitel gelesen.«

Lucys Augenbrauen schossen hoch. Der einzige Mensch, der je ihre Rohfassungen lesen durfte, war Maddie. »Ach ja?«

»Schauen Sie nicht so beunruhigt.« Cynthia neigte den

Kopf zur Seite und lächelte. »Sie waren wie immer wunderbar.«

Es lag Lucy auf der Zunge zu sagen: »Was geht Sie das an?« Stattdessen lächelte sie gezwungen und sagte: »Danke.«

»Mir hat die Stelle sehr gut gefallen, als die Mörderin ihre Opfer nach dem Kennenlernen und vor dem Mord eine Weile verfolgt. Ähnlich wie Flitterwochen. Das ist ein netter Einfall. Sehr spannend.«

Okay. Cynthia hatte also ein paar Kapitel in Rohfassung gelesen. Sie war neugierig gewesen und hatte kurz reingeschaut. Kein großes Drama. Besser gesagt, Lucy würde kein großes Drama daraus machen. »Freut mich, dass es Ihnen gefallen hat.«

»Mir ist aufgefallen, dass an den Rändern Kommentare standen. Ich hoffe, es macht Ihnen nichts aus, aber ich war so frei und habe meine Kritik dazugeschrieben.«

Oh Gott. Das Blut wich aus Lucys Gesicht, und alles, was sie herausbrachte, war ein fassungsloses: »Aha.«

»Mir sind ein paar Kommafehler aufgefallen, und Sie müssen wirklich auf Bandwurmsätze achten.«

Sei nett, Lucy. »Tja, es ist nur eine Rohfassung«, hörte sie sich sagen. Sie stand auf. Sie musste hier raus, bevor sie etwas Unhöfliches und Herablassendes sagte.

»Deshalb hab ich auch nichts zu Ihrem übermäßigen Gebrauch von Adverbien angemerkt. In Zukunft sollten Sie vielleicht auch darauf achten.«

Lucy ging durch den Raum und blieb vor dem Sessel stehen. »Ich werde dran denken.«

Cynthia blieb sitzen und sah mit hellgrünen Augen zu ihr

auf. »Und derjenige, der auf Ihr Manuskript geschrieben hat, weiß nicht, wovon er spricht.«

Tja, dazu gehörte Schneid. Schneid, den Lucy Cynthia nie zugetraut hatte. »Ich werde es Madeline Dupree ausrichten.«

»Madeline Dupree? Die True-Crime-Autorin?« Cynthia legte die Stirn in Falten, als würde sie mit etwas Unmöglichem konfrontiert. Dann schüttelte sie den Kopf und sagte: »Nein. Madeline hat Unrecht.«

Lucy würde es Maddie ausrichten, die sich darüber scheckig lachen würde. Wahrscheinlich würden sie sich beide ins Koma lachen, doch im Moment war nichts Lustiges daran. Sie streckte die Hand nach der Mappe aus. »Danke für Ihren Beitrag, aber ich muss jetzt wirklich nach Hause.« Ihr Lächeln war wohl nicht sehr überzeugend. Sie wollte nichts wie raus aus Cynthias Wohnung, und inzwischen war ihr auch ziemlich egal, ob man es merkte. »Ich muss ein Buch schreiben.«

»Punktförmige Augenblutungen kommen beim Tod durch Ersticken nicht zwangsläufig vor.«

Das wusste Lucy und Maddie bestimmt auch.

»Und willige Opfer zu finden, ist unglaublich einfach.« Endlich erhob sich Cynthia. »Auch wenn die Polizei im Fernsehen Männer davor warnt, sich auf Fesselspiele einzulassen.«

»Ähm, ja.« Lucy schaute auf die Mappe in Cynthias Hand und fragte sich, ob sie einfach bis drei zählen, sie sich schnappen und wegrennen sollte.

»Sie machen es trotzdem. Jeden Freitag- und Samstagabend kommen sie herein und umkreisen die Gänge wie

Haie. Nachdem ein paar von ihnen vorbeigeschwommen sind, sieht man, dass sie bloß Bodenfresser sind.«

Lucy schaute auf, als es in ihrem Hirn Klick machte. »Was?«

»Sie haben es verdorben«, stieß Cynthia hervor. »Sie haben alles verdorben.«

Lucys Kopfhaut zog sich zusammen. Sie musste sich verhört haben. »Wovon reden Sie?«

»Am Anfang habe ich Ihnen geschrieben, weil Sie wissen sollten, wie gut ich in dem bin, was ich tue. Genau wie Sie gut sind in dem, was Sie tun. Ihre Bücher haben immer so viel Freude in mein Leben gebracht, und ich wollte Ihnen zum Dank etwas schenken«, erklärte sie und wirkte dabei beinahe so, als würden sie diskutieren, welche Waschpulvermarke am besten gegen Flecken half. Doch das taten sie nicht, und Lucy hatte keinen Zweifel daran, einer Serienmörderin gegenüberzustehen. »Zuerst dachte ich, ich könnte Ihnen Plätzchenrezepte schicken, aber ich wusste nicht, ob Sie gern backen.«

»Backen ist toll.« Lucy wich ein paar Schritte zurück und ließ die Hand in ihre Tasche gleiten. Sie hatte genausowenig Zweifel daran, dass Cynthia sie nicht gehen lassen würde. Sie fühlte Brieftasche und Handy, Sonnenbrille und Lippenstift.

»Nachdem ich Ihnen die ersten Briefe geschickt hatte und Sie sie nicht zur Polizei brachten, dachte ich, Sie würden verstehen, dass miese Schweine bestraft werden müssen. Ich war überglücklich, weil ich mich lange so allein gefühlt hatte. Ich dachte, wir wären Freundinnen. Doch dann sah ich Sie mit ihm und wusste, dass alles eine Lüge war. Sie haben mich angelogen.«

»Es tut mir leid, wenn Sie das Gefühl haben, angelogen worden zu sein«, redete Lucy ihr gut zu, während sie sich zur Tür vortastete. Sie fühlte ihr Visitenkarten-Etui und eine Schachtel Pfefferminzbonbons.

»Nein, tut es nicht. Ich lasse mich nicht beschwichtigen.«

»Tut mir leid.« In Lucy stieg die Wut hoch, und sie kämpfte einen inneren Kampf, um einen klaren Kopf zu bewahren. Cynthia schien keine Waffe parat zu haben, und Lucy war so sauer, dass sie glaubte, wenn es zum Kampf käme, könnte sie wahrscheinlich Hackfleisch aus ihr machen.

»So einfach ist das nicht.« Cynthia kam hinter ihr her, schlängelte sich an ihr vorbei und verstellte ihr die Tür. »Aus Ihren Büchern wusste ich, dass ich Handschuhe und Perücken tragen musste, um falsche Fährten zu legen. Im Motel in Chinden habe ich Rot und Türkis getragen und bin als Mitglied der Peacock Society herumstolziert, weil ich wusste, dass mich jemand sehen würde.« Cynthia reckte stolz das Kinn in die Luft und ließ die Mappe auf ein Bord fallen, wobei sie Schneewittchen und die Sieben Zwerge in alle Himmelsrichtungen verstreute. »Ich war brillant.«

Lucy spürte einen Stift, aber es war nicht ihr Elektroschock-Kugelschreiber. Sie sah Cynthia so ruhig wie möglich in die Augen und zwang sich zu sagen: »Das ist wirklich brillant.«

»Ich bin in diese Häuser und das Motel gegangen und habe nichts von mir zurückgelassen. Als wäre ich nie dort gewesen. Das habe ich alles von Ihnen gelernt.«

»Meine Bücher sind Fiktion.« Lucy spürte das kalte Metall ihrer Schlagringe und zog sie über die Finger. »Keine Gebrauchsanweisungen.«

»Sie haben mir befohlen, diese Männer zu töten. Sie können jetzt nicht einfach gehen. Ich werde Sie nicht weglassen.«

»Sie werden sowieso geschnappt«, verkündete Lucy und umklammerte ihren Elektroschockstift. Das Tränengas wäre ihr lieber gewesen. »In Robert Pattersons Wagen haben Sie Ihre Fingerabdrücke hinterlassen.«

Cynthias Nasenlöcher blähten sich, und ihre Augen wurden schmal. »Das ist auch gelogen. Ich habe darauf geachtet, nichts anzufassen.« Sie griff hinter sich und zog wie aus dem Nichts ein Küchenmesser hervor.

Scheiße. »Die Polizei weiß, dass ich hier bin«, bluffte Lucy und trat mehrere Schritte zurück, wobei sie die 13 Zentimeter lange Klinge nicht aus den Augen ließ.

Cynthia schüttelte den Kopf und trat einen Schritt auf Lucy zu. »Sie mögen eine gute Schriftstellerin sein, aber Sie sind eine schlechte Lügnerin. Ich bin zu schlau für die Bullen, und ich bin zu schlau für Sie.«

»Sie haben einen Fingerabdruck auf dem Umschlag hinterlassen, den Sie bei mir in den Briefkasten gesteckt haben.«

Das stoppte Cynthia, und wieder runzelte sie die Stirn, als würde sie mit etwas Unmöglichem konfrontiert. »Hör auf zu lügen!« Sie machte einen Satz nach vorn, und Lucy zog die Hand aus der Tasche und schlug zu. Der Schlagring traf Cynthia auf die Stirn, und sie ging zu Boden. Lucy hechtete zur Tür, ohne nachzusehen, ob sie Cynthia k.o. geschlagen hatte, schaffte aber nur ein paar Schritte, bevor Cynthia sie am Knöchel packte. Lucy stürzte auf die Seite.

Bevor sie sich rühren konnte, lag Cynthia auf ihr. »Ich dachte, ich würde mich schlecht fühlen, dich zu töten.«

Lucy rollte sich auf den Rücken, rammte den Elektroschockstift in Cynthias knochigen Oberschenkel und drückte den Knopf. Nichts passierte. »Scheiße!«

»Ich werde mich überhaupt nicht schlecht fühlen.« Cynthia hob das Messer, und Lucys Gedanken rasten. Sie wollte nicht so sterben. Auf keinen Fall. Sie hielt den Blick auf die 13 Zentimeter lange Klinge gerichtet und wartete darauf, dass Cynthia zustach. Wenn es so weit war, wusste Lucy, was sie zu tun hatte. Mit einer Hand würde sie Cynthias Arm wegstoßen und mit der anderen zuschlagen. Das einzige Problem war, dass sie Cynthia nahe genug an sich ranlassen musste, um das psychotische Miststück mit ihren Schlagringen auf die Nase zu hauen.

»Du bist genau wie alle anderen«, zischte Cynthia. »Die haben mich auch unterschätzt.«

Vor dem Haus ertönte ein Schrei, bevor die Tür aufsprang und Sonnenlicht ins Wohnzimmer strömte. In der Flut der goldenen Strahlen blickte Cynthia auf, als eine 9-mm-Kugel sie zwischen die geschockten Augen traf. Ihr Kopf fiel zurück, und Lucy stieß sie weg und kroch unter ihr hervor. Sie rappelte sich auf, rannte gegen eine harte Brust und fiel in ausgebreitete Arme. Sie brauchte nicht aufzuschauen, um zu wissen, dass es Quinn war, der sie so fest hielt, dass sie kaum atmen konnte. »Sie hat versucht, mich umzubringen«, keuchte sie.

»Ich weiß.«

»Ich hab mich mit meinen Schlagringen verteidigt.«

»Gut gemacht.«

»Mein Elektroschockstift hat nicht funktioniert.« Sie wollte einen Blick über die Schulter werfen, doch Quinn drehte ihren Kopf weg.

»Schau lieber nicht hin«, warnte er sie.

Kurt Weber drängelte sich an ihnen vorbei, und Lucy sah über Quinns Schulter zu dem weißen Wagen auf dem Rasen und dem roten Licht, das an der Sonnenblende blinkte.

»Ist sie tot?«, fragte Lucy.

»Noch bevor sie zu Boden ging«, antwortete Kurt.

Lucy begann zu zittern. »Sie ist es, Quinn.«

»Ich weiß.« Er hielt sie weiterhin mit einem Arm umschlungen, während er seine Pistole wieder ins Halfter steckte. »Bist du verletzt?«

Sie schüttelte den Kopf, und ihre Knie begannen zu schlottern.

Quinn bugsierte Lucy nach draußen in die Nachmittagssonne und führte sie zur Fahrerseite des Streifenwagens. Die Tür stand auf, und er griff nach einem Handmikrofon, das ans Funkgerät geklemmt war. Er richtete sich auf, wobei sich die schwarze Schnur spannte. Lucy klammerte sich am oberen Türrand fest, während er sich mit dem Code bei der Zentrale meldete. Sie wandte das Gesicht der warmen Sonne zu, spürte die Strahlen auf Stirn und Wangen und schlotterte, was das Zeug hielt. Ihre Lungen schienen nicht genügend Luft zu bekommen. Ihr Mund war trocken und ihr Hals schmerzte. Sie hatte Angst zu hyperventilieren.

Quinn warf das Mikro auf den Sitz und holte eine Decke aus dem Kofferraum. Er wickelte Lucy darin ein und sah ihr fest in die Augen. »Lucy, du wirst noch ohnmächtig, wenn du nicht versuchst, ruhig zu atmen.« Er strich besorgt über die Wolldecke um ihre Schultern. »Schon bald wird es hier von Polizisten nur so wimmeln, deshalb musst du mir jetzt gut zuhören.«

Sie konzentrierte sich auf Quinns Gesicht und schaffte es, tief durchzuatmen. »Okay.«

»Ein Krankenwagen ist unterwegs, um dich zu untersuchen. Falls du ins Krankenhaus transportiert wirst, wird man dich dort befragen. Falls alles in Ordnung ist, bringt dich jemand aufs Revier und befragt dich dort. Wer, weiß ich nicht, aber das geht schon klar. Erzähl ihnen alles, was du weißt.«

»Und du bist nicht d-dabei?«, stotterte sie. Wenn sie sich konzentrierte, konnte sie ihre Atmung kontrollieren, doch dem Zittern war mit Willenskraft allein nicht beizukommen.

»Ich werde zwar dort sein, aber nicht bei dir. Tut mir leid.«

In der Ferne ertönten Sirenen. »Ich schaffe das schon. Hast du ein Glas Wasser für mich?«

Er schüttelte den Kopf. »Tut mir leid, dass ich nicht früher hier war.« Er rieb sich die Wange. »Ich war unterwegs, als ich deine Nachricht bekam. Ich glaube, mir ist das Herz stehen geblieben und hat seitdem nicht wieder geschlagen.«

»Mir ist n-nie in den Sinn gekommen, dass Cynthia Pool Breathless ist.« Sie schlang unter der Decke die Arme um sich. »Sie war so … l-langweilig. Sogar noch, als sie mir erzählte, wer sie war, und von den schrecklichen Dingen, die sie g-getan hat. Sie war so ruhig dabei. Tja, bis zu dem Moment, in dem sie v-vollkommen durchdrehte.«

Die Sirenen kamen näher, und Quinn drückte sie fest an sich. »Du bist jetzt in Sicherheit«, raunte er ihr ins Ohr. »Es ist vorbei, und alles wird gut.«

Drei Streifenwagen und ein Zivilfahrzeug kamen mit heulenden Sirenen und blinkenden Lichtern mitten auf der Straße zum Stehen. Kurz darauf hielt ein Krankenwagen vor Quinns Jeep, der am Straßenrand parkte.

Lucy wurde rasch zum Krankenwagen bugsiert, und erst als sie mit einer Blutdruckmanschette am Arm und einer Sauerstoffmaske auf dem Gesicht hinten drin saß, beruhigte sie sich so weit, dass sie begriff, was geschehen war. Sie könnte diejenige sein, die jetzt tot war. Nicht Cynthia. Erstochen von einer Geistesgestörten.

Nein! Sie hatte sich zur Wehr gesetzt und glaubte nicht, dass sie so gestorben wäre. Sie war eben doch der Typ Frau, der das Gift selbst aus dem Schlangenbiss saugte. Im allerschlimmsten Fall konnte sie den Hai doch aufs Auge hauen. Seltsamerweise fühlte sie sich lebendiger als je zuvor.

Sie schaute aus dem Krankenwagen auf die Polizisten in Uniform und Zivil, auf das meterlange Absperrband, das die Gaffer fernhielt. Quinn sah sie nicht.

Sie hielt nach ihm Ausschau, während sie von einem Detective Gonzales zu einem Zivilfahrzeug begleitet wurde. Als er mit ihr wegfuhr, erhaschte sie endlich einen Blick auf Quinn. Er stand an seinem Wagen und sprach mit Kurt Weber. Er schaute auf, und ihre Blicke trafen sich den Bruchteil einer Sekunde, bevor er sich abwandte. In dieser Sekunde sah sie in seinen Augen eine tiefe Niedergeschlagenheit, und sie sehnte sich danach, bei ihm zu sein.

Die Befragung auf dem Polizeirevier dauerte etwas über zwei Stunden, und als es endlich vorbei war, war Lucy erschöpft und benommen. Sie wollte nur nach Hause. Zu sich nach Hause und mit ihrem Kater kuscheln. Morgen würde sie Familie und Freunde anrufen und sie über alles informieren. Heute Abend wollte sie nur noch ihren Flanellpyjama, koffeeinfreien Tee und eine Dusche. Wenn sie schon auf Quinn warten musste, dann lieber zu Hause. Deshalb ließ sie sich von dem Detective zu ihrem Haus bringen statt zu Quinns.

Als Detective Gonzales vor ihrem Haus anhielt, sah sie ihn an und stellte ihm die Frage, die sie am meisten beschäftigte. »Wo ist Detective McIntyre?«

»Im Moment spricht er wahrscheinlich mit den Jungs vom Dezernat für Inneres.«

»Danke fürs Bringen«, sagte sie und stieg aus dem Zivilfahrzeug. Sie betrat ihr Haus und verriegelte die Tür hinter sich. Schnuckel kam aus der Küche stolziert und miaute laut, um sie willkommen zu heißen. Sie legte ihre Handtasche auf den Couchtisch und nahm ihren Kater auf den Arm. Dann sank sie aus einem ihr unerfindlichen Grund auf die Knie und brach in Tränen aus.

»Ich hatte solche Angst, Schnuck«, schluchzte sie. Sie wusste nicht, wie lange sie dort auf dem Boden kniete und ihren schnurrenden Kater an sich drückte. Doch als die Tränen zu einem leichten Schluckauf abgeflaut waren, füllte sie Schnuckels Napf mit Futter und ging duschen. Sie trat unter den warmen Wasserstrahl und schloss die Augen. Ihr Körper war steif und schmerzte, und sie wusste nicht, ob es von ihrem Kampf mit Cynthia kam oder vom vielen Schlottern.

Nach der Dusche zog sie sich ihren Flanellpyjama mit den pinkfarbenen Hunden an. Sie kochte sich eine Hühnersuppe mit Nudeln und wartete auf Quinn. Um zehn schaute sie Nachrichten. Der Filmbericht zeigte Cynthias Haus und die Polizeibeamten, die den Tatort sicherten. Lucy entdeckte Quinn, der mit dem Hintern am Kofferraum seines Wagens lehnte und so ernst aussah wie in ihrer Erinnerung, als sie vom Tatort weggebracht worden war.

Bis die Angehörigen benachrichtigt waren, wurde Cynthias Name nicht bekannt gegeben, doch in den Nachrichten hieß es, dass die Polizei sie für die Person hielt, die für den Tod von vier Männern aus Boise verantwortlich war. Lucy wurde als »Ortsansässige« bezeichnet, doch Quinn wurde mit vollem Namen als der Officer genannt, der die Verdächtige erschossen hatte.

Nach den Nachrichten nahm Lucy ihren Kater und ging ins Schlafzimmer. Vielleicht wollte Quinn bis zum Morgen warten, bevor er vorbeikam. Eine Überdosis Adrenalin hatte sie körperlich und emotional völlig erschöpft – außer, was Quinn betraf. Sie war nicht zu müde, um an ihn zu denken.

Sie knipste die Lampe auf ihrem Nachttischchen an und kroch ins Bett. Quinn hatte gesagt, sie würden sich weiterhin sehen, wenn alles vorbei war. Je länger sie in ihrem Bett saß und wartete, desto mehr Gedanken machte sie sich darüber, ob das ernst gemeint war. Er hatte nicht gesagt, dass er sie liebte. Ihr Leben war in letzter Zeit ein solches Chaos gewesen, dass er vielleicht etwas Abstand brauchte. Sie selbst wollte ganz sicher keinen, doch wenn er ihn brauchte, würde sie ihn ihm geben.

Sie nahm Clares neuesten Roman vom Nachttischchen, doch nachdem sie dreimal dieselbe Seite gelesen hatte, gab sie auf. Um 1.30 Uhr klingelte das Telefon an ihrem Bett, und sie nahm ab.

»Ich stehe hier draußen«, erklärte er. »Ich hätte auch klingeln können, aber ich wollte dir keine Angst einjagen.«

Sie lächelte, und ihr Herz schlug heftig. »Ich bin gleich unten.« Sie machte sich nicht die Mühe, einen Morgenrock anzuziehen oder durch den Spion zu gucken. Sie öffnete die Tür, und dort stand er, auf ihrer Veranda, im gedämpften Licht einer Sechzig-Watt-Birne. Das Licht schien sanft auf sein Haar und strömte über das Hemd, das sie an jenem Morgen zugeknöpft hatte. War das wirklich erst an diesem Morgen gewesen?

Sein leises »Hallo« überbrückte die Distanz zwischen ihnen.

»Hallo, Quinn.«

Er sah sie lange an. Dann räusperte er sich. »Wie geht's dir?«, fragte er.

»Mir geht's gut. Die Befragung lief ganz gut.«

»Gut.«

Er sah sie weiter an. Er wirkte ein wenig unsicher, und sie fragte: »Möchtest du reinkommen?«

»Noch nicht.« Er schüttelte den Kopf. »Ich bin eine Weile suspendiert. Bei voller Bezahlung. Deshalb hab ich ein bisschen Zeit.« Er stand so still, dass sie langsam selbst unsicher wurde.

»Wie lange bist du denn suspendiert?«

»Ich weiß nicht genau. Wir können später darüber reden, aber jetzt möchte ich dich etwas Wichtiges fragen.«

»Was denn?«

Er schluckte. »Hast du Lust, mit mir auszugehen?«

»Wohin?«

»Zu einem Date.«

Sie lächelte, und ihr wurde leicht flau im Magen. »Jetzt gleich?«

»Ich dachte, wir sollten heute Nacht zum ersten Mal zusammen ausgehen.«

»Okay.« Sie gab die Tür frei, und er trat ins Haus. Lucy schloss die Tür und lehnte sich mit dem Rücken dagegen. »Muss ich mich umziehen?«

Er schüttelte den Kopf: »Dein Outfit ist toll. Ich dachte, wir schnappen uns den Stubentiger, und ich nehme euch mit zu mir.«

»Schnucki ist auch eingeladen?«

»Ja. Der auch. Ich will dich mit zu mir nach Hause nehmen, um sicherzugehen, dass es dir wirklich gut geht, und ich glaube, du bist entspannter, wenn du dein Fellknäuel um dich hast.«

»Vielleicht will ja *ich* auf *dich* aufpassen.«

»Dann lass uns gehen. Ich denke, es ist an der Zeit, dass Schnuckel Millie kennen lernt.«

Sie biss sich auf die Lippe. »Du hast ›Schnuckel‹ gesagt.«

Ein träges Grinsen verzog seine Mundwinkel nach oben. »Ich muss wohl verliebt in dich sein«, meinte er. »Der Name deines Stubentigers lässt meinen Sack nicht mehr schrumpfen.«

Ihr wurde das Herz ganz schwer, und sie blinzelte das plötzliche Brennen in ihren Augen weg. »Tja, ich muss auch verliebt in dich sein, denn ich kann dir zuhören, wie du über deinen schrumpfenden Sack sprichst, ohne mir die Ohren zuhalten zu wollen.«

Er lachte. »Das klang wohl nicht sehr romantisch.«

Sie schüttelte den Kopf, und ihre Augen füllten sich mit Tränen. »Nein. Den Spruch findet man bestimmt auf keiner Hallmark-Karte.«

Er trat einen Schritt vor, als die erste Träne von ihren Wimpern tropfte, und wischte sie weg. »Ich liebe dich. Als ich das Haus stürmte und diese Frau auf dir sah, ist in mir was zerbrochen.«

Sie küsste ihn auf die Handfläche. »Ich liebe dich auch, Quinn. Ich hab mich in dich verliebt, als ich dich für einen Klempner hielt, der um seine tote Frau trauert. Ich habe versucht, dich nicht zu lieben, als ich herausfand, dass du Polizist bist und Millie dein Hund war und du mich belogen hast. Ich kam mir so blöd vor. Ich dachte, da ich mich so schnell in dich verliebt habe, würde ich mich auch schnell wieder entlieben. Das war wirklich dämlich, denn meine Gefühle waren zu stark.«

Er schlang die Arme um ihre Taille und sah sie mit den intensiven braunen Augen an, die sie so liebte. »Ich wollte dich, als ich dachte, du würdest mir eine Tüte über den Kopf stülpen und mir das Lebenslicht auslöschen. Ich wollte dich mehr, als ich je irgendwas wollte. Ich liebe dich mehr, als ich je jemanden geliebt habe. Du hast mein Leben erhellt wie Sonnenschein und mir gezeigt, wie einsam ich war. Ich will so nicht mehr leben.« Er drückte ihr einen Kuss auf den Scheitel. »Ich werde dich bis zum letzten Atemzug lieben.«

Lucy schluckte, während ihr noch eine Träne übers Gesicht kullerte. »Das ist das beste Date, das ich je hatte.«

»Nein. Das ist nur das erste Date.« Er strich ihr über den Rücken und tätschelte ihren Hintern. »Das beste Date kommt erst noch.«

Epilog

Das beste Date fiel auf den achtzehnten August. Die Braut trug ein wadenlanges Brautkleid im 40er-Jahre-Stil aus weißem Satin mit Spitze und der Bräutigam den obligatorischen schwarzweißen Smoking. Sie versprach, Quinn McIntyre in guten und in schlechten Zeiten zu lieben, wenn er versuchte, anständig zu sein, aber besonders, wenn er unanständig war. Quinn schwor, Lucy Rothschild und Schnuckel zu lieben und zu ehren und auf sie aufzupassen bis an sein Lebensende.

Das Paar war umgeben von Familie und Freunden und Tausenden weißer und pinkfarbener Rosen. In den Monaten vor der Hochzeit hatten Lucys Mutter und ihre drei Freundinnen ihr bei der Planung des großen Ereignisses geholfen. Abgesehen von ihren Protesten gegen die Wahl der Brautjungfernkleider waren Maddie, Adele und Clare eine große Hilfe gewesen. Doch so sehr sie auch protestierten, Lucy hatte sich taub gestellt und passende pinkfarbene Satinkleider mit Tüllröcken bestellt.

Nach einem hart umkämpften Stein-Papier-Schere-Spiel am traditionellen Cocktail-Abend gewann Clare den Posten als Hauptbrautjungfer. Da Clare Clare war, nahm sie die Ehre sehr ernst und widmete sich der Aufgabe mit Feuereifer. Sie organisierte einen wunderschönen Junggesellinnenabschied und bot Lucy die Tiffany-Perlen ihrer Urgroßmutter an, um sie als »etwas Geborgtes« zu tragen. Am Tag der Hochzeit vergaß sie die Perlen prompt und musste zurück nach Hause hetzen, um sie zu holen. Fünfzehn Minuten, bevor sie ihren Freundinnen zum Altar vorangehen musste, war sie wieder da. Stets Rücksicht und Verantwortungsbewusstsein in Person, stand sie steif und aufmerksam dabei, während Lucy ihr Gelübde ablegte.

Der Hochzeitsempfang fand im Double Tree Hotel am Fluss statt. Die Gäste schlangen Rinderfiletspitzen, Hähnchen-Cordon-Bleu und – ausgerechnet – Weenie Mac in sich hinein, woran der McIntyre-Clan sich labte wie an Manna. Als das Brautpaar den Tanz eröffnete, bezog Clare Stellung an der Bar. Keinem fiel auf, dass sie mehr als ihre gewöhnlichen zwei Gläser Wein wegkippte, bis sie ihre Schuhe von sich kickte und die Tanzfläche stürmte, als hätte sie einen akuten Anfall von Boogie-Fieber.

Nachdem sie mit erotischen Zuckungen zu »Hot Legs« getanzt hatte, nahmen Maddie und Adele sie beiseite und fragten, ob alles in Ordnung sei. Worauf sie ihnen nur ihr perfektes Clare-Lächeln schenkte und versicherte: »Alles bestens.«

Doch eine Stunde später verschwand sie, und Maddie und Adele waren gezwungen, den Empfang zu verlassen, um sie zu suchen. Sie liefen den langen Korridor entlang, kamen an einem Dale-Carnegie-Dinner vorbei und spähten in einen riesigen Saal voll mit Männern in allen Ausführungen. Dort gab es eine Cash Bar und eine Bühne samt Scheinwerfer und Karaoke-Gerät.

Clare Wingate, die wirkte wie vom Abschlussball entfloken, stand mitten auf der Bühne vor einem Idaho-Steelheads-Eishockeybanner. Die normalerweise reservierte, würdevolle und zwanghaft distanzierte Liebesroman-Autorin hielt ein Weinglas in einer und ein Mikrofon in der anderen Hand, während sie aus voller Kehle ein Lied über einen »skinny lad« schmetterte.

Maddie und Adele schauten sich entsetzt an.

»Was zum Teufel singt sie da?«, fragte Adele entgeistert und richtete den Blick wieder auf die Bühne. »Hieß das gerade ›big fat fanny‹? Das klingt wie Queen.«

»Oh mein Gott!« Maddie schnappte schockiert nach Luft. »Ich glaub, das sind die Fat Bottomed Girls.«

Die Kerle, die der Darbietung beiwohnten, pfiffen, grölten und feuerten Clare an, als sie in den Refrain überging und sie anflehte, sie heute Abend nach Hause zu begleiten.

Gemeinsam drängelten sich Maddie und Adele durch die Menge, zwei raschelnde pinkfarbene Tupfer inmitten einer Schar muskelbepackter Männer. Irgendwas stimmte nicht. Etwas Schreckliches war in Clares Welt passiert. Was es auch war, es war schlimm. Echt schlimm. So schlimm, dass es die Räder von ihrem perfekten Ponywagen abgeschlagen hatte.

Danksagung

Ich danke Detective Danny R. Smith von der Mordkommission für seine Hilfe beim Schreiben dieses Buches. Die Unterstützung des alten Hasen Officer Smith, der seit einundzwanzig Jahren beim Sheriff's Department Dienst tut, war von unschätzbarem Wert und ging weit über bloße Pflichterfüllung hinaus. Alle etwaigen Fehler sind mir zuzuschreiben, genau wie alle kreativen Freiheiten. Ferner danke ich meiner Schriftstellerkollegin und Freundin Candis Terry für ihre prompte Antwort auf meinen verzweifelten E-Mail-Hilferuf. Candis, du warst meine Rettung!

Rachel Gibson

Seit sie sechzehn Jahre alt ist, erfindet Rachel Gibson mit Begeisterung Geschichten. Mittlerweile hat sie nicht nur die Herzen zahlloser Leserinnen erobert, sie wurde auch mit dem »Golden Heart Award« der Romance Writers of America und dem »National Readers Choice Award« ausgezeichnet. Rachel Gibson lebt mit ihrem Ehemann, drei Kindern, zwei Katzen und einem Hund in Boise, Idaho.

<u>Von Rachel Gibson bei Goldmann lieferbar:</u>

Die Seattle-Chinooks-Reihe:
Liebe, fertig, los! Roman · Sie kam, sah und liebte. Roman · Ein Rezept für die Liebe. Roman · Küsse auf Eis. Roman · Was sich liebt das küsst sich. Roman · Küssen hat noch nie geschadet. Roman

Die Lovett-Texas-Reihe:
Er liebt mich, er liebt mich nicht. Roman · Verrückt nach Liebe. E-Book-Only-Kurzroman · Wer zuletzt lacht, küsst am besten. Roman · Küssen gut, alles gut. Roman

Die Girlfriend-Reihe:
Gut geküsst ist halb gewonnen. Roman · Frisch getraut. Roman · Darf's ein Küsschen mehr sein? Roman · Küss weiter, Liebling! Roman

Außerdem:
Küssen will gelernt sein. Roman · Das muss Liebe sein. Roman · Traumfrau ahoi! Roman

(Alle Titel auch als E-Book erhältlich)